任延辉 ● 著

常

Mediocrity Lies in the Core of Life's Beauty

散文篇

图书在版编目（CIP）数据

人间最美是庸常 / 任延辉著. —北京：文化艺术出版社，2024.11. -- ISBN 978-7-5039-7756-5

Ⅰ.I217.2

中国国家版本馆CIP数据核字第2024GZ3001号

人间最美是庸常

著　　者　任延辉
责任编辑　梁一红　董　斌
责任校对　邓　运
封面设计　李　响
出版发行　文化艺术出版社
地　　址　北京市东城区东四八条52号（100700）
网　　址　www.caaph.com
电子邮箱　s@caaph.com
电　　话　（010）84057666（总编室）　84057667（办公室）
　　　　　　　　　84057696—84057699（发行部）
传　　真　（010）84057660（总编室）　84057670（办公室）
　　　　　　　　　84057690（发行部）
经　　销　新华书店
印　　刷　国英印务有限公司
版　　次　2025年1月第1版
印　　次　2025年1月第1次印刷
开　　本　880毫米×1230毫米　1/32
印　　张　13
字　　数　215千字
书　　号　ISBN 978-7-5039-7756-5
定　　价　78.00元

版权所有，侵权必究。如有印装错误，随时调换。

序

　　本书作者是我多年的挚友，以往只是知道她喜欢文学、爱好写作，从没有仔细读过她的文字，但我知道这次出版是出于她30多年对文学的执着与敬意。作为编辑，当我审完这20多万字，不仅有很多感触，也让我重新审视了她之于我这份最熟悉的"陌生"。

　　"感叹"来自她对文字抒写的执着与勤奋。自己20多年做编辑，看了无数的书稿，是一个地地道道与文字打交道的人，却没有留下自己的文字，真的只是忙于"做嫁衣"了。说忙说累，当然都是借口，最主要的还是缺乏这份热爱与勤奋。回顾自己的人生过往，其实也有太多让自己感动、感怀、感伤、感悟的经历和瞬间——遇困境时贵人的相助，与友人醉酒谈天的畅快，和女儿在一起时做妈妈的满足，见到大海时的那份欢颜，20多年职业生涯中的烦恼与欢乐……所有这一切的点点滴滴真的值得记录，值得分享，至少值得与未来老去的自己分享，现在想来确实遗憾重重。无论如何，作者没有这些遗憾，多年的文字抒写成就了这本《人间最美是庸常》，成就了她对文学的热爱和享受，也成就了她不是作家胜似"作家"的飞扬文采，更是成就了她对人生的思考和感悟。

　　"钦佩"来自她对语言的驾驭。因为每到春、秋两季，谁不去公

园或景观大道看那些花花草草，每每都是人头攒动，热热闹闹拍照留念，多数人看了玩了笑了就算作罢，但她便写就了《桃花闹》，"它一出场就热烈着、层叠交错着纷涌而来，整个枝杈都挤满了花，像小灯笼一盏盏粉红着、娇媚着你追我赶，怎一个闹字了得。它开得奔放而最不计成本，就那么轰轰烈烈进入了你的眼帘……那种跃动的活力和热情一下子就冲破了冬的苍白和僵硬。"一个"闹"字和如此生动的描述便让人看到她文字的功力，读罢，所有的画面惟妙惟肖地映入眼帘。作家毛姆曾说："倘若一个人能够观察落叶、繁花，从细微处欣赏一切，生活就不能把他怎么样。"

"欣赏"是因她有趣的灵魂。某日，她种了几头蒜苗，长出来、终一日上了餐桌。在我看来只有"普通"和"日常"，可她便成就了《蓬蓬勃勃的不只蒜苗》，除了分享蒜苗的生长，更有她对"三餐四季"的思考与感悟。一个蒜苗的破土而出，就让她饱获人生的快意，于是我发现，唯灵魂有趣才会领略生活的美，唯心底有爱才能活出诗和远方，不荒废时光，不辜负风景。

钦佩也好，欣赏也罢，最让我折服的是她对待生活那份积极乐观的态度以及她精神世界的丰盈。其实，谁的生活就只有阳光而没有阴霾，杨绛先生有言："岁月静好是片刻，一地鸡毛是日常。"作者的生活也不可能例外，四季轮回是人生的常态，谁都不可能没有阴冷和寒冬。但无论如何她却把生活过得风生水起、一往情深，一次旅行、一本书、一次聚会、一首歌曲，哪怕是一个普通的物件，每一次人生的过往，她都能用来修养自己、温润自己。生活赋予她的，都被她幻化成了爱、暖、美以及对人生的思与乐。

最近很喜欢一句话："照顾好自己的健康和情绪，这场人生，你就赢了一大半！"可如何照顾？也许真的需要像作者一样：沉浸式地做自己，在平常琐碎的日子里用喜欢的方式取悦自己，懂自己的心、享人间的暖，接受一切遇见。

无论境遇如何，向阳而生、逐光而行，这是一种态度，更是一种能力。

麦家说："生活不是你活过的样子，而是你记住的样子。"这本结集的册子，就是她对生活"记住的样子"。世间没有什么永恒，这本"记住的样子"就是她的永恒。它是别样的财富，不温不躁，不蔓不枝，无可替代。

梁一红

2024 年 11 月于北京

目录

- 001 也说孤独
- 003 不平常的平常心
- 005 平静是福
- 006 爱和善是能力不是情感
- 009 乱绪记
- 011 也说母女关系
- 014 惰性无极限
- 016 学习"老去"
- 019 独处亦清欢
- 022 孤独这东西
- 024 瞬间即永恒
- 026 活在当下
- 028 你快乐吗
- 031 蓬蓬勃勃的不只蒜苗
- 033 无法释怀的京城花事
- 035 一盒饼干
- 037 我要我觉得
- 039 致我的龙骨
- 041 人间最美是庸常
- 043 自娱自乐一日游
- 046 一声梧叶一声秋
- 048 二月兰
- 051 粉黛乱子草
- 053 桃花闹
- 056 倒影入清漪
- 058 梨花落
- 060 四月来看丁香花
- 062 小径丁香

063 茶裳	
066 我的农作物	
068 所有的岁月都值得怀念	
069 美入骨髓的文字	
070 老妈的赞	
072 纸墨书香　文字蜿蜒	
074 为文之乐	
076 午后红茶	097 卧佛腊梅
077 许你动凡心	100 胡同游思
079 六月花园咖啡馆	104 南锣风景
081 杨梅竹斜街胡同游	107 金秋故宫行
083 情满四月天	112 魂里梦里的那个名字——阿吉拉
085 校园春光看牡丹	117 情缘难解
087 不想你去的春意阑珊	121 曾经我的父辈母辈们
089 那片廊架	127 重回故乡——阿吉拉
091 天凉好个秋	133 关于死亡
093 银杏落叶	137 书店的力量
095 草厂胡同	139 小稚
	141 粗心
	142 形色学生小记
	144 难题

145	考试之后		
147	北京最美一条街系列		
150	从丹柿小院说起		
152	北大红楼和护城河角楼		
155	景山、团城、北平图书馆		
159	西什库、砖塔胡同、缸瓦市堂		
162	新华书店、历代帝王庙、妙应寺、鲁迅故居		
165	天坛秋色染情思		
170	秋天的遇见——北京大观园		
177	写在最美一条街之后		
181	游故宫冰窖餐厅和摛藻堂	184	寻踪徐志摩之法源寺
		190	寻踪徐志摩之先农坛
		192	寻踪徐志摩之住过的胡同
		195	寻踪徐志摩之诗人结婚时的北海
		197	太庙
		199	画舫斋一游
		203	游颐和园
		208	北京中轴线
		211	胡同深深

也说孤独

凡世尘间，人烟熙攘，却逃不开孤独如影随形。在潮水般欢闹的外表下谁又没有过暗流涌动的孤独？

何为孤独？

1989年，科学家发现了一头世界上最孤独的鲸，它的发声频率在52赫兹左右，正常的鲸只能发出和听到15到25赫兹，而鲸又只能靠声波交流，所以，没有同类可以听到甚至察觉到它。

一人唱，无人来和，最多是它经过时迎来惊鸿一瞥。

从十月胎中的自娱自乐到离开这个你喜欢或讨厌的世界，孤独终将伴你左右，这是生而为人的生命轨迹。孤独，是人生的宿命，或灵魂、或肉体、或灵魂和肉体。任是何人都无法成为常驻你心间的陪伴，都只可能山水一程，唯有自己把自己摆渡到终点。即便婚姻也无法摆脱，有时婚姻或许是更加孤独的原因。对面不相知，肚皮是最坚韧的山，而婚姻作为成年人的宿命是最常见的让孤独深刻到骨髓里的一座见识孤独终极版的岛。

人终将孤独地离开尘世，认清这个事实，才是摆脱孤独的唯一出口。只有接受了这一点，才会顺势而为、不对抗规律，才会合理安排生活而销蚀孤独感，进而找到适应和享受孤独的方法，而这方法的核心自然是爱。

爱一个人，爱一件事，爱一座城，这大概才是与孤独和解的终极境界。呼朋唤友，煮酒烹茶，赏雨后梨花也终不敌内心深处的繁华，而只有爱才可以滋养这繁华，毕竟谁也不能百分百契合你的灵魂，愉悦你的身心。

"便纵有千种风情，更与何人说？"

人往往不是在独自一人的时候感受孤独，而是在熙攘的人群中，在自己渴望的港湾里，在万家灯火阑珊处，更容易忽生伤感、顾影自怜，倾听自己灵魂深处那种孤独的喧嚣。自有万而得一已属幸运，不期待便不绝望，得之我幸，不得我命，唯有独自成欢、百炼成钢，自己才是自己最好、最可靠的解药。

凡事都有两面，当你精神富足的时候可能还渴望享受孤独，享受这孤独的世界里独属于你的回忆，享受你曾经温暖的一切。杨绛在痛失爱女和灵魂伴侣之后，独自撑过数十年还创作了大量文字，并在92岁高龄写下了众人喜欢的《我们仨》，若不是心中有爱，精神富足，单一个孤独就会是杀死她的凶手，又如何以羸弱之躯抵过105载风雨岁月的碾轧，在我看，唯精神财富不可低估。

无人能改变孤独的存在，却可以改变应对的心态，毕竟自己才是自己的太阳，才知道心里的死角，才知道哪里需要定时横扫，知道怎样才能把自己完全照亮，让怯懦、悲伤、负能量一扫光。即便孤独，那也是自己和自己相处的美好，这世界有谁比你更了解自己？对自己好，无比重要！自己好才能大家好，孤独的最高境界本就不是明明撕心裂肺，却表现得阳光明媚，而真的是练就一身禅意：独行独坐。

独唱独酬还独卧。伫立不伤神。则世间无限丹青手，一片伤心画不成。

不平常的平常心

生活不可能靠口号就度过。

很多鸡汤文都在劝大家要想岁月静好要有一颗平常心，以为不争强好胜、不做墙头红杏、不好高骛远，也不志存高远，或者你虽志存高远却在失败时如过眼烟云般淡然一笑便是平常心，其实并非如此，这一颗平常心可真的不平常，那是感悟了风浪之后才有的低调的深沉，是非修身养性百般历练而不能得的一种心态。

生活是实实在在的度日，是柴米油盐酱醋的琐碎，是各种情绪集结的周而复始，是不得不的苟且，是90%的庸常和10%的用心态堆积出来的诗意与远方。生活是真实的，而高于生活的意念才是诗意，而你的远方又是谁的家乡，所以苟且之外是心的造境。靠一句保持平常心的口号只能支撑分秒，热乎劲儿没过就会陷入一地鸡毛的日常，永远不要低估日常琐碎的力量，它们往往看似渺小实则强大，会如溃堤的蚁穴把一切理想慢慢消弭殆尽，把壮志凌云磨平成灰尘一般的存在，把你陷落在纯粹的烟火之中，不信？想想你的青春，你是不是也一直在对抗？看看你现在，是不是多了平和？这就是生活的力量，无形而强大。

保持一颗平常心其实难于上青天，有多少事多少人在这世间都让你的心上刀山下火海跌宕起伏，你要给自己做多少心理建设才能恢复平静，你要克服多少糟糕的情绪压制自己、说服自己、鼓励自己，才能以看似常人的姿态出现在生活里，有多少人的白天和黑夜是两个分

裂的自己,有多少只有自己知道的夜里的叹息、无奈无眠的绝望和清晨而又重拾一张笑脸。生活是一团麻,怎一个平常了得。

平常心并不平常,鲜有人能那么幸运,就像大海哪里会有绝对的平静,涨潮退潮或是微波荡漾才是常态。平常心是我们对岁月静好的一种期待,但又往往求而不得,是停留在口头上的口号,难以落实或者会在一直追求的路上。那是以无数忍耐作为生活的成本来追求的一个目标,我们在号令后面努力着、崩溃着、适应着、改变着、激动着、平静着。

喜欢杨绛的这样一段话:岁月静好是片刻,一地鸡毛是日常,即使世界偶尔薄凉,内心也要繁花似锦,浅浅喜,静静爱,深深懂得,淡淡释怀,望远处的是风景,看近处的才是人生。

所以平常心并不是庸常的心,而是一颗既有追求又淡泊得失的强大的心,是一种境界,平易恬淡则忧患不能入也。我们必须慢慢修炼,它可以让复杂的生活简单起来,让内心繁华和丰盈抵御这嘈杂无常的世界,才可以处事不惊,才可以浅浅喜,静静爱,深深懂得,淡淡释怀,才可以走在岁月静好的延长线上。

平静是福

平静才是情绪中最奢华的底色。

我们喜欢带给我们快乐的一切，喜欢自己的情绪沉浸在欢快之中，喜怒哀乐是人心情的表达，但大喜大悲都是伤人的利器，往往遇之不能安，不能养心，所以掌控情绪的高手才是生活的强者。

幸福是人内心深处的一种感知，是一种满足感，并没有固定的指标。但当你觉得幸福的时候，一定会感觉宁静、祥和、舒适、如意，当我们经历了岁月之中的跌宕起伏，上下求索，终发现平静淡然最让我们心安，是幸福指数中权重最高的情绪。"无丝竹之乱耳，无案牍之劳形"，是一种境界，也是一种我们主动感受幸福的基本，情乱则目中无物、心无所感，便总在追求幸福的路上而不是随时体验。

有平和的心境才看得到美，才可以欣赏、感受和赞扬美，那就是幸福的体验。不然你便只觉世界无趣，便只看到一切都是物质而无视它的附加值，它精神层面的价值才是无价之宝，才是滋润你皮囊内灵魂的东西，这个东西一定存在却不是谁都可以拥有，所以上帝是公平的，你底蕴越深厚你得到的就越多，与金钱无关，你可以贫穷可以富有，其实上帝给你的总和是一样的，此辈无下辈有，无须抱怨。

生命中所有的灿烂终归要用寂寞偿还，所有的熙攘之后，一切终归于最后的平静。幸福无形，但就在身边，要学会富足的平静。

爱和善是能力不是情感

有很多问题平时并没有去认真思考，甚至没觉得是个问题，会被认为是想当然的存在，大都逝者如斯浑浑而过，或者受水平认知的限制也不可能思考深刻。

"爱和善是能力，而不是情感。"看到这句话，初想觉得糊涂，爱，难道不是情感吗？不是说人之初性本善吗，那善也应该是人最本源的情感吧？生活中不是处处有爱和善良吗，亲人之爱、友人之爱、情人之爱，怎么着，它们居然不是情感而是能力吗？

细琢磨，好像爱和善还真的是能力，不然怎么解释生活中，你遇到的某些群体对人对事都冷漠至极，根本不会爱或者不会表达爱，甚至爱无能呢？或者当人在情感上受到重挫之后也会无力再爱，或者转而生恨以至于不相信爱了呢，反之，也会有人在挫折之后更会爱甚至学会了爱的艺术，让爱和被爱不但是一种感受，更是因恰如其分的表达而其乐融融、锦上添花，显得情商更高了呢？而情商高的人总是让人觉得愉悦。

从情商这个角度来说，爱应该是一种能力吧，不然如果是情感，为什么明明都有，别人却感受不到，如茶壶煮饺子，或是如人饮水，冷暖自知，而别人无感，盖缺失爱的能力也。

不会表达或者羞于表达爱，是我们普遍存在的一个问题，经常会有父子之间、母女之间矛盾深到多年不沟通如同路人，似乎隔着层峦叠嶂，那种最亲密关系的爱本是与生俱来的，从不曾缺失，却因耽于表达似乎从未存在，所以准确地说，爱，真的是一种能力。

生活中，不管是直白还是婉转，我们都很少把内心那些深深的爱外显出来，或者外显的方式并不能让彼此接受，于是多少有爱的双方彼此折磨着内心、啃噬着灵魂。印象最深刻的是《人生海海》的作者麦家，很喜欢他的书，能把生活和情感揭示得淋漓尽致，能写出如此深入人心的作品，作者心中无爱是万万不可能的，然而他和儿子之间却能冷漠到数年只字不谈，只等儿子要出国留学了，才以麦家的一封信冰释前嫌，是两人无爱吗？当然不。

善于表达和沟通、理解，是爱的两大支柱，在我们的世界里，它们一直是濒于坍塌的状态，我们一直不会或者不好意思去表达自己的真实内心，总是遮遮掩掩、犹抱琵琶，能表达十之一二休矣，即便表达，多还以教育、教训，甚至打骂的方式外显出来，于是误解和积怨便随着岁月由来已久，爱被尘埃封住了本来面目。比如我们常说打是疼骂是爱，真的是这样吗？我们谁不爱被鼓励被表扬呢，无论多大我们都希望听到赞扬和肯定，这应该是天性使然。

为什么有的人之间就能因爱如鱼得水舒适温暖？也不见得他们的爱比你多一分，只是他们爱的能力一定强大，知道怎么收、怎么藏、怎么表达、怎么宽容、怎么让对方深切地感受到爱，而把不同交给时间，这便是爱的能力使然，能把爱以爱的方式表达出来，而不是南辕北辙，明明爱意深似海，却要么河东狮吼，要么三缄其口，让爱被误解以冷漠收场。

善，究其根也是种能力。

人之初性本善，可是为什么生活中还是不乏恶人恶事？有些恶其实不是真的恶，是把善错位表达，便走向了不善良的一端，当然我也觉得人性中本来就有天性的恶存在，不管你承认不承认，它就埋伏在那里，不离不弃，只需要一个触碰的契机或者激发的外在，但若你爱的能力强大，恶就会远离，否则也会向它慢慢游离。

爱，从来都是生活里的一道光。

人生苦短，有花堪折直须折，有爱却不表达，等啥呢？

我们应该学习和提高自己爱的能力，要善于接受和使用爱的表达方式，恰到好处的分享会让我们彼此身心愉悦，是黏合剂和幸福的催化剂，何乐不为？谁愿意在别别扭扭甚至扭曲的爱的环境里生活呢？我们应该做善于改变的那个人，你改变了，受益的第一人也便是你。

善待自己，从爱开始。学会表达、学会传递、学会享受、学会分享吧，让爱找到适当的方式抒发，深沉的、热烈的爱都需要用雷达发射或捕捉，让你爱的人知道你的爱，让爱压制和消弭恶，让善以爱的形式释放，爱，是一种能力，是一种艺术，更是一种力量，我坚信：心中有爱，恶自退；凡，向美而生。

乱绪记

春的气息总是伴随繁花锦簇和缕缕暗香汹涌而来。

奥森公园，人欢马叫的态势，是囿在屋内永远无法体会那种烟火和生机。所以人不能靠想象活着，活生生的现实其实没有边界。出去，或多或少便被影响。

从飞扬的柳丝缝隙里望向河对岸，那一树树浅粉雪白、怡红快绿、如晕染的水粉画雾霭霭迷蒙蒙，像极了儿时记忆里的童话画面，扑入眼帘，沁入心底，内心深处的温柔便被一点点激发、泛滥，便有平静和幸福感，情绪是个洪水猛兽可以左右你的皮囊，大自然往往用看来漫不经心兀自生长的态度影响、左右和治愈着我们，我们自知或不自知而已，这便是我们要常常走出去的理由。

幸福不需要佐证，却真的需要载体。

所谓情不知所起，一往而深。

又是情绪，却必有触点。

车行时路边的景象也像是流动的电影镜头，一帧帧倏忽而过，像是每个个体之于生命的长河，每个瞬间只有珍视才有意义。

当你回忆过往，并没有一条清晰的叙事线，散乱突兀疙里疙瘩，那便是你脑回路里被砸出的凹痕，生命之重、生命之轻都会有别样的痕迹，无法承受便都成为重量。往往，并无大事件，往往，就是一句话，一个景象，一个面孔，一个眼神，于是，那便成为你生命里的一个节点，你的生命有了别于他人的真实过往，其实，那都是感动，人

之于人，人之于自然，人之于猫猫狗狗。人无感动便一切与己无关，那种不能感受虽平静却死水无澜，这无异于一种悲哀和灾难。

比之，我更喜欢酣畅的快乐或彻骨的伤感。一如那从灵魂萃出的馥郁花香和那不计成本的怒放。

它们来过，我也是。

也说母女关系

　　和女儿去参加了一档谐星聊天会的线下录制，这个节目在她的推荐下以前也一直在听，觉得这节目可以在轻松快乐的氛围里听到不同的声音，听到别人的故事、生活和观点，可以因此成长和告诫自己。要知道，对于新的一天不管哪个角色，都有努力的空间，我们都是那个生活路上的新手，而只靠经验就会滋生距离，使亲密关系生出罅隙，母女关系也是一样。

　　聊天会的线下感觉很是不同，因为发声的人们就坐在你身边讲述，和电视里、新闻里、手机里看到的便不一样，多了亲切和真实感，现场总会使人的情绪有更强烈的代入感，很多观点会在心里瞬间占位。

　　这期的话题是父母和孩子的关系，有几对组合都是妈妈和孩子同来的，没有听到父子同来的，在我的意识里，父亲一般和孩子的关系总是要有距离一些。

　　母女关系好的状态大都相同：可以既是母女又是朋友，像是幸福的家庭都相似那句话的翻版。

　　交流中，有几个参与话题讨论的孩子还是给了我不同的震撼。他们的讲述让我心生恐惧和庆幸，有几个孩子说长大后几乎和父母没有交流，在大家都盼着过年的时候他们却感谢疫情，说有了过年不回家的借口，疫情成了保护伞，成了回避父母、回避家庭的正当理由，不能不说这是一种悲哀。父母在盼望，孩子在远离，这中间发生了

什么？

　　父母和孩子本该是这世界上最亲密的原生血亲，怎么就慢慢不愿相见了呢？作为妈妈，思考一下我对母女关系的看法，我觉得最好的关系应该是：亲昵、和谐、舒适和边界感。好的关系不代表彼此约束、控制和绑架，即便是最亲的母女也还是要有距离，要给彼此留空间，对待一些不同价值观和相左意见的问题时要考虑冷处理，不要越界。当你和孩子发生争论，一定要在临界点停下来，意思是说，武斗是万万不可以，文斗也是要看火候。

　　相处就不可能没有矛盾，当解决问题时妈妈也不能使用强权，因为其实压制无效，往往并不能让她心服口服，反而会让她慢慢三缄其口，渐行渐远。记得女儿读高一的时候，有一段时间逆反，可能我说的话不合她意，总是我说一句她就能撑回一句，一直习惯了女儿听话的样子，这让我很是恼火，以致招架不住只能爆粗口压回去，她当然不会骂回来，可我在气势上压倒她之后，心里感受到的却是强烈的无能和挫败感，因为我们这样的沟通其实不但无效还彼此伤害。作为妈妈，我太习惯了她听话的样子，而没有意识到她已经有了自己的见解，而且也忽视了女儿青春期我该有更多的呵护理解和更耐心的沟通才对，想起自己的"暴行"，很是内疚，也庆幸我的反思和女儿的包容让我们成为朋友。

　　妈妈这个角色是一个终身职业，但也需要自己不断成长进步，不能以爱之名绑架孩子，那会成为彼此的负担，这样的爱就太狭隘，会捆绑了彼此而使幸福大打折扣，纯粹的母女关系少了朋友这一层次也不会是好的母女关系。万丈高楼平地起，好的母女关系该是一次次良好的沟通和信任铺就基石，而爱是黏合剂。在和孩子相处的过程中，你要适应她在长大的过程中慢慢地独立，和你渐有的那份疏离，你也要不断纠错不断学习尽量跟上她的脚步，要学会倾听包容，不要真的把这关系淘汰成只有亲情是唯一的纽带，不是简单的只有你是妈她是孩子这样的角色扮演，还要有友情、有更多的话题纠缠讨论，才有更多快乐的存在。

遇到问题最好的解决方式就是先要冷处理，退一步，我吃的盐多，那就我先退，在就要争论失控的时候退一步，虽然可能一时面子上下不来，但对待问题的看法和三观不是吵架就能彼此说服统一的，也不一定就有对错，最可贵的是一方退让时，另一方能很快意识到对方已经在态度上赢了，示弱其实真的是一种能力，火力大的一方即便没有道歉也很快会在假作漫不经心中把彼此的关系恢复如初，而如果都搂不住火，那就都站在了风口浪尖，等关系破裂了再去弥补自是下下策。

听孩子们发言时，我强烈地意识到父母关系的不好和暴力习惯给孩子带来的阴影与心理创伤是我们无法预估的，它可能会长期附着在孩子的身心，想到这个期限可能是一生，我就在心里寒战。这些伤害有些是无意的，有些是性格使然，但其实当我们承担了家长这一角色时，真的责任感是首要的，然而吃五谷杂粮孰是神仙？这并不容易，做父母，每个人都是第一次，都有不同的性格，也许这就是宿命，但我们要处理好这关系，不就是要不断反思不要掉进宿命感带来的消极吗？改善自己是改善关系的前提。

还好，和女儿的关系我们应该都很满意，无话不谈也可以各持己见，爱意满满也有自己的空间，我这黏人的习惯要容我慢慢处之淡然，谁让我爱她多一点。

惰性无极限

写下这几个字,觉得自己就是懒惰本人,勤奋可以成习惯但很艰难,惰性也可以成习惯,很自然很容易甚至以加速度生长,且难逆转。富兰克林说:懒惰,像生锈一样,比操劳更能消耗身体;经常用的钥匙总是亮闪闪的。

最近觉得自己是懒字当头,懒得动手懒得迈腿懒得想事儿,别说亮闪闪了,简直就要成锈死的机器了。比如一直热爱的写字,曾经坚持180天日更,有话则长,无话杜撰,反正字数就那么码起来,看着也是自己的孩子,丑美放在一边,心里都是欢喜的。

然后突然犯懒几天不写,便顺理成章地进入惰性循环,终日无所事事看似悠闲实则空虚,于是几十天就这么荒了耕田。太阳还如常照在桑干河上,三月四月,鲜花在乡野一路绽放,我当然知道那是它们一直在无声酝酿,在蓄积璀璨的力量,我们看到的姹紫嫣红不是一朝一夕一蹴而就的美丽,那是我们没有看到的土壤深处坚持之后的绚烂,是结果,我们却很少体会它默默坚守的过程。

常常望着楼下的行人想,若干年后自己消失后的世界是什么样子?世界是这样无情,你只是一粒尘埃,无人在意,不留痕迹,那,我生存的意义在哪里?难道不是坚持一件自己喜欢的事?好而乐之,乐而持之?灵魂有趣?

懒惰真的是让人陷入孤单的根源。

这世界没什么会因为你的不努力而改变,当然,你努力了可能也

改变不了什么，除了安慰你自己的心，可，这不是人生最重要的吗？最好不要像张枣的诗句吧：只要想起一生中后悔的事／梅花就落满了南山。希望因为自己的努力而让梅花常驻心田，南山那无辜的花瓣，就让它只属于自然，不带一丝挂牵吧。

　　世上，真的只有坚持二字是最艰难的，无论成长中的必须还是心头的欢喜，开头易，坚持难，所以便对凡事能自律和坚持者敬莫大焉。

　　不用说远，身边就有坚持的典范。我的老妈常年坚持走步和做操，风雨无阻，每天早晨准时准点出现在做操的队伍里，有时下雪了老妈还会积极地去给场地扫雪；还有热水泡脚，春秋冬夏从不间断；还有吃药，老妈高血压，心脑血管也不是很好，饭前饭后总有好多种药分期分批等待着，老妈总是有条不紊从不会忘记。她的口头语就是：干什么都要坚持，不能三天打鱼两天晒网，哎，老妈就是坚持本人，别看这是小事，坚持二十年就是功夫，不信你试试？而我，三天易五天则乱。坚持，犹如蜀道之难。

　　还有个表姐夫，工作的时候就擅书法，退休后依然坚持在桌边习练各种字体，每见一手好字和他对着手机研习书法的认真样子，都心生敬意和惭愧，那些遒劲有力的字体后面，有多少坚持让人汗颜？还有一朋友也堪称坚持本尊，读书写字作画习文，多年来从未淡出视线，世间纷扰，能守这一净土，自是心性和坚持使然。

　　凡成功者大都有坚持的品质。

　　不求成功，但求因为坚持而让生活有趣。

　　多日不提笔，且做反思警示自己：可以悠闲，但，懒惰，请远离！

学习"老去"

在变老的过程中,越来越体会了"活到老学到老"不是一句空话。太多现实的碎片让我不堪一击,却又要努力爬起,毕竟,时间不等你,生活要继续。

年少时,"学习长大"一直是励志的,里面充满了阳光、充满了朝气、充满了积极。而今,我要学习变老了,因为岁月峥嵘,显然我不能活在自己一直感觉还年轻的幻觉或者说执念里。

阳光每天都是新的,时间是一往无前的,只有生活中变老的细节不断提醒着我:你真的在慢慢老去。但,认识和接受"变老"是一个极其痛苦的过程,如蚕蛹蜕变,非亲历而不能觉。虽然我也和朋友打趣说,谁还能不老?又不是妖精。

然而,只有对镜理容妆时,那些从根部开始泛滥的白发,渐减的发量,早已魂归故里的美人尖,甚至某个部位头皮的颜色都在偶尔露出峥嵘,这些,真的会让我顿生颓丧,向下细数:光洁的额头横生褶皱;上挑的眼角对这世界有了意见变得臊眉耷眼;眼皮儿先于面部开始对紫外线过敏,到了夏天稍不留神就开始红肿起皮,上演土豆风干之另类不满;"色斑",鬼子进村一样偷偷以弥漫之势浸润了阵地;法令纹横空出世强行下拉了嘴角,用它情有独钟的"八"字炫耀它的强势;肥嘟嘟的脂肪正悄悄在堆积成一种叫眼袋的东西;白皙的脖颈被岁月袭击成阡陌,怎一根项链可以阻隔?一堆细纹在眼角、在嘴角、在边边角角演绎着朱自清的"春":它来了,它们来了,它们像一大批僵尸向我走来了，像牛毛，像花针，像细丝，密密地斜织着，在我的脸上笼成一层薄烟……它们来得不动声色悄无声息，却稳准狠地击中了我的爱美之心，让我的自信一泻千里。

晒图？得感谢美颜功能的八辈祖宗。呜呼："最是人间留不住，朱颜辞镜花辞树。"唉！

这些不适还只是来自自我容颜的败下阵，不断失控的还有我的身体，开始这儿疼那儿痒，问题开始补集式提问：我哪儿不疼？膝盖？要担心爬山了，后悔年轻时没多上两次鬼见愁，很显然以后会和什么"曲径通幽，风光在险峰"渐行渐远了，"登高望远，会当凌绝顶"，这都只是成语和诗词的存在。腰？它要慢慢弯了，因为弯猛了它有可能找不到来时的方向。游泳？要慢慢加量，不能一下子"倍儿爽"，因为那会带来彻夜的不爽，疼得你手脚无着落。旅行？你要悠着，别走太多，因为不是睡一觉就能缓过来的年龄了，更何况很可能有失眠随时觊觎着你，于无形中折腾你个人仰马翻般的困顿。情绪？您也不能大喜大悲了，风一样离去的可能也是有的。唉，不能身体力行原来是这般心生绝望。

"老去"，真的不只是个话题，而是一个难题。要学习，要坡道缓行。"离离原上草，一岁一枯荣"，为啥人是单行线？轮回的只有智商和能力，老了，就小了，就回到婴儿了，却单少了人见人爱的欢喜，越发觉得《返老还童》那个电影真是妙啊。

单是皮囊老去已然怀疑人生，蚁穴溃堤般的还有我的精神，越来越不爱学习新东西了，看着女儿乐此不疲在玩花里胡哨的游戏都懒得问是什么；去超市买东西，宁可排长队也懒得学习自助结账；电脑里但凡需要个什么新东西新操作便一脑门子官司，心生抗拒。感觉自

己失去了学习的兴趣，可能也会慢慢失去学习的能力吧，这该是最可怕的老去的标志吧。有时感觉衰老真的倏忽如午夜惊魂，让我无奈和慌乱。

对穿衣打扮也兴趣大减，虽然多数是身材已成致命伤，但原来一周不去商场买点货就心痒难耐，变成了好久不去也不想念，见人多就过敏的状态。原来奢望其实也是一种年轻的标志，那种对某件新衣服不可得时心心念念的感觉慢慢随风而逝，算了，差不多得了，随遇而安吧，这些中庸的念头渐渐主宰了心性。

见识了各种各样的老去，也在老去的路上心生各种恐惧，然而却无法逃避，怎样直面？怎么才能优雅地老去？或者至少不是无趣度日，毕竟，我只能慢慢老去，不享受这过程，便只能甘受其折磨至死，浑浑老矣，该如何以对？

谁能不老呢？那也至少做个妖精而不是妖怪吧。

毕竟妖精说起来还是有灵气儿的、妖娆的，这就需要修炼。

老去的每天都是陌生的，都需要接受并和谐共处，都需要学习，愤怒和失落只会让老去加速，且姿势难看。

谁的终点还不是尘归尘、土归土呢？老去是人生路上的必修课，好吧，适度养生，读书学习，皮囊和灵魂兼修。认清你老年这一段旅程吧，让它也有该有的魅力，年轻时的热烈变身现在的恬静，也是另一种不同的美好吧，不用工作又有了大把闲散时光，培养一两个爱好，往来几个好友，游几处风雅景致，不急不缓，不纠结不纠缠，随心随缘，快乐、健康和心态好，算不算赢了终点？

老去之路漫漫其修远兮，吾将蹒跚而求索。

独处亦清欢

人生苦短，纷扰缭乱，聚聚散散，恍若流星一闪。

当疫情把人们逼回到封闭的空间里，突然从一个社会人变成独立人，环境改变了，有大量的时间要面对孤独，虽则可以读书写字听歌，把恐惧的情绪挤在身体之外搁浅在沙漠，但突然少了社会性，也不免失落和茫然。然而生命迟早会进入这样一种状态，也必须直面独处和孤独，便无法不来思考一下这件事。

人是群居动物，所以独处就会平生孤单甚至孤独，有时我们会恐惧，有时我们会享受。而这两者的根基取决于我们内心是否丰盈，它是否可以自给自足。

都说社交是一种能力，而独处更是一种能力。人的整个生命历程实际上就是一个自己和自己独处的世界，这个世界是否快乐，很大程度取决于我们的独处能力。回想以往，越来越认同：自己之于自己是一个不断斗争、不断和解、不断挣扎、不断否定、不断善待和纠正航线的过程。

独处时该如何安放自己？取悦自己？体会幸福？

我们有时总是过多地依赖别人，过多地把快乐寄托在别人和事件之上，而忘记了真正能主宰你内心世界的也只有你自己。所有浮于表面的热闹终是一种表演，并没有幸福该有的味道。往往，越处闹市繁华，越觉内心无人来和。

无论于生命还是亲朋，孤独都是你要独自面对的一个永恒主题。

从出生到逝去，即便是我们看似最铿锵有力的时候，我们的幼小和内心需求始终与孤独同行。在这个世上有些人你可以期待，但无法过分依赖，因为只要离开便会致命。再亲的人也只能陪你一程。你也不可能和别人分享你所有的秘密，也没人能解决你所有的难题，你必须学会独自消解和淡忘，浮生若茶，甘苦一念。

"独处亦有清欢事，未必人生尽相知。纵遇繁花满千树，他日花谢剩枯枝。"

独处也是一种修行，能在孤独时内心繁华而平静，才能在纷扰里淡然无恙而乐享不争。由此，独处的能力便很重要，具备这种能力并不意味着不再感到寂寞，而在于安于寂寞并使之具有生产力和创造力，让寂寞本身成为一片诗意的土壤，与自己对话，与远方对话，成为创造力的源头，读书创作反思并乐享其中，这是一种能力，一花一世界，一树一菩提。反之独处便觉孤单无助，无所事事，无聊至极，这种状态于生命不能不说是一种浪费。

一个不能独立自主的人，其实也是对别人自主的一种不自知的侵犯。一度，我总是很黏孩子，她是我世界的中心，一旦她稍远离我，我就没着没落，总是要担心这担心那频繁电话联系，殊不知这种过度的爱其实是一种负担，无形中绑架了孩子，让她不堪其扰，而有时她的不耐烦还让我委屈痛苦，真是庸人自扰之。

寻寻觅觅，车水马龙，无所适从。蓦然回首，灯火阑珊只一人，那便是自己。自己给的永远是最可靠的。但是独处绝不是一个人骨子里的冷漠，而是一个人思想和灵魂的自由。独处独乐，人生一快也，人生得一知己难矣，而最知己者莫如你也。烟火处善待自己，也给自己独处的时光，审视自己的内心，自己和自己交谈、争辩、和解，然后幸福。

  在孤独里为王，好过在繁华里被迫从众的那种受伤。有些事无须计较，时间形同虚设却会证明一切；有些人无须惦记，道不同最好无交集。刘同说：原以为，孤独是世界上只剩自己一个人，却原来，孤独是自己居然就能成一个世界。

  一杯咖啡、一曲音乐、一本书，独卧阳光下，无他。

孤独这东西

常常，生活里太多的细节提醒着我们的老去，孩子长大独立，自己从工作岗位也将慢慢离去，独处的时间越来越多，被需要的感觉越来越少，与社会的黏合度也渐次降低，强大的孤独感时常会铺天盖地蔓延而来。

小时候不知孤独为何物，真的是"爱上层楼，为赋新词强说愁"，长大了才知原来孤独是只虎，它可以是思想找不到回声的苦，可以是皮囊形单影只的彳亍，也可以是成就理想的殊途。孤独竟像是把双刃剑，成也孤独败也孤独。

孤独真的是老去的宿命吗？孤独是一种痛苦吗？孤独是生命繁华的落幕吗？什么人会感觉不到孤独？怎么才能远离孤独？

对某些问题，从认识到接受真的是"非知之艰，行之维艰"的一个过程，而且也找不到理想的答案。

但孤独终是所有人生命里无法回避的问题，从哪来到哪去的宿命从未远离，细思极恐，不过是时间段不同。

生活中，往往情感和事业是让人心生孤独的两个指标性的存在。其实工作不过是一段社会性的旅程而已，至于爱情你愿信则有不信则无，有无你都可以打造你的生活品质，所以最好别纠缠什么执念，任何执念的终点都是更深刻的孤独，都会将自己捆绑在"无边落木萧萧下，不尽'孤独'滚滚来"的意念里。

也常在想：那些独立生活的人真的是像他们的笑容那般灿烂吗？

还是也背负着不为人知的随时会泛滥的孤独的侵袭和突然间会泪流满面的悲戚，只是在人面前都表现阳光的一面而已，谁的日子不是像张爱玲笔下的那一袭华裳，下面长满了虱子，只是数量多少而已，因为这才是生活的本质。

网上那些从不间断的明星、大人物的传闻、事件，早就告诉我们，没有不被打破的神话，什么也斗不过时间这把剑，因为我们过的是日子，不是传说，生如流星一闪，那么，该怎么直面孤独？

三五好友小聚，喝茶品酒唱歌，谈谈心事、放下一些背负、解决一些困惑，心灵顿生喜悦，皮囊不亦乐乎？孤独之行色便弃你而去。看看世界，行走于山水之间，豁然于烟火小巷，孤独的侵袭便无有孔入，转而另觅他人。让一段孤独成为你的独享，和自己对对话聊聊天，不能打败它就加入它，消弭它。

但，人其实很难战胜孤独，你越是在意它，就越凸显它对你的力量，只有你把它当成一种必然去和谐共处，你才不会时时有无尽的挫败感，而与之相处的最高境界便是融入它享受它消费它，毕竟那才是和真正的你自己握手言欢，是你和自己灵魂的面对面，人最终的快乐都是正视孤独，过分求同则只能走向毁灭，越是思想深刻越会成为诗人、文人，这样的概率往往多于常人。

《百年孤独》里有一金句："他逐渐明白，安度晚年的秘诀不是别的，而是跟孤独签订体面的协议。"是的，每个人都多少面临这样的问题，解决不好无法幸福。对任何人和事物的依赖都不可靠，一个人的背影也可以很美好。

孤独猛如虎，看你怎么处。

瞬间即永恒

生命像是浩瀚的星空,而生命长河里那无数个值得被记忆的瞬间,便像是眼睛一眨一眨的星星,它们组成了我们生命的云图。

散步时突然发现朽木间一株嫩芽,或是崖间罅隙里一朵怒放的野花,便感到生命力的坚强和绚烂,由此而生了力量。

午后光线里一片绿叶,因那光芒而明暗交叠、闪亮的色泽,使得它们在老绿的黯淡中脱颖而出,迎风簌簌卓尔不群,便感慨:一样的世界,只要我们心中有光,便也一切都是亮的、美好的。

细雨中的满池碎荷,只因多凝望了几眼,那滴滴点点的韵律和灵动就走进了我张望的眼,那一汪新绿成为一季的感动。

带老妈旅游,逗她时那开心的笑,感觉那炸裂的皱纹都是岁月的光华,这是个幸福的瞬间。

邂逅了一间古董咖啡店,偶遇了老板,侃侃而谈了一件件古董背后的故事和他的成长经历,便感知了诸多不同。你不可能经历所有,却可以让感受殊途同归,这,就是这个世界的神奇,有些力量永远不可被低估,感谢行走的脚步永远会带给我们的内心诸多的新鲜感受,这个午后因此而不同,在生命长河里,这个瞬间无须标注却无法忘记。

上中学时在水池边,班主任那句"我真希望你是我的女儿",让自卑的我一连多日都觉得身上笼罩着光环,这个瞬间让我感受到自己存在的价值。

高三毕业最后一节课结束前，突然从距讲台最远处飞奔过来的、最调皮的孩子给我一个深深的拥抱，他在我耳边说："老师，谢谢您，我学习一直不好，您却一直对我很好。"这个画面在我教学生涯中一再重现，一个感动的瞬间，一生的暖。

有个从不主动交流的女生，分别时送了我她自己亲手新制的晶体，看到那晶莹的针状晶型，心瞬间被融化。

那个喜欢化学的男生蹲在桌边说"我又错了不该错的题"时，那个沮丧又可爱的表情，固化在我莫名的感动中。

还有一个羞涩的男生默默写给我分别留念的诗歌，那稚嫩却工整的笔迹瞬间击中我内心深处的软。

一个眼神，一段并无交流却神情交会的沉默，记忆中掌心的温度。所有这一切都是瞬间，这些特定时间空间的画面衍生的情绪成为别样的财富，成为永恒。

世间可能根本没有什么永恒，或许是我不够乐观。但我却坚信瞬间即永恒，那瞬间的后面带给我们的幸福、感动、灵魂的触摸、抚慰，都将在你的情绪中招之即来挥之不去，或许这才是永恒，它们让生命丰盈。

人生也多无大事件，不把什么都想成理所应当，你便多了感动瞬间，多了幸福感，这些瞬间像是散落的珍珠串成你人生的篇章，像是星星点缀在你生命的银河，无可替代。

多少个瞬间被一再怀念，它们都活在光中。

这无数个瞬间让我的生命充满了不同质感的感动。

我无法掌控未来，只想活在当下，珍视每个瞬间，珍视生命。

瞬间即永恒。

活在当下

什么是当下？

想和喜欢的人喝杯茶，然后无关风月地坐在了一起，也许不多说话，但，心和眼神可以表达，这，就是美美的当下。

想看个电影，哪怕千山万水也选了环球影城坐下，不亏待视听的渴望，细细品味，情节入心，灵魂被滋润，这，就是当下。

想到处看看，就背起行囊，没什么时间是最适宜的，只有心情的过期不候。穷乡僻壤或喧嚣繁华，看看别人怎么活，行万里路和阅人无数，哪种都可以养眼润心，秒懂现实版当下。

享受当下不代表一定是"阿Q"，但可能是技术层面的逃避，不和烦恼硬杠，也不陷于泥淖，不放任沉沦，不认同躺平那些虽不费力而自损的生活态度。

享受当下是要喜你所得，也不嫉你所不得。要锻炼自己安抚负面情绪和激发热爱生活的能力，所有的一切都是最好的安排，不是这样的悲伤可能就有更大的悲伤，不是这样的喜悦也许根本就没有喜悦。不纠缠过去，不期待未来，好好享受你得到的现在。得到才是当下该有的真相。

所有的发生都是必然，都是冥冥之中。只是现实中的我们一无所知。

享受当下，就是必须放下，每种选择都有它的美好和不堪，没什么可以大路通天。每个人的人生都自有悲欢伤感和无法释怀，自有一

个一地鸡毛的烂摊子，烂或者更烂的区别，呵呵。也许人心不足蛇吞象，所以人生不如意十之八九，这话针对全人类，无关穷富成败。

你可以身陷泥淖也可以挣脱束缚，心态决定视角，自救永远是最靠谱最有效的，无他。

享受当下，就是不怀疑、不焦虑、不急不躁、不奢望，心怀善意，感恩美食美景和你爱的、爱你的人。这些让你获得内心深处的安宁和力量。

正视所有已经来的和将要来的，心里有爱，生活就会有光。

只是凡人，总在某些深夜觉得人生无奈，又总在某些清晨见了那些兀自生长、盛开与颓败都静默无言的花草，和被或清新或凛冽的空气味道拥抱而觉得活着真好，这就是真实的人生。

活在当下，不是一个口号，是一种选择，一种态度。

选择一次次出发，只是希望心能到达。

愿所有的出发都有归程。

你快乐吗

爱默生说：一个人对世界最大的贡献就是让自己快乐起来，你快乐一分，这个世界的灾害就减少一分。

某个角度看，人活着的终极意义是快乐吧，狭义和广义无外独乐乐和众乐乐。

简单看，快乐是一种情绪，细想，它更是一种能力。

当你的某些欲望被满足时便自然会快乐，但欲望过多、快乐的参数过多时，你也就很难得到简单纯粹的快乐了。为什么有些人在你眼里平平淡淡却很容易幸福，而你可能坐拥财富却焦躁焦虑忧心忡忡？很有可能纠结得太多，以至于弱化，甚至丧失了让自己快乐的能力，一个自己都不快乐的人，又怎么能把阳光和快乐的情绪感染到别人，很可能你的阴郁和愁云惨淡，还殃及了池鱼。

其实我们都难免虚荣，毕竟有着难以抵御的诱惑，但它换来的快乐毕竟无法长久，因为物欲横流的世界你永远难以走到它的前列，而且，前列又怎样呢，物质的，终是无根的、浮于表层的快乐，难有酣畅淋漓的体会，岁月流逝，你会因麻木而无感。我们能做的终不过弱水三千取一瓢饮。

我们也难免在生活工作中困难重重，难免一时心陷囹圄，那就在直面它的同时想方设法快乐吧，要记得不能把快乐寄托在任何人身上，自己永远是自己的解救者，是最靠谱的那个，如果有别人，那是你的幸运而不是必须，也不是永久。

驱散内心阴霾的阵风是自己请来的，比如走进大自然，它永远都有你想象不到的治愈力，所谓乐山乐水得静趣，一丘一壑自风流。本来还为某事郁闷，颐和园香山转一圈，发现周围都是笑脸和登山的脚步，到处都是美景，阳光红叶满山坡，空气清新香又甜，只有你自己和自己过不去，何苦呢？而且壮观神圣如圆明园也有毁于一旦的惨痛，老佛爷也有自顾不暇、仓皇逃命的时候，况我辈乎？时光还不是慢慢流淌，除了生命和健康没什么大不了的，对自己最好的应该是你自己啊，于是让自己开心是硬道理。

比如三五好友小聚一下，奢侈你就"宫廷玉液酒一百八一杯"，没钱你就一杯淡茶或者白开水，清风明月、海阔天空，倒倒心里苦水、排排情绪里的毒素，八卦一下你满意或不满意的人生，一觉醒来，又是一条好汉！

比如读一点书，看看别人怎么生活、怎么处理问题，很多时候不用寻找答案都会豁然开朗，因为你会发现，好多问题其实都是自己制造出来的，庸人自扰之，不过是一个心态而已，你可以看成一个过不去的坎儿，一个要命的问题，也可以觉得不过尔尔，又能咋地。退一步海阔天空，这句话不是吹的，就看你小腿儿迈不迈得开，方向对不对，呵呵。

再说不是所有的存在都需要解释和认同，也不是所有的问题都有一个答案，你会发现自己的狭隘较真，永远是不快乐的源头，世界那么大，不要老是围着自己那点小心眼儿转，不要有事没事去探究人性的底线，一定要走出去，要去外面的世界看看，当你觉察到自己的渺小的时候，觉察到离开了自己地球也许转得更好的时候，觉察到没有谁离开你真的活不下去的时候，到不把自己太当回事儿的时候，快乐

就来找你了，快乐的能力就是在你思考的过程中培养出来的，读万卷书、行万里路，都是你践行这思考的途径。

当然，无论怎样的心理建设，不快乐也是有的，毕竟人生不如意事常八九，毕竟不快乐也是一种情绪。但阳光总在风雨后，经得住风雨才见得到彩虹。想让自己快乐吗？那就不要好高骛远、缘木求鱼、刻舟求剑、朝三暮四、南辕北辙、闭门造车、捕风捉影。

一个能使自己快乐的人才是真正强大的人。

蓬蓬勃勃的不只蒜苗

一天，本来准备扔掉几头出了芽的蒜，看人家生蒜苗，便找来一个平底塑料盒刚好把五头蒜铺展在里面，浇三分之二的水，皮都不用剥，真的是举手之劳，放在阳光晒到的地方，齐活。

前两日每天换水，见有绿芽拱出，便觉新奇和欣喜，后两日忙碌便忘了它的存在。再突然发现时竟不是初识的模样，一盆葱绿惊艳了我的眼，这盆尤物就那么摇曳着身姿和我的惊讶相对，哇，多像儿时童谣里的那句词：排排坐吃果果。而你只需排排坐把水喝就长成了风景。

我惊叹它的脱胎换骨化腐朽为神奇，它的破茧成蝶的样子，从厨房里到阳台上，从阴凉处到明媚的光线下，它摇身一变放飞了自己，把内心的璀璨释放成它想要的样子，也不张扬，只翠绿着窈窕的身姿吸引着你的眼神，只暗暗在水底生出纤纤根芽，盘织交错在一起，仿佛网络高手设置成最稳固的样子。惊奇它敦敦实实的背面可以这样袅袅婷婷，可以这样生机盎然，实在是超出我的想象，因为不是花才更显别致，那淡淡的蒜香缭绕在鼻尖提醒你它的前世，吸引着你的味蕾。哇，想象一下它和鸡蛋热烈相拥爆发的滋味，蒜的辛辣变身蒜苗的温婉，我咽咽口水。它终将成就我的餐盘以另一种方式奉献，却多了我的不舍，我的感动，牵出了我对事物辩证的认知和思辨的念头。几头本要扔掉的大蒜居然给了我诸多的快乐和想象，这是我从未想过的它之于我的意义。

所以凡事都有两面，所谓无用，有可能是你认知的失误，你不是那个伯乐没有发现它潜在的能量。君不见那一头小小的蒜就在它白白娇小的身体里蕴藏了无限的力量，积聚着等待着那有缘的遇见，

终一日为了报答水和阳光破茧而出，那来自内心的纤细和坚强都会郁郁葱葱成为风景，成为一种振奋人心的力量。孟会祥先生曾作《蒜苗诗》说：虽为乡野寻常物，心气何妨指九霄。

我的内心世界也该有多少能量没有被激发被释放没有长成风景，这需要伯乐、需要机遇、需要激发顿悟，更需要自己的反思，毕竟最了解自己的是自己，该对自己负责的也只应该是你自己。每个生命都蕴含着不可测的巨大能量，或柔弱着、或坚强着，但那藏着的另一面只等机缘刚好时间都会告诉你，所谓铁杵磨成针。

后记：终一日它以另一种姿态上了餐桌，用新的滋味富饶了我的味蕾，我也给了它最烟火的搭配。

无法释怀的京城花事

人的一生颇多挚爱,此时此刻,只忆北京城那些关于春天的故事。

春始,便按下北京城最美容颜的启动键。阳光开始褪去了冬的淡漠,蓄意已久的暖渐次成欢。盼望中,花儿开始次第开放。最喜那流连在花丛中的感觉,像是初相遇又分明是再重逢。

"新年都未有芳华,二月初惊见草芽。"北京的春比这诗句来得要早,因为一月末已经有花朵悄无声息地晃入眼帘。

先是植物园卧佛寺的蜡梅,那浅浅淡淡的羞怯的黄,伴着缠绵左右的蜜蜂慢慢地一日胜似一日明艳,散发着这千年古刹特有的空灵的幽香,袅娜在游人的鼻翼,周边的空气还嫌清冽,就更喜这时那温婉的丝丝香味,它就是那早早到来的春的气息,也是引我而来的春的第一站。

在街边,在公园,那舒展着窈窕身姿缀满枝条的黄花是迎春,你就感觉它是春天的翅膀,开始振翅而飞。接着,那树间大朵大朵白色紫色凝脂般的玉兰也渐渐雍容出场,不染纤尘,吐露芬芳,总会此时去欣赏颐和园慈禧住所乐寿堂里那几株玉兰,因这院落竟是不与别地同,引你万千感慨:这世间唯一的赢家是时间。

四月初,法源寺是丁香的世界,那白色和紫色的丁香花团团簇簇,细细碎碎奔放了整个遁世的寺院,经声里,禅乐中,长头扑地的虔诚里,连僧人的衣袂飘飘的光影里都藏着那似有还无的淡香,悠远而深长，尤爱在午后时光漫步在这古老的寺庙里，或落座在漆皮翻卷的条椅上，和门槛旁那一只慵懒的猫对望，游离在岁月之外，香味之中，物我两忘。

各色花草百般红紫斗芳菲，更有十里桃花一夜开遍山野路边，红色粉色蓬勃而生的花瓣不计成本地你拥我挤地欢唱。中山公园的郁金香此时也会袅袅婷婷醉了你的眼，植物园的花海水杉，玉渊潭的樱花连连，念坛的梨花漫坡斗艳，景山公园的牡丹，忆不完，写不尽，伴着我的三尺垂涎。

最美人间四月天，这京城花事总是伴着二月春风一路向前停不下来，一直到四月末达到巅峰，"唯有牡丹真国色，花开时节动京城"。它们你方唱罢我登场地袭击游人的眼，怦然路人的心，一场接一场盛大的花事就这样走进我心底化成深深的印记，化成我对京城独特的春天的想念，春事如烟弥漫。

京城的胡同、公园、街巷、宫殿，每个春季，都从你的身边走过，欢喜着，热爱着。

我热爱的京城花事啊，无论我多么热爱，它总是转瞬即逝，只能空留一声叹息：你习惯了我来，我习惯了你去，只是你去了又来，我是不是也一直可以？是否一直来年可期？

这难以放下的心事啊，只因，我是如此的爱你。

当你所热爱的事物无法近身表达，只能远在千里之外翘首的时候，你才发现，你竟爱得如此深切如此热烈如此无法释怀，那些曾经看起来再自然不过的往事，早已丝丝入扣渗入你的骨子里，成了无法剥离的一部分，回忆便成了你的宝典。

而那已过华年一会儿近在眼前，一会儿远在天边。

一盒饼干

  同事在办公室推荐一款饼干,漂亮的圆铁盒里面是各种形容精致的丹麦黄油曲奇,看到那漂亮铁盒的一瞬我就觉得必须寄给妈妈,不是因它奢华的样子,而是记忆的闸门一下子被打开,旧日时光里那曾留在我心中无限的快乐和一丝酸楚都喷涌而出。

  小时候家里条件不好,偶尔妈妈托人从北京捎回一袋子有各种动物等图案的小饼干,那就成了家里的奢侈品。妈妈会隔一段时间给我们三个孩子一人分一些解馋,那是我们最快乐的时光。围坐在暗黄灯光下的小圆桌前,在我们三个目光灼灼的盼望中妈妈打开塑料袋,魔术师一般抓出一大把小饼干放在盘子里,那淡黄色的小东西寄托了我们所有对美食的想象,最激动的时候就是我们开始找寻自己喜欢的小动物或玩具饼干,辨认着鸡鸭猪狗小手枪,然后比着谁的好看、谁多一块少一块,叽叽喳喳吵个不停,整个屋子都被欢乐的气氛笼罩着,那种兴奋更多来自心底的愉悦。那是多么简单、纯粹的快乐啊!这也是妈妈最高兴的时候,她笑着看我们分赃不均的欢闹,我们各自收藏好自己的一堆,恋恋不舍地看着妈妈把袋子口系好放回去,便又开始了下次的盼望。

  现在回忆起来,那时从没关注过妈妈对饼干的态度,也只依稀记得偶有妈妈挑两个碎了的小饼干放进嘴里的动作,再无丝毫别的印象,现在想来那个只有窝头的日子里,这样的奢侈品该对妈妈也有极大的诱惑吧。然而为什么记忆里只有妈妈打开和系住饼干袋子的手?想妈妈那时也就不过三十多岁,阻挡那诱惑的还能有什么?想想美食对我从未终止过它的杀伤力,心便有隐隐的痛。

看着手机里那漂亮的盒子,这美丽的图案和里面更精致的小饼干,想着老妈一定会喜欢,一定会爱不释手,也一定会像往常一样埋怨我乱花钱,但我想要的是她内心的欢喜,是能勾起妈妈对过往时光的回忆,同时妈妈会想起自己老母鸡一样护佑我们的情形,也会伤感羽翼丰满的儿女不能再像小时那样绕膝左右吧。而于我则深深地感激老妈在我绵长记忆里留下的那因为爱才并未过多感受贫穷的童年,总会想起妈妈开合饼干袋的单纯的快乐和年长之后才有的那份深深的懂得,岁月可以浸染一切,但平凡生活中蕴含的真爱,永远是最初的模样。

如今,我尽管能给妈妈买任何奢侈的饼干了,但妈妈的身体却需要控制甜食了,这让我愧疚难耐,长年奔波在路上,以为一切都如往常,以为妈妈总是年轻的模样,直到自己添了白发才深感岁月的无情和爱的重量。特别想要这样的仪式感,想着妈妈在这奢侈的盒子里随意拿起一块精美小饼干的时候再不用因惦记她的孩子们而节省,再不用因恐慌而精打细算,只需要在阳光下体会美味和美味后面的温暖,一切有我们,那仪式感带给我的就是沉醉心底的幸福。

妈妈虽然老了,孩子却长大了,只希望妈妈被岁月温柔以待,彼此的挂牵是爱的涓涓细流,何时回头,我们都在身后。

视频那边妈妈举着饼干盒让我看:有好多样不同的饼干哪!

好吃吗?好吃!!

我要我觉得

每个人对生活、对自然、对事件独特的感受才是你在这个世界最珍贵的财富。

永远不要在意你所感受的细节会不会得到共情，它没有那么重要，重要的是你觉得，不是别人觉得，来人世一遭，那是你独一无二的体验，要敢于坚守"我觉得"，包括你的爱恨、你的悲欢，老天赐你的芜杂情绪，你对事物的直感，这是你对这个世界的深情，如果你能用文字记录下来，那无疑是一种贡献。

我们本就处在一个有人喜欢江湖之远、有人喜欢庙堂之高的世界，如《四库全书》《永乐大典》是伟大的，是历史的丰厚遗产，而你的感受是平凡的、琐碎的，却又独一无二的，都值得被珍视。宏观和微观让世界丰富和真实。

比如我对喜欢的美食总是抱以极度的欢喜和兴奋，而到了别人那儿却看似夸张或无所谓，喜欢的风景街巷哪怕是冬天的枯枝在我眼里都有着无尽的深意，在别人眼里可能不值一提或是只觉得肃杀，这很正常。

我们不排斥别人的"觉得"，却也不要随意质疑自己，这就是彼此不同的热爱吧，人要有所钟爱，好而乐之是件幸福的事儿，有诸多"我觉得"并享受"我觉得"的感受也是一种生活的意义，那背后藏着我对生活的期待。那是独属于我的符号，是我的存在感，是别人记得的我的不同。

哪怕认真度过日复一日的平淡,那也是对生活真相的认同,是热爱的另一面,因为忍受并享受平淡,比潮起潮落的刺激来得更长远、更现实。

在宇宙的星河里,人生短如一瞬,蓦回首"人间忽晚,山河已秋"。所以对这世界尽可"我觉得",多些"我觉得",我觉得胡同好美,我觉得黄油点心无比美味,我觉得这歌声太动情……当有人总说:我觉得你说得不对……我觉得你应该……

你也要说,我不要你觉得,我要我觉得。

那是你对世界最认真的模样。

致我的龙骨

这盆龙骨我养了十余年，没有经验也没学养花之道，它就那么硬硬朗朗地有时茂盛有时委顿，我以为那就是它该有的样子。十余年它长到快与房顶比高，也粗壮到一抱不能合围，成了一进门就与你相呼应的风景，我从未担心如此结实高大的它有一天会弃我而去。

闲暇时候我会悉心浇水，偶尔浇些营养液，没时间可能二十天就那么干枯着，觉得它都不会有什么。它的确没什么，最多赖赖唧唧黄着脸向我示威，给我看看脸色，我一浇水，几天之后它就忘了新仇旧怨又展露欢颜，葱郁起来，与我和好如初。每每晒我明媚的阳台，都会被赞龙骨养得好，我只在心里窃笑和内疚。

一切都成为习惯，却不知福兮祸兮。

一日，我觉得它太高了以至于小叶片有些干瘪，便举起剪刀把上面的枝杈拦腰斩断，汁液横流时我心里陡然一惊，现在我才觉得那奶白色的汁液该是它痛心的泪水，我很后悔，悔之晚矣，我竟没有问问度娘该怎样修剪它而让它毁于我的无知。

它开始变黄，我就狠命地浇水讨好它，它越来越黄，我开始心焦却无措，眼看着它的生命一点点枯萎消逝，心被小锉刀一点点拉，从我搬进这房子陪伴我最久的就是它了，默默无语，总有一簇老绿守候在那里。

妈妈为了挽救它，把大部剪掉，如今它矮小成十多年前进门的样子，却仍是满面黄褐，不久于人世的弥留模样。也没想到我的心会如此受伤，我该拿什么拯救你，我的龙骨？从不曾细想你对我的陪伴已经成为我生活的一部分，直到失去才发觉我对你过于随意，少有珍惜，想当然你会永久地陪伴，却不知你会悄然而去！

盼望着，哪天晨起，你能绽出一丝新绿，盼望着，我彩色的丝带还能围在你的腰际……我也能成长，以为原本如此，便少有付出的单纯。

惯性之中，人就是那么互不自知。失去才知代价。

当曾经的拥有变成怀念才有太多的慨叹，盼望着你还在我的视线，我们彼此欣赏彼此呵护，共度时光荏苒；抚琴饮茶，春夏秋冬，何处寻窗前那抹绿影萍踪？渴盼彼此相知，成为彼此生命里的风景。

残喘的你，可听到我的呼唤如风？

翻看之前的照片，居然没有一张是为它照的，都是在后面默默撑起风景。

不禁感慨：生命有时那么顽强，有时又如此脆弱。相比意外和明天，我们还是珍惜当下来得最现实吧。

人间最美是庸常

　　一个雨后的晴日，蓝天白云，微风习习，空气中弥漫着四月的花香草香，正是繁花似锦时候，心情在大自然散发的味道中便格外地清朗，我从平安里地铁站出来，骑着自行车缓缓游过地安门大街，目光所及都是心里的景致。有时难免庆幸别人眼里的庸常，在我眼里却总有新意和美丽，便觉随时都会被幸福感浸润。

　　胡同永远逛不够，永远是游玩的主题，转转看看便满足感充盈身心。胡同周围嘈杂又祥和的一切让我觉得这才是真正的生活，真正的烟火。"人间最美是庸常"，这句话蹦跳着进入我的脑海。

　　方砖厂胡同附近的老北京炸酱面是有名的网红店，节假日能排半胡同带拐弯的，今天没有人山人海，便进去来一碗地道的面条，不惊艳却刚刚好的老北京味道。老板站在门口绝不先收钱，等你吃完手机门口一扫码儿，当啷一声彼此两安心。

　　吃完主食一定要到对面"烟囱冰激凌"来一个肉桂口味的，举着它边享受那份细腻香甜边懒洋洋把胡同逛起，生活慢，慢生活，用喜欢的方式走走逛逛，人生之好奢侈概莫如是。

　　胡同里还满是炸酱的香味，一老人在嘈杂烟火中游离出去，坐在三轮车边上用铅笔在专心地画着眼前的大树，丝毫不理会别人的指指点点，那素白纸笺上一条条墨线还藏着老人对这庸常的热爱吧，那一缕缕阳光散射在枝杈间，落在老人的笔墨里，便觉极是美好，是生活该有的静好样子。

南锣鼓巷附近的胡同名扬国内外，到处是游人晃动，主街道上人满为患，我通常是只逛周边的分支，弯曲的豆角胡同、大榆树胡同，这里面藏着无数的美好，那刻着岁月纹路的旧而温暖的木门和上面古式的门环，那风化了容颜却坚守在门两边的石鼓，那虽沧桑却藏不住往日奢华的雕花门楣，经典的小院落有王侯的、有百姓的，有历史的、有现代的，是一处完美结合地带，走着走着便惊喜连连。

一只小黑狗趴在胡同正中心晒太阳，行人都得绕着它走，好像它才是这街巷的主人，透着淡然却霸气的样子，胡同里依旧晒着各式花样的被褥，觉得它们好幸福。每天生活在阳光包裹的日子里，怀一颗宽谅喜悦之心，珍爱世间所有的相遇，我热爱的胡同每走一回都多几分热爱，爱这人间淡然庸常，爱这凡尘俗世的热闹时光，爱这人间幸福美好。

自娱自乐一日游

北京的春天和秋天都是我最喜欢的季节，可惜都很短，春天的生发、花的绚烂；秋天的收获，叶的辉煌，都算是自然给人类最美的馈赠。四季轮回，我们渐渐变老，单向，我们没有理由不珍惜这美好。

工作的忙碌和生活的压力总是让我们淡漠了对美的享受，那份期待总是让我们不断规划着退休之后的时间，能去各处旅行去看看世界，其实在分秒都不会迟疑的时间长河里我们又何必等待？昨日已逝明日未至，只有今天是你能把握的，今天才实实在在，所谓"当下"便是这样的概念吧。而你期待的明日，可能风景更美却心境不再或是腿脚已对你提条件都未可知。

于是我总是在平常的日子里一次次出发，哪怕无目的地转转，只要给自己融入自然的那种最深切的感受，用游走的方式阅读着这座我热爱的城市的变化和悲喜，也许就是我想要的生活的意义。

又是秋高气爽蓝蓝的天儿。我从地铁站出来选择骑车游逛，这是我最喜欢的方式，在喜欢的地方驻足，在无谓的地方倏忽而过。

第一站：故宫以东最美书店——隆福寺更读书社

年少时候隆福寺是心中的美食天堂，改建之后的隆福寺还是第一次来，淡出视线许久之后 2020 年的它现在是刷屏的网红，主要因了顶层的四座古建和一层的美食及更读书社。顺着钱粮胡同找到隆福大厦，先进到一层，挑高极高的厅堂里有着众多美食，饿鱼去隆福、椒小厨、四四慢食、春田奶茶、咖啡馆、酒吧、巧克力店一应俱全，另

一侧便是更读书社。"更读"致力于打造和运营全新文化空间"更读书社"和社区周边的 24 小时无人值守城市书房，是图书馆＋书店＋文创的全新阅读模式在通州和大兴都有分店。书社门口位置的蝴蝶鹿和创意"阅"以及飘在空中的艺术造型都很有格调和美感。书店里的场景一样是心中的美好，总是在心里感谢它给我们日常平淡的生活带来光亮，让每一个独立的灵魂都有处可栖。北京这样的书店越来越多，各有独特之美，只是那爱书的感觉在哪里都不会变，都是心中天堂的样子。宽阔、逼仄、现代、古旧，都是它不同的侧影。

大厅里还布展着新北京建设亮点，美食、书社、展览，既烟火又天堂的完美结合。

最大的福利是预约之后可以上 9 层天台，参观崭新的古色古香的建筑之余，居然正有五位名人的"境界"画展，不免兴奋。这就是文化城市的优越，总会在不经意间收获别处刻意而不得的美好。文化的味道总是在身边随处荡漾。不懂画，但它的神韵仍能熨帖你的心，让你安静淡然。这就是艺术的力量，去浮华躁动，书和画都有静心的神效。

在欣赏红檐绿瓦古建筑的美好的同时还能欣赏画作，用青砖各种罗列的艺术气息和登高远眺北京城的舒爽都让我更加沉醉在秋的气息里。那秋风，那落叶，那拂面的乱发都让我觉得自己生动地活着，都让我深深记住这个秋意绵绵的日子。

第二站：木木美术馆

看展出来直奔木木美术馆，先来一杯 Arabica 咖啡，西班牙拿铁果然清淡宜人，恰是中午时分，硕大的玻璃幕墙把一众光线散射进来，咖啡的香气缭绕了这段时光，浸润在属于自己的独特记忆里，岁月因这一个个细节而不同。

　　发过一阵呆后，骑车奔向 FINE 的路上，在美术馆后街偶遇了一场演讲会，居然是我前几天刚看过的中轴线展览中关于中轴线文化内涵挖掘与创作主题的决赛拼杀。就是这么幸运，众里寻他千百度，蓦然回首，让这个午后更加美好，回忆起来还怦然心动。聆听了这一场决赛，感慨冥冥之中的神奇，也感动自己兜兜转转的真诚换来的回报，更感慨自己庸碌之时竟有这么多人在努力，在为探索和改造这个城市乃至世界这样的梦想而不懈努力着。

　　恋恋不舍地从演讲礼堂出来，脑子里还全是那些年轻人的慷慨陈词和激情洋溢，便觉中国真的是有希望的。走过帽儿胡同，静谧中高大的树木把繁茂的枝叶投影在墙壁上，似是秋语款款在深情诉说，有人驻足痴看也进了风景，真的是"秋意浓，闲伫立，庭柯影里"。

第三站：oh！by FINE cafe & canteen 西餐店

　　沿着玉河缓缓走过，泛黄的芦苇和汩汩的水流，树叶在光线里明暗交错斑斓着浓浓的秋意，游人散坐河边很是惬意。

　　终于来了名叫 oh！by FINE cafe & canteen 的西餐店，上二层露台一观风景，内里格调清新外面人群熙攘，高大的鼓楼近在咫尺，便让景致很是不同。来一盘抹茶舒芙蕾结束这秋日一游，甜品在前，鼓楼在侧，人行匆匆，不免感慨：窗外日光弹指过，席间花影坐前移。且让味蕾把这秋日在记忆中继续深刻。

一声梧叶一声秋

每到秋天，光线开始变得温和，当它们从大片的树叶中穿行而过的时候，树叶便带着奇幻的光芒，深深浅浅地重叠辉映，色彩生动着、斑斓着，像是温润的软玉，这便是秋的色彩，充盈着你的内心深处，总是感慨单一个黄或绿，那之间的渐变色便饱满丰富得让人沉醉。

从春天嫩嫩的带着怯生生之感的浅绿枝芽，到青翠欲滴的润泽繁茂，再到揽天下之精华，慢慢成为主宰一季的纯粹的绿和荫凉的主角，树木在变幻中缓缓老去，然而在我眼里，哪怕是一声梧叶一声秋，一点芭蕉一点愁，也都是人生好时节。

当大片大片的杨树叶悠悠然于空中，在一棵树上黄色绿色褐色的叶片交织在一起显现出深深浅浅、浓浓淡淡的神韵，光线让它们影影绰绰、灵动交错，那细密的脉络是只有它们才懂的生长记录，是要细读的诗歌密码，侧耳倾听，那色彩斑斓之间似有悠扬的大提琴声低沉婉转，丝弦铮铮，那是秋天的怀念；当银杏的金黄晕染了大道小径，火炬树通红着脸站在高速路两边，墙壁上、栅栏间的藤蔓蜿蜒着红色的身躯不知终点在哪里；当长安街上黄黄的枝叶或直或弯站成不可或缺的风景，当漫山的枫叶红遍，那是音符在舞蹈，大地在低鸣。这一季是叶的季节，是叶奏响了一支浑然天成的大自然交响曲。爱极了，这浓浓的秋色。

树木始终是我们的风景带，难以想象世界没有树的样子会不会让

我们心生绝望,尤其在秋天,经历了无数风雨阳光岁月的陈酿,到了叶子绽放、漫卷诗书的时刻,它们在把美的过程尽显人间之时,用慢慢风干自己的容颜记录了不动声色游移的时间,用最轻盈的身姿等待风来,然后蝶舞、飘落,用喜欢的方式放飞自己。

秋风吹来,只见落叶聚还散,寒鸦栖复惊。自然也就在最美的色彩里晕染了一丝哀伤,树叶与枝干开始互诉离别。当秋风吹过,细雨淋过,一些娇弱的叶片扑簌而下,我们不知道叶片飘落的时候是不是有微微的哭泣,我们习惯了它们的来它们的去,甚至飘落在我们的脚下,却忘了其实我们对曾经的生命该有一丝怜惜,此时心境难描画:灯花落,棋未收,点点愁。

认真聆听,该知那"梧桐叶上三更雨,叶叶声声是别离"……只能一声长叹:"冉冉秋光留不住,满阶红叶暮。"

放眼望去,秋在黄花羞涩处,秋在空山堆叶中,秋在辉煌中开始萧瑟,冬悄悄在风中添了寒意,秋去冬来,所有的怀念都留给时光,等待下一个轮回,这就是人生。

"谁念西风独自凉,萧萧黄叶闭疏窗,沉思往事立残阳。"

二月兰

每年到二月，忽一片粉忽一片黄，忽一阵微风忽一阵草香，忽一阵虫欢鸟鸣，便绚烂了二三月的视听。

不知不觉间，冬的满目苍白忽然被清清浅浅嫩嫩的若有还无的绿、粉、黄诸多雾般的团簇搅扰着，视线里满是模模糊糊的色彩碰撞，远看有、近看无的绝不只是青青草色，心里便也萌动起朦朦胧胧润如酥的浪漫情绪。

五官被调动着，在自然界里迷失了方向。树叶枝条抖动着，心就起了波澜，春，真的来了。

春天的花自是不胜枚举，今年独爱二月兰。

本不知那花叫二月兰，往年虽也常见却没有细究，只因喜爱紫色便爱屋及乌，觉得好看。因限号每周一天在旁边是一片林子的站牌等车，便有了深度结缘二月兰的机会。

偶一天见路边有惯常的紫花开放，零零散散，并未觉得特别。然而只间隔一周的时间再见，突然被惊艳了眼，那花竟以铺天盖地之势席卷了站牌旁林子里的草间、沟垄、坡道，一副我的地盘我做主的霸道之势，目光所及都是它微微摇曳的身姿：是我是我还是我！紫雾氤氲缭绕，花非花雾非雾，既梦幻又平静，给那原本空旷的绿色林子增添了别样温婉的魅力，自是也占据了我这本就独宠紫色之人的全部视线。无法不爱。

那熙攘的紫花以像极了星星之火可以燎原的态势铺展成画卷，说来势汹汹一点不为过。似乎是一夜之间那怒放的小花就开拓出了一大片蓝紫色的海洋，在微风里旖旎出浪花来，一波一波，对视线的侵犯性极强，却又是淡然的不经意的，那美感也就极有气势地走进了心肺，心里便一漾一漾，美美哒。

等车时间长时，走近那花海细细观来，那蓝紫色白色相间的花瓣温润不张扬，不像牡丹惊艳你的眼，不像梨花泽被你的心，她却以微小淡雅惹人疼惜的姿态攻占了你的心，不因物以稀为贵而居，深谙重复是一种力量之理，以大片大片的铺张的气势，绝对以多取胜，对游人一招毙命，哈哈，此话的气势可应对乎？

周边的桃树曲折着身姿，妖娆着红粉，二月兰悄然吐露着芬芳，林子像个大氧吧，空气都是甜的，呼吸便无比舒畅和幸福，等车的漫长和枯燥被瞬间消解，变成了享受，难怪人要走入自然，这治愈力可低估乎？你永远不知道大自然静静地给予了你多少营养。远看近瞧，这画面便感觉一些花儿在树梢斗艳，一些花儿在树下争奇，但其实一切都是那么安静，春和景明，它们不过在自然地开自然地败，做好自家的事儿罢了，不与何人斗芳菲，只求来过自无悔。一切都是人为臆想，很多时，不过是横加了人类的好比好斗的思想。人，什么时候能活得像花那样无忧虑呢？

认识二月兰的想法变得急切：二月兰是菜也是花，每年的4月会开出蓝紫色的小花。它对北方的环境适应力极强，因为较早开花，又有"把春来报"的意思。

二月兰又别称菜子花、二月蓝、紫金草、诸葛菜。耐寒能力很强，又比较耐阴，从东北、华北到华东、华中都可以生长。冬季如果遇到风霜雨雪，叶片会受到不同程度的冻害，但早春时就会萌发新叶，开花结果。二月兰会开出紫色的小花，自下而上陆续开放，4至6月开花不断。二月兰的繁殖能力很强，播种一次就可以自成群落。每年的5至6月会结籽，让其自行落入土中，9月就会长出小嫩苗，第二年开花、结籽，年年延续。

果然，自成群落并不是浪得虚名，而花期如此之长超出了我的认知，就在我写此文时，车行之处，路边的二月兰已然不问闹市还是僻壤呼啦啦成为景致。

早年读过季羡林先生写的《二月兰》，原来就是这花。

很喜欢季先生的一花一世界，说着花只是花，花又不是花的生活禅学道理。就像是诗言志歌传情，花，自然是寄托着人的无限悲欢，揪揪扯扯，最易颐养心性，又易睹物思人。

2022年的初春，二月兰，以自成群落的姿势，生长进了我的记忆里。

粉黛乱子草

世间多奇物。

初见粉黛乱子草还是在紫竹院,不大的一片,粉粉的朦朦胧胧蓬松地蜿蜒在堤畔,软软柔柔地随风袅娜着深深浅浅粉色的浪潮,吸引了无数游人,当时就很是好奇这粉色的草到底是个什么稀罕物,看惯了黄色绿色的草,已成了思维定式,就像是最初听到黑牡丹一样觉得奇怪,花怎么有黑色?最后发现景山公园里的黑牡丹其实是紫色向黑而生,也算稀有。

但这世界本就是物以稀为贵的,所以当大面积的粉黛乱子草突然在家门口盛开的时候,我真的被惊艳了。公园附近一时由门可罗雀华丽转身为车水马龙,这大片的粉黛乱子草就这么成为网红而刷屏。

独木难成林,而凡物成片再不拘一格那便真的是景致了。这大片的粉黛乱子草以那种近乎缥缈的粉摇曳着、变幻着,虚无而又真实着,风吹过,一浪一浪翻卷着深浅渐变的粉色波纹,美轮美奂如童话世界,露出绿色根茎的时候你才恍然原来这是花不是草,这粉雾缭绕的世界迷失了游人的眼。

走近它们的时候那草一株株便淡了颜色,一副柔弱无力又略苍白、似粉还无的娇嗔模样,大有"草色遥看近却无"的境界。

忍不住细细端详,每一株草有着缤纷的白色颗粒,像是盛开的礼花散落在枝杈,有着烟花般的浪漫,而放眼一簇簇的时候,那粉色就聚集而来击中你的心,随之而变柔软,其实我们无论多大年纪内心深处都住着公主或王子，这草便有勾魂引魄的魔力。忍不住哼唱：风啊你轻轻地吹，浪啊你轻轻地摇。有时示弱真的有着呼唤关注和怜爱的功效，这草有着别样的温柔，力量竟胜于傲视寒冬的苍松翠柏。便又想起泰戈尔的话："使鹅卵石臻于完美的不是锤的击打，而是水的载歌载舞。"生活中我们是不是也可以不那么强势？

粉黛乱子草的花语是：等待。

人生活的动力是希望。当我们心怀期待的时候便觉世界美好，期待一份遇见，期待一份开心，期待一份惊喜，期待一份淡然，期待一份收获……粉黛乱子草花期是9至11月，走过了春的怀念，迎来了盛开的秋，在肃杀的冬期待轮回，期待酝酿、萌发，用粉色盈润和丰富这秋中略显苍凉的自然的颜色，袅袅娜娜盛开成这一季亮丽的风景。

"回眸一笑百媚生，六宫粉黛无颜色。"

终于见识了这冠以粉黛的花草，它美得淡然不张扬，柔软却有力量。

总是感叹自然是如此神奇和美好，几束花，几株草，一条小径一杯清茶，一缕清风，便是人间好风景，物我两忘。

桃花闹

喜欢春季,自然是喜欢春风、春雨和争奇斗艳的百花,花谢花开,美了四季美了流年,对心情有着奇妙的治愈力。每逢春至,花开蝶戏,便是心情好时节。梨花、杏花、桃花、迎春、玉兰、牡丹,纷纷攘攘着春的气息在心头缠绵。

本是爱花人,哪怕野花如米小,见了也是满心欢喜,完全没有抵抗力。

"画楼春早,一树桃花笑。"

"双飞燕子几时回?夹岸桃花蘸水开。"

春天之于我,感受最强烈的是桃花,每逢阳春便见"丹灶初开火,仙桃正落花"。它不似梨花款款百媚娇羞,不似玉兰清高孤傲犹抱琵琶,也不似杏花一朝雨露吹弹即破,它总是一开媚你眼,再开灼你心。"争花不待叶,密缀欲无条。"你总是见它一出场就热烈着、层叠交错着纷涌而来,整个枝杈都挤满了花,像小灯笼一盏盏粉红着、娇媚着你追我赶,怎一个闹字了得。它开得奔放而最不计成本,就那么轰轰烈烈进入了你的眼帘。

"满树和娇烂漫红,万枝丹彩灼春融。"那种跃动的活力和热情一下子就冲破了冬的苍白和僵硬,独木也妖娆,几树便成景,若遇十里桃花,则铺展成一浪一浪翠黛粉烟,你只有迷失其中才觉得不负春光不负卿。

小时候在课本里读到过很多关于桃花的诗句,诗经里的"桃之夭天，灼灼其华"一下子就惊艳了我的心，让我爱上了桃花，多么美的句子多么美的花啊！

苏轼说：竹外桃花三两枝，春江水暖鸭先知。

崔护说：去年今日此门中，人面桃花相映红。人面不知何处去，桃花依旧笑春风。

白居易说：人间四月芳菲尽，山寺桃花始盛开。长恨春归无觅处，不知转入此中来。

桃花就这样把诗词歌赋装点，这些耳熟能详的句子总是让人如沐春风，一遍遍温暖我们。

冬的荒芜和空洞中突然出现一丝一树一片浅粉深红，春光的华美便扑面而来。正所谓"桃花一簇开无主，可爱深红爱浅红"。而爱花的我哪管什么深红浅红，我只想伸开双臂：都是我的，都是我的。

桃树、桃木、桃花、桃子都是人所珍爱，各有象征，而陶渊明笔下的桃花源更是人们梦寐以求的理想之地。

内心里对诗圣、诗仙有着深深的感激，他们对鲜花的赞美极尽其歌咏之能事，便在文字中氤氲着无限的韵味和意境之美，关于桃花，且来听：

周朴：桃花春色暖先开，明媚谁人不看来。可惜狂风吹落后，殷红片片点莓苔。

晁冲之：阴阴溪曲绿交加，小雨翻萍上浅沙。鹅鸭不知春去尽，争随流水趁桃花。

周紫芝：小桃花动著枝浓。移得伴衰翁。多谢天公怜我，一时染就轻红。

元稹：山泉散漫绕阶流，万树桃花映小楼。

刘禹锡：山上层层桃李花，云间烟火是人家。

哪一句都是大爱。

而最与桃花有缘的不得不说是大才子唐寅的长诗《桃花庵歌》，那真是句句不离桃花。又接地气又有画面，非常喜欢。选几句欣赏：

桃花坞里桃花庵，桃花庵里桃花仙；

桃花仙人种桃树，又摘桃花换酒钱。

酒醒只在花前坐，酒醉还来花下眠；

半醉半醒日复日，花开花落年复年。

爱桃花者众，我尤为甚。路旁水畔，你站成景色，不名贵不骄奢。喜欢对你饱满花朵的触摸，不用忌惮杏花梨花那样的娇弱，你任由我在手心里摩挲，你把饱满和温度传给我，那是春的光华和颜色，香在指尖绕，咧嘴笑，春天来了，多么爱你啊，春风十里不如你。

茂盛、凋零、平静，你的生命就这样山一程水一程，每程都有歌声，哪怕最后的飘落都有魂灵，都饱含着你谢幕一季的深情。

我从你的全路程走过，爱你的美也爱你的枯萎，你把你的人间岁月化成歌，留给了山河。

用力爱，用力活，这是你对自然的姿态。我们呢？

倒影入清漪

喜欢世间景色奇美的真实，也喜欢婀娜其态的影子的虚幻。真实的世界行走久了，那些或穷形尽相、或蜿蜒伸缩的影像所展现的另类的美，反而更让我怦然心动。

想必是老天觉得太过真实的世界有些无趣，便造了影像这一存在，虚虚实实真真假假互赖共生，世界便有了奇幻的大千模样。

"疏影横斜水清浅，暗香浮动月黄昏。"

行走在烈日炎炎下沐浴在如水月色中，树影月光除了给你荫凉的庇护，那满地细碎随风摇曳的斑驳花纹，则让幽静横生出趣味和魅惑，心旷而神怡之。

水中倒影自是经典，因了水的灵动和清澈，树木花朵在水中交相辉映，你中有我我中有你将颜色晕染，模糊了自己的容颜，或动或静，一唱一和，成就了浑然天成的梦幻之美。白云蓝天在水里伸展、嬉戏、游弋，宛若游龙蜿蜒其形，真的是"鱼游天上餐云影，树倒波心濯练光"，美轮美奂。

而若水流潺潺，桥拱其上，人在景中游，倒影入清漪，那镜像更是直摄人心魄。那倒影，勾勒了真实的轮廓，模糊了细枝末节，酩酊着，醉在自己的世界里。它像是现身说法，也像是追忆前尘，又像是生活真谛的领悟警示：不要斤斤计较，难得糊涂。

当光线正好，倒影妖娆，看着那花、那树、那云、那桥、那人，都像是欣赏一幅油画，欣赏一种自己和自己的遇见，自己和自己的交谈，欣赏一份独特的缘。古时文人墨客的佳句排比着在脑海中交叠重现：

看山水底山更佳，一堆苍烟收不起。

浮萍破处见山影，小艇归时闻草声。

鱼龙隐苍翠，鸟兽游清泠。

一陂春水绕花身，花影妖娆各占春。

还有窦庠的《金山行》：有时倒影沉江底，万状分明光似洗。不知水上有楼台，却从波中看闭启。

还有朱熹：半亩方塘一鉴开，天光云影共徘徊。

也特别喜欢"金翠楼台，倒影芙蓉沼。杨柳垂垂风袅袅，嫩荷无数青钿小"，那景致和意境都如春风沉醉的晚上，让我不忍归，尤其那一个"沼"字如海市蜃楼般让我陷落其中。

没有影子的世界该是多么僵硬无趣，像是自然缺少了灵魂。

雨过天晴，华灯初上，霓虹便扩张了自己的领地，满世界都是湿漉漉的各种色彩拥挤着、缠绵着、闪烁着，坚硬的建筑群在水汽中投影倾泻下来，铺叠深入进地面变得柔软而曲线玲珑，把立体多维的水泥森林变成平面而又影影绰绰，忽长忽短，多层次多角度地审视着自己的另一面，城市变得袅娜旖旎和温暖起来，便觉得生命以另一种方式在呈现。

有时你需要借助另一种媒介才能知道自己的生命有多少种可能，所谓生命无极限，需要视角变幻，千里千寻。

真实成就了虚幻，还是虚幻成就了真实，这虚虚实实的世界啊。

一位好友特别爱拍倒影，每每意境甚佳，忍不住全部收藏，尤其我生活过的那座城，在她的视角里、她的温暖影像里，也柔软灵动起来。

梨花落

素有寒食之花称谓的梨花,总是在四月初惊艳了岁月。

一夜春雨,一树梨花,一米素色,便成就了四月世界的婀娜。从未有过一种白,让我如此心动,如此痴迷。这不是简单的白,它有着万千姿态和韵味的丰富,有着藏不住的芳华交叠,有着奢华的内敛,那饱满汁液晕染后的白不是白,是它最终以这样一种色彩的终极来告白生命的真谛和深邃,那不与红紫斗芳菲的悠然清雅之美,那带有梵界不染纤尘的空灵之美,那凝聚了世间精华雨露的润泽之美,足以让你觉得灵魂被轻轻抚慰,在这嘈杂的世间有了宁静之处可以安放。纯净、不争、淡定、空灵,自然而又超凡脱俗,这该是生命所追求的最高境界吧。

初识梨花是诗句中,那时还未曾与梨花谋面,却在意象中感受了那袅袅漫漫而又铺天盖地而来的美,此景只应天上有,不知何时落人间。后来遇见梨花似白非白,似粉还无,"别是东风情味",便刹那体会了"情不知所起,一往而深"的爱恋。古往今来,多少文人墨客歌梨花情、咏梨花魂,留下无数传世的诗词歌赋,只为至爱那一身婉约冰肌玉骨。这暖风薰烟的四月天,最喜欢的梨花诗跳跃着,才下眉头,又上心头。

宋代胡宏说:"走马寻春西复东,夭桃零落委残红。可怜日暮天低处,但有梨花弄晚风。"纳兰性德说:"春情只到梨花薄,片片催零落。"是啊,梨花美,梨花落,春情薄,都是爱花人,情到深处人

寂寞。

闻听的故事佳话里,独喜这一段。才子元稹到四川出差,沿江而上,时值暮春,梨花盛开。江风一吹,漫天遍野。江上空中,无处不在。他便感慨"人在江湖身不由己"。诗曰:"日暮嘉陵江水东,梨花万片逐江风。江花何处最肠断,半落江流半在空。"

后来,元稹把诗寄给了老朋友白居易。白居易回诗道:"梨花有思缘和叶,一树江头恼杀君。最似孀闺少年妇,白妆素袖碧纱裙。"意思是说:"老弟啊,江上梨花能把你愁成这样吗?就像孀居的少妇,素装白纱,多漂亮。"这一唱一和真是情深谊厚。只有这样烟火而又仙气儿的对话才让我更深切地体会他们曾活在现实里,历史长河里他们真的不只是诗歌的化身,而是真的到人间来过。

白居易在《长恨歌》中写道:"玉容寂寞泪阑干,梨花一枝春带雨",那极具画面感的描写是传唱中的经典。

往年此时,京城北土城公园和念坛堤畔,水波粼粼,梨花落落,花瓣含羞似凝固的雪,烂漫满坡。只记得:光线流转,疏影横斜,一阵风来,梨枝空中舞白练,似乍破的丝弦,花飞花谢花满天。这一袭梨花雨,一见而倾人心底。细碎的花絮与那缕有缘的风儿缠绵、盘旋,似一首无声的歌,直叫你一声慨叹:大美若此为哪般?更有小童树下嬉戏,手提香袋捡拾花瓣,有梨花屑追着身影,落在耳畔,黏在衣衫,香了少年,成为此季绝唱的画面。

已是年过,却在眼前。

花来花去,已是暮春。又是一季梨花落,旧愁新怨,调少情多。

四月来看丁香花

自从追踪徐志摩结缘了法源寺，便来拜访过多回，却总没有赶上一个四月阳光明媚的日子。法源寺的丁香闻名京城也一直诱惑着我，只是几次都没有赶上它最美的样子，不是迟了就是太早，便估摸着赶在四月来看你。

风过后的天格外地蓝，心也跟着清爽明净，走在寺门外，人们在条椅上晒太阳、下棋、逗孩子，一片安详的景象。一位着灰色长衫的僧人举着手机在讲电话，光线里我恍惚觉得这场景跨越了时空，寺前的条椅上有僧人在和香客交流着佛缘，进寺已经不要买票不知是什么时候的事情了，或许没来时日有些多了。进到寺内是中午时分，院子里很安静，游人和香客不多，大多都在默默祷告或是静静地参拜，有朝阳方向已然先开花的几树丁香，星星点点的淡紫色小花瓣酝酿着淡香，很明显又来早了，不是盛开时节，但赶上了它开花的过程也很难得，常来便会从丁香花开的全过程走过吧，看花无论早晚都不会后悔，因为它每天都不一样，每种样子都让你感叹自然的神奇，绽放是它成长的巅峰，而此前的酝酿和之后的凋零更让我觉得它就是生活本来的样子吧，所以喜欢盛开，也喜欢它的生前身后，醉心于静听花开也淡然于它的蜕变和飘零。

禅香袅袅心便安静下来，一墙之隔似乎就真的隔开了嚣嚣红尘，灵魂深处渴望的那种宁静不期而来，闹市久了总会心生烦躁，每次来这里都像是灵魂受洗，像是心被无形的手抚慰，会滤去繁杂和躁动……殿门前那只花猫仍主人似的慵懒在门槛前乜斜着逗弄它的游客，那副宠辱不惊的样子看来比我见的世面要多得多，该是红尘外的仙猫的样子，心里也生出丝丝温暖。

上次花开的美好还像是昨天，我在那一片幽香里的红墙和小窗前留念，转眼便又是一年，时间从不管你对它的钟情，只管执拗地一往无前，悬吊的木鱼不知寄托了多少香客的愿望，已经脱落了彩色的外衣，裸露着丝丝木纹像是显示着它对时光的记忆。

对美好事物的钟情总是不变，变的只有时间，满院落的丁香树在静待花期，还会再来，看你盛开。

小径丁香

在这最美人间四月天，迎春、山桃、玉兰、樱花相继妖艳了世界，雾蒙蒙勾勾连连春潮汹涌，诗句活成了景致。等到暮春便是丁香花盛开的季节，散步时那细长小径的拐角处一大片丁香兀自开放，突然就惊艳了你的眼，不免慨叹：它们不管自己是在皇家园林，还是豪庭名苑，是傍着名山大川，还是荒郊村野，只要时节一到，只要有点儿水分阳光，便把骨子里的精华萃成幽香，让灵魂在风中自由自在地芬芳。那花瓣苞芽或饱满温润，或形容干瘪，却都开成它们对春天的理解和想象，都把身心做成这一季最美的绽放，全不管上天的薄厚和旁人的目光，来过便成为自己最璀璨的模样，用灵魂与风共舞，舞进你心底化成春的影像，许你不一样的春光。这最让我情有独钟的花儿啊，你的名字叫丁香。

古人发现丁香结极似人的愁心，所以常用你来表示愁思的一种情结。正所谓："书案临窗日月长，丁香花谢梦难香。"当代唐磊的歌《丁香花》也是带着几分淡淡的忧郁。每当你盛开之时我却只看到你的清雅美丽，觉得你从不曾结着愁怨，哪怕那雨巷悠长，油纸伞也浸染着你的一段香。

小径悠然，你行走时它偶或一闪，不经意间那淡紫色、深紫色、白色的小花瓣迎风摇曳着碰撞着你的视线，此花独有的幽香时而是化不开的浓郁，时而是聊胜于无的淡然，在风中凌乱着自己的味道，惑乱着游人春季躁动的心，自由奔放着自己的灵魂。

茶 裳

友喜茶，尤善普洱。

一日，得君馈赠，曰糯香茶化石。

中国饮茶，据说始于神农时代。直到现在，以茶代礼仍是民间风俗。

茶有百种，各具特色。

虽喜喝茶，却也只是有啥喝啥并无苛求，不懂茶也并无嗜好。只对各种淡淡茶香和色泽不能拒绝，龙井的清淡，铁观音的温婉，茉莉的浓郁，色泽的变幻都甚得吾心。

普洱的刻板印象是茶饼，这种颗粒状的普洱没喝过，尤其草本掺了食材的味道觉得很是特别，也自是孤陋寡闻吧。

这款糯香茶化石味道在雅致中夹杂了烟火，入口绵软有糯米香的回甘，丰富和有层次，大有阳春白雪与草民相遇的感觉。

糯香何来：

第一类，直接添加糯香植物切碎，混合茶叶一起压制。这类糯香普洱以小沱茶为主，用在普洱熟茶身上的居多。

第二类，运用普洱茶特有"吸附性"特性，采用糯米香叶进行窖香，让茶叶与糯香味充分融合。

哦，原来如此，人，总是最厉害的，让你咋香就咋香。

每日，少不了一杯茶。

最喜欢清晨或午后坐在阳台一角，微风吹进来，阳光照进来，放空大脑，用热热的水冲一杯茶，水汽蒸腾，色味飘逸，美好竟在茶之外。

喜欢放在窗台上观察它幻影一般的变化，享受其中，身心平和、世界静好。

水初没，茶粒渐渐松软却并不舒展，颇似犹抱琵琶半遮面的姿态，少许时间，最喜举起玻璃杯极轻缓地摇，要极轻，景致便在这轻柔中旖旎而至，像是小时候看的万花筒，那红黄的色泽怯生生地慢慢晕染，一点点一片片，一丝丝一团团，莫名却奇妙的图案渐渐幻化而生又慢慢勾勾扯扯相互影绰，最美的是轻轻摇晃的瞬间，虚虚实实，深深浅浅，若有若无，空幻灵动，那色泽的影像如悬于天边之云，垂垂而落，似云卷云舒，羽化霓裳，长袖善舞，和而不同，那渐变的红黄层层叠叠，交织缠绵，宛若游龙，诗意横生。

大美！

然后，均衡。

时间是主宰，再次举杯，奇妙又至。

色泽和香气自是茶的灵魂，它们一次次被萃出，一次次与茶本身的分离和不舍，也只有它们自己才懂得，它们一遍遍努力释放，一遍遍努力融合，在融合的刹那放飞自我。那深浅晕染的时刻，大有打破你和我，我中有你，你中有我的无疆大爱，最后氤氲成品茶人口中那一缕缕淡淡的香气和眉间诗意。

由褐到棕到深红到浅红，绵密香糯，你们最终要成为均一稳定的溶液，无法背离。经历了物理变化和化学变化的你们，都是我的都是我的，请到口里来。

茶，草木之精华，揽日月之光辉、自然之风雨，藏天地之韵味，细细品，它不只是一杯有味道的水，而是一个传奇，那茶语茶裳，昙花一现却恣意纵情，竟有些羡慕这虚无缥缈的东西，轻轻曼曼，却心有千千结。

茶，只是一杯茶。

茶，不仅仅是一杯茶。

化石，悠远而不可再生焉。

友谊如此，人生亦是如此。

七月末，茶香袅袅。

我的农作物

近日，我小花盆里的农作物繁花似锦，让我喜不自禁。

丰收的当然不是辣椒西红柿，而是心中的欢喜，是儿时的情怀得以安放，往日岁月平房小院里的葡萄架、鸡冠花、格桑花、地雷花一直开在心中的某个角落，如今它们重现在客厅一角，晕染着一种难舍的情怀。

最初花盆里是一拃长的一株西红柿和一株辣椒苗，看着弱不禁风随时倒伏的模样。

俩苗儿就那么悄无声息地慢慢生长，慢到同事家都吃了两拨果实，我这花盆还毫无征兆。我对这本是同根生却淮南淮北似的秧苗颇为诧异。同事说你那缺风，要让风吹。于是注目和开窗次数多了，竟有了等风来的情结，许是这和风细雨的关怀多了，老农民侍弄园子的味道多了，许是诚心的等待终不被辜负，它都不好意思了，突一日惊觉有花样的小芽儿在绽放，那欢喜就有了金的纯度。

快乐往往来源于简单，所以才纯粹。

虽这之后又经历了花开花落但不结果实的忧虑和失望，但还是许之深情，毕竟，对一切说了算的只有时间。

我的盼望也算是不舍昼夜。它也算是不负我望。两株小苗就莫名自顾自地过了尴尬期茁壮起来，而且像是在突显竞争意识，像是在说你们摧枯拉朽后轮我们上场了，就那么你开一团我开一簇真真地竞相开放次第结果，在我小小的阳台、小小的花盆里成就了一番景致，每

每目光所及就会闻到草本的芳香和与怡红快绿碰撞的得意，便觉出烟火和踏实。

亲见一粒粒红色小番茄和翠绿小辣椒的生长令我竟是那般满足。长在田间地头也没觉得什么，成活在自己手里就总觉神奇，只是阳光水土便成就了果实？当然，我日夜的关注莫非也算数？

在嘴里的味道便十分之不同。

果然劳有所获和不劳而获的珍视感截然不同。

买来的瓜果蔬菜稍有瑕疵便被嫌弃，自己侍弄的都是歪瓜裂枣却也是视若宝贝。

经历了假期若干天的"上甘岭"，它们又顽强地缓了过来，小小东西生命力如此顽强，我是不是得学习学习？

爱若长情，不是因为对方多美，而是如影随形的陪伴和真真切切的情感。凡事凡人，大致如此。

一日早餐，摆上一盘儿刚摘的小番茄，有机清新，就在情绪里掺杂了诸多兴奋。又一日，刚好炝锅，摘了几个变红的小辣椒，那臆想的香便挤满了厨房，心里就多了富足的感觉。

原来幸福真的可以这么简单。它们还在疯长，无关季节。

一如我心里的快乐。

所有的岁月都值得怀念

人生苦短，不似草木轮回。时间是利刃，一往无前，无论富贵贫穷，雨露均沾，却也道是无情却有情。

一场病毒把人类逼回了室内，宅在家里，从未有过的大把时光属于自己，外面春光明媚，朋友圈里繁花似锦，只少了往日此时与自然最亲密的接触。遗憾中也多了思考的时间。

室内静谧，光线丝丝弄温柔。听得到光圈里小狗均匀的呼吸，听得到刺儿梅盛开，听得到虎皮令箭拔节而长，听得到自己的心跳，时光漫漫。

煮一壶花茶，闻着茶香、品着春色便是一段无法复制的时光，这时光独属你，绘进你的人生。因为病毒，还镌刻了特别痕迹给特别的春季，不完美还有一丝悲戚，而这点点滴滴就是你不一样的烟火，有故事有情绪，有喜乐有疼痛，有收获有遗憾。但所有的阴晴圆缺成就的才是真实的圆满吧。

这个春天，有些距离有些伤感，然而大自然却依然馈赠给我们一个奢华的绿烟花海，毫无保留。见否见否，深情依旧，满眼锦绣。

说好的，您赠一枝春，我付一颗心。

记住吧，我们欠春天一个拥抱：你许我十里繁花，遗世而独立，待来春，我许你人山人海的烟火繁华，彼此成就人间至味好年华。

我热爱的春天啊，无论你在现实里的骨感还是诗歌里的丰满，对于我，所有的岁月都值得怀念。

美入骨髓的文字

宝玉漫步大观园中，看到"柳垂金线，桃吐丹霞"，简单八个字却极有代入感，仿佛一下子就置身于既温婉又宏大的一场景色的叙事中，美被渲染成一种情绪直击心底，幸福就水漫金山。

有时大自然就需要这样诗歌一般的语言来描写和歌颂，美就变得有力量，这就是文字的魅力，我的欢喜。而这样美丽的描写皆因宝玉是个有情之人。

若没有美的感动和心境，文字便只是文字而已，不会生出动人之情。比如悠哉于西湖边上，"柳浪闻莺"这景点是听不是看的，而听出景致，那要有怎样的心绪才体会得到呢？西湖一圈下来，单是看到"断桥残雪、曲院风荷、柳浪闻莺"这样的称谓就让你醉在其中。所以美的心境和善于捕捉、发现美的习惯会让你平添幸福感。幸福，很多时候是自己给的，无须成本。

喜欢红茶和绿茶，喜欢颜色在水里慢慢地晕染弥散，喜欢浓酽也喜欢清淡，便尤其喜欢这样形容茶的句子，觉得甚美："其香悠远兮扶摇登霄，其味空静兮潜藏于窍。"多么深刻而优美，多么声情并茂而韵味丰富，如茶在水中窈窕而香味扶摇直上，那清香无声息地浮潜于你的身体里，有一丝空灵有一丝诡异，如茶魂被萃取深藏于饮者的精神世界里飘逸。善此文字者，大家也，乐享其美。

老妈的赞

每个人心目中的妈妈都很伟大。我老妈在伟大之外还很特别。

没事爱写字儿的我经常将有感而发上传到我的公号里，然后总是看到老妈第一个点赞，还特别认真地写留言，比我写文章还用功。有时还会跟我视频探讨："看不懂你写的什么意思。不知道怎么写，写点啥。"很苦恼的样子。或者跟我研究："你看我这样留言行吗？"

妈妈已75岁，在我们那片儿是个知书达理有文化的老太太，高小毕业，在那时的农村里是凤毛麟角的。当时的高小还是很有水准的，老妈写得一手好字，只可惜我没有继承下来，算是失了传。老妈的口才也极好，曾是学校辩论高手，心性宽厚，算是被时代耽误的人才。没错，在我眼里就是这样。

老妈为人善良热情开朗，是那种宁可自己冻于风雪也要为人抱薪的性格。

万事最难的是坚持，老妈就是能做到坚持。

身体不好要吃好几种药，老妈总是能按时按点分门别类地把它们伺候进胃里，态度上一丝不苟。长年累月热水泡脚从不间断。

看似小事儿，只有自己做时才知坚持这件事是世界上第一难事。

前一段时间妈妈眼睛不舒服了，总是泡在眼泪里，莫非是我的文章欺负了她？

要滴几种眼药水，老妈总是很严谨地操作着手中的瓶罐儿，连间隔时长都以分秒计，总是说干什么就要像什么，不能三天打鱼两天晒网，不按规矩。可这不是我们的常态吗，三天易十天难，然后放弃。世上有难事吗？有，就是自律和坚持。老妈比我们强。

眼睛不舒服，老妈像是遗憾地说："看不清你写的都是啥，也不知道写啥留言，就点个赞吧。"

文章多烂，老妈都是忠实读者。随便选2条：

1. 万丈高楼平地起，没有开始，谈何成功。十五万是一个了不起的数字，通过不懈努力，去糟粕取精华，期待看到你更多更生动的作品。你一定行！

2. 山美水美人更美，你的所闻所见，通过描写与抒发，把我们也带到了那险峻、奇特、壮观、奔放的新疆美景之中，同样享受到了新疆大自然的美。畅想之余，不由哼起了"我们新疆好地方"之歌。谢谢你的文章！

王婆不卖瓜，自有老妈夸。我的老妈文艺吧！

点赞有两种，一是敷衍，二是肺腑。老妈点赞的含金量永远是足金。

慢慢我也勉强坚持下来，坚持写字，来换老妈坚持的秒赞。

欣欣向荣同学（老妈微信名）的态度是：看与不看，赞就在那里。

微雨凭栏同学（俺）的反应是：点了看看，老妈和温暖就在那里。

老妈微信名：欣欣向荣，取名字中"欣"字，又烟火又繁华，一如我对老妈身体和精神的期盼。

纸墨书香　文字蜿蜒

如今人们大都离不开手机电脑，电脑书写有诸多便利，修改、保存、复制、粘贴、转发，工整不挑环境且没有不会写的字等。而我却仍是无比喜爱墨在纸面上爬行的痕迹，指尖与笔的环绕，手腕与纸笺的摩挲，字里行间在纸上的蜿蜒，心思在滴滴点点游走成文，那种细腻而有温度、无声而最深情的诉说，以及那种书写时横竖撇捺的飞扬带来的快感，都是其他手段无法企及的。

既得电脑之便利，得空也仍在纸上贪婪地书写，享受电脑手机无法带来的柔软和真实感，而笔下那独一无二的字体即使不遒劲潇洒也不娟秀耐看，也无法阻止每个字都带着你的情绪情感渗透进纸面，那字迹就带有灵性和生命力，甚至你血脉的偾张，任谁也无法雷同，有着机器里那虽漂亮却显冰冷的楷体、宋体无法替代的独特，感觉这些才真真正正属你私有，那文章也就有了神韵，多了你钟爱的色彩。这些或许歪扭甚至可能丑陋的字儿，因为你的书写而有了你的气息和灵魂。

对比你的略显潦草的手写和电脑里一丝不苟的规范，哪一个更让你心动呢？虽与书法缘浅，却是自家孩子，也是越看越有美感的，那些横竖的"小木棍儿"在眼前雀跃着，"纤纤乎似初月之出天涯，落落乎犹众星之列河汉"。每每窃以为喜，喜不自禁。

凡有草稿多数都舍不得扔掉，在本子上丰富成独特的记忆。

岁月荏苒，沧桑了容颜，只那些文字忠实地守候在那里，不离

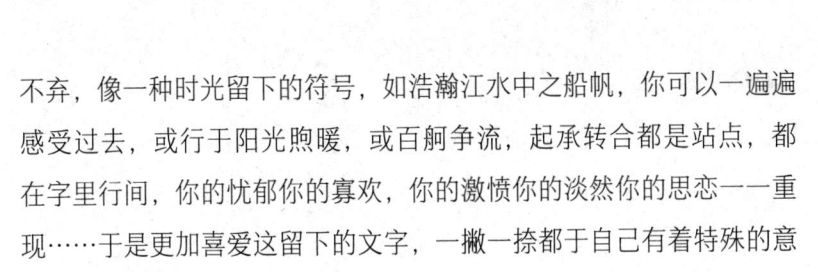

不弃，像一种时光留下的符号，如浩瀚江水中之船帆，你可以一遍遍感受过去，或行于阳光煦暖，或百舸争流，起承转合都是站点，都在字里行间，你的忧郁你的寡欢，你的激愤你的淡然你的思恋——重现……于是更加喜爱这留下的文字，一撇一捺都于自己有着特殊的意义，生命的无形流动被文字有形标记。

于是，总是在偶尔的时光翻看多年前的文字时，便会有莫名的激动和温暖，回忆起写字时的心境和那段文字带来的故事，回忆起那文字的牵肠挂肚，有情感的文字才值得怀恋，这种幸福金不换。

所以我坚持写字，在纸上，不是因为传统而是那种静中带动的感觉。

有朋友见我这段文字说：不是曲中人，不知其中趣。

是啊，好在我本不求伯牙子期，只求内心丰裕。

为文之乐

曾读过一句林清玄的话，说作家总是比别人幸福，也总是比别人多活几回，可以在自己的文章里逆流而上，回到自己想去的任何节点。

是啊，大概除了表达的快乐，更多的层面就是你可以在自己的文字里任意穿梭，回到儿时回到彼时的心境，多么遥远的事件都在文字中轮回成当下，那感觉如新鲜出炉，那幸福那痛苦自然来得真切。不断回味，便觉记录为文真是幸福的，往日的琐琐碎碎冷冷暖暖人间烟火在文章里重生，也在生命里重生。面对那些细节你有时候会惊诧甚至反思：这是发生在自己身上的吗？但越细致的记录越是曾经的真切。

我曾记录了家有小女初长成，每读都像昨天，那咿呀学语、插科打诨的快乐便如烟袅袅，像是总有女儿童年的陪伴。不然，这渐行渐远的记忆力，还会给我剩下什么？有时快乐是自己给自己的，那么为文便是创造快乐的过程，是快乐重生绕梁不去的过程。生活是如歌的行板，缀有快乐万千。

为文也是一种对自己的陪伴。喜文乐读之人不会寂寞，因为那是自己和自己的对话，自己和自己相处的能力强大了便会享受孤独，我们渐渐老去的路上可能最怕的就是孤独吧，而读书、为文、思考是独处最好的方式。不沽名钓誉不取悦他人，宠辱不惊远离喧嚣，一盏茶一支笔，一本书一片阳光，便是人间好天地。

好记性不如烂笔头,没什么比文字来得更忠实。文为心画,言为心声。在叙述中有过往有故事,有面对面无法表达的真实,所有这些都可以用文字细腻地表达出来。历史重来一遍、若干遍。所有你珍重的都真切地保存下来,延续着,碎片化地完整着,关联着,甚至一个微笑、一句打趣、一个典故都立刻回到眼前,想想即将灰飞烟灭的记忆力,我庆幸能诉诸笔端,让那份快乐随时可以还原,只要愿意便可以随文字完整地呈现在眼前。这便是为文的一大快乐吧,也是我眼里无价的财富。

古来多少经典,但那是别人的,只有下笔才有独属自己的那版。为文,能力有高下,却不分什么金玉败絮,只要一件事一句话一个观点让一个人心生感念,这些文字便有价值,这便是为文之意义。

人微言轻,却挡不住精神富足的享受。

乐我所乐,为文之乐。

午后红茶

　　午后一杯红茶总让人感觉很惬意。午后光线开始淡下去，三月的风也还是羞涩地探头探脑地吹着，摇椅上的我静享春光明媚。玻璃杯里茶水晕开的样子很美，本是拧成细线的茶棍儿散开自己的一片浓红，引得水慢慢晕染成它的颜色，面积一点点深入水中成为一体，成为透亮的殷红，茶在水里舒展成本来的样子，舞蹈、舞蹈，袅袅升起，就像被禁锢了已久的魂灵终于得到情人的拥抱，把藏了一世纪的颜色绽放，茶被水托举着浮出水面，交融中水便有了茶的味道，茶便有了自由的世界，两个生命相遇融合，你中有我、我中有你，从此不分离。茶为水而重生，水为茶而灵动，彼此成就，彼此滋润，一种全新的生命欢颜尽展。

　　午后红茶，缭绕着茶香，浸润着阳光，我的最爱，我在清风里摇椅上体会着你们那热烈的沉默，那悠悠的深情，那云卷云舒的恣意逍遥，没有花的艳丽却独有一份绕齿的芬芳，把你们啜进我的心肺，品味着回甘，我知道不久茶和水便会褪了颜色黯然离开，但你们相遇过、陪伴过、成就过，这就足够精彩，一如我们的人生。

许你动凡心

北京的秋是金色的，而金秋的故宫则像是历史绵延而至的画卷，所有的深沉凝重和唯美都在你眼前缓缓铺展，读它千遍也不厌倦。

故宫入秋事，许你动凡心。

此语甚妙，这点睛的神笔让你眼前立现：翠瓦之上那鼎立的银杏树、柔黄的叶片和蓝天白云中红墙上斑驳的影，这神秘的宫殿里多少皇权威仪让百姓仰慕，又有多少肃杀有余柔软不足的往事如烟飘散，只留这偌大的建筑寂寞诉说。这场盛大的美丽如今落了地，凡心不动安为心？

摘藻堂的冰裂纹窗棂将光线分割成别致的图案影射在皇帝看书的床榻，那蓝色的棉布便有了光芒，这皇家书房便有了生气，许我动凡心，圣书何书，可有温度？

那满树的金黄，那滴落的檐雨，那渐近的风寒，那喜人的光线，这盛大的秋事会不会打扰你的思考？许你动凡心，窗外看一看。

秋事旖旎，凡心何心？

放眼身边，俏丽的女子身着各个朝代的服饰在宫里摇曳身姿，巧笑嫣然，似乎已经穿越至自己渴望的年代和角色，故宫入秋事，许她动凡心，或妃子或皇后或公主随心所欲，一身服饰一个眼神便回到过去，在如此之现代和自由的时间空间幸福成自己想要的样子，那些雍容的、冷艳的，花盆鞋、油纸伞、长刀短剑、骨扇都不过道具。

长裙翩翩的男孩女孩恣肆着自己的青春，把皇宫大内点缀成了别一番模样，不许动凡心，可现这斑斑柔软？

这金秋的庭院里，有谁会想起深宫内，那久远前孤寂无奈的一声长叹？去者去兮。

御猫们慵懒地晒着太阳，这里是它们的居地，只有它们无视圣旨自由来去。

再看溥仪的老师庄士敦的二层小洋楼巨荫华盖，在秋日的暖阳下微风里与小楼成一统，可许我凡心一动，秋色与共？

那一地婆娑的影，那暖阳照窗的明，那漆皮斑驳的木门木窗啊，藏着多少往日的情？

秋色浓，宫墙红，银杏黄扇翩跹舞，柿树叶落点点橙。

凡心何心？安能不动？

故宫春夏秋冬事，事事惹我动凡心。

秋已去，冬日来，期盼一场凡心荡漾的雪。

六月花园咖啡馆

　　一个秋日的午后,和女儿来咖啡馆喝下午茶,其名"六月花园",果然里面的一切是清新文艺的味道。这是个注重细节的咖啡馆儿,一层不大,房顶布满了各色翻卷的玻璃荷叶,像是把盛开的六月荷铺天盖地地汇入这咖啡馆里。

　　每个空间都被设计得恰到好处,各种玩偶、杯盘、钟表、咖啡机、乐器、画作、各色大花布靠垫,应有尽有,像是一个小型博物馆,又像是个童话世界,既能满足公主心又能满足猎奇心,在大面积的墙上是手绘作品,明亮而独特,让你感觉视线随处都会被勾扯,而扑朔迷离的咖啡香气弥漫在空间里,不免心说:甚好。

　　咖啡馆在半地下室,所以光线很暗却更好地贴合了咖啡馆儿略私密的味道。空间被很错落有致地分配成几个区域。所有的区域在宏观和细节上都风格迥异,却又像艺术馆一样和谐温馨催生暖意,连桌椅沙发都各具特色,和而不同便被展现得淋漓尽致。整个空间呢哝着各种交流,有聊天的,有读书的,有电脑上手指翻飞的,有谈生意的,有发呆的,有品尝美食的。身边是几个等着接孩子的妈妈在闲聊。这是个既格调清新又有满满的百姓烟火气的咖啡馆儿。

　　这里的推荐是手冲咖啡,点了小壶哥伦比亚和黑森林蛋糕。很显然不太习惯这纯咖啡的酸苦,也喝不出标识的诸多什么水果和坚果的味道,看来还是习惯加糖加奶的味道,这纯粹不是谁都能享受的。不过喝的是情调氛围,对我来讲消费的是咖啡之外带给我的细碎欢喜。

当然在这据说可以喝品质，据说老板特别懂豆子，很多高级别的豆子都是他从国外市场拍卖回来的，而我更喜欢这情调。惬意闲散的环境会滋长很多正能量，会杀灭你内心幽闭时产生的很多消极负面的情绪，你不会纠缠在"活着的意义"这样的命题里，你只需感受消磨时间和流动的生命此时带来的平静和舒适。你会觉得活着真好，时间就是应该这样来浪费的，干点啥不干点啥同样美好，难怪很多国外的大作家都是在街角咖啡馆里完成了写作，而不是更安静的家里。

歪在沙发里的下午时光还是很不同于家里的已经太习惯的那种舒适，给自己的心灵感受也就不同，人需要习惯也需要改变，需要不同体验，这就是心灵的一种旅游吧。你总会在不同的环境里有不同的感悟，而生活需要感悟，让你感知这世界的丰富。心灵需要的是一种生动的安静而不是一潭死水。

多年后，我会非常怀念这个六月咖啡馆的秋日午后吧，那日，只有地下室窗边少许的光线懒洋洋地光顾着，小花瓶里的竹子和绿萝兀自生长，窗外墙壁上大片的藤蔓生机勃勃地攀爬着不想输给岁月，和咖啡馆里的人们对望着，彼此欣赏着。

对面的女儿边工作边偶尔和我有一句没一句地聊着，而我就这么无所事事地幸福着，心情六月般暖暖地明媚着。

杨梅竹斜街胡同游

一天，从首博出来，天气好得不要不要的，以至于感觉骑车徜徉在初秋的微风中是一种莫大的奢侈，天无比地蓝，而云朵便白得让人不能移目，长安街一片静好，天安门前人们在拍照留影，我也忍不住一再下了小蓝车拍照，感慨人们时常身在景中审美疲劳总要奔向远方去寻觅不同，而对近在咫尺的美好忽略不计，少了欣赏的趣味，所谓身在福中难知福。

这蓝天白云让人心情大好，只是雾霾远去又来了病毒，幸福中总有一丝隐隐的痛。但转念想明白这该就是凡间的必备之烦吧，也只好平常心自得其乐了。有些事你承认了它存在的必然性便少了纠结。

一路在美景中游移到前门附近，这是我特别喜欢的胡同群之一，原来小蓝车都可以进入，现在人太多只能走步。胡同改造后都很干净和有序了。杨梅竹斜街也整饬一新，多了小文艺清新的味道，少了过去那种老北京零乱破旧的感觉，但像是缺了点什么，可能真实的尘间应该更个性鲜明？但相比南锣等商业化明显的胡同，这里烟火气还要浓一些。

有专门手工制作兔爷和毛猴的小店，有独具特色的瓷器小作坊，有古旧的青云阁。

有家书屋在满墙藤萝掩映之下，一个中年男人静静地读着什么，便觉是个风景，台阶很有特色，里面不大却有各种要人到访过。后知这是济安堂改成的济安斋书店。

模范书局就在一座看起来很作实的民国建筑里，因为喜欢佟麟阁路附近教堂改的模范书局诗空间，也一直想看看这不同风格的书店，掀开白布帘仿佛穿越进了另一个时空，店内很古旧也很亲和，拥挤而又有序，陈书和饰物颇有民国风范，店主沉浸在自己的世界里，并不理会我的到来，这样我也自在地在书堆里四下张望，静享无人打扰的舒适，屋内开放的房梁和裸露的青砖释放着岁月的沧桑，木质方格的窗棂外是胡同对面的瓦檐和古树，便觉读书添了情调，自动屏蔽了熙攘而两耳不闻窗外事了。

　　这条街曾有七间书局、出版社，也算是书香胡同了，而且还作为高档娱乐社区曾是鲁迅、梁实秋经常出入的场所，传说青云阁还是小凤仙与蔡锷相遇的地方，就觉得走过这条街竟走过了一段真实的历史，而不是只在书本里似曾相识，胡同尽头还有一间大栅栏博物馆。

　　铃木食堂也耳闻许久，只是不是饭点儿，下次再光顾了。小小胡同总是藏龙卧虎的，要慢慢转细细看，那街那人那建筑那时光那味道，如茶有回甘。

情满四月天

爱春便该走进春里。

这一日的午后阳光正好，骑车直奔郊野公园静享春光，从阴冷的室内走进公园便走进了四月，走进了草色青青万物萌发的世界，空气里弥漫着清新的草香泥土香，让我心情瞬间随着季节复苏了，感觉很多花突然就绽放了，以至于我竟完全没有注意到它酝酿、生芽、生苞的过程，所以美从来就在身边，缺少的是我们欣赏美的眼睛和为美而动的情怀，是什么让我们匆匆又匆匆遮蔽了本该在视线里的美景？有些花没来得及欣赏已然颓败了，比如那雅致的玉兰已然锈迹斑斑垂垂老态了，要等下一季了，不是什么都会等你的，一丝哀伤掠过。

四月是草木芳菲的季节，气息里充满了自然的芬芳，那便是春的味道，当然那味道也只赏有心人，喧嚣繁杂里待久了，才知最自然的才是最美好的，所以到底什么才该是我们的追求？生活的路上走远了却忘了为什么而出发，燕子枝头草地飞来荡去，蜜蜂在花蕊间穿梭缱绻，真的是春在乱花深处鸟声中。我也想有一双翅膀，可是能放飞的只有我的目光。

周围静静的一片祥和，树林间阳光照射的缝隙下条椅上，有人在悠闲地读书、交谈，有牙牙学语的小童在草地上欢快地追着翻飞的蝴蝶，灌溉的泉眼细密的水珠在光线里追逐蹦跳像星星一样，远处岸边柳条柔软了腰身，倾向湖里张望着自己的样子，便绿了半岸的水，桃花醉心于自己的粉嫩，瘫软在湖水中和绿色缠绕着暧昧，雪白的海棠花淡红的花苞，吹弹即破的娇弱让我无法转移视线，光影下明暗对比互为景致，光亮的一边花瓣薄如蝉翼微微震颤，花瓣凌乱了我的视线，正所谓"海棠不惜胭脂色，独立蒙蒙细雨中"，此刻观海棠绿不肥红不瘦正是好时候。丁香也开得正旺，那满树或白或紫的细碎的繁花绚烂了游人的眼，它站在坡上径边用灵魂的幽香浸染了时光，更浸染了我这热爱四月的心。

四月的绿不似三月的鹅黄和娇嫩，它多了一些力量，也没有六七月之后的成熟深沉，却饱含轻柔而滴翠，这便是青春洋溢的味道，这些树叶深深浅浅地绿了眼前，绿了河边，绿了头上的天，一点也不逊色似锦的繁花，此时的叶也是春的主角，大片大片的浓郁，小粒小粒的淡泊，细长的翩跹有棱角的娇俏，好一个繁花绿叶千层万叠的春之世界。

呼吸，你且呼吸，真是无比的舒畅，至鼻翼至心脾至心底，这是我最喜的自然，是我想要的最美的景象，是生活该有的最生动的模样，莫说人间不值得，风景正好四月未央。

远远望去翠烟粉黛小桥蜿蜒，踩着松软的泥土落座条椅，只为那清风几许的吹拂，只想成为那享受春来的人，即便不能从它的全路程走过，多几个片段也可。春，它认真地来过，我们也该认真地活过，生活容不得太多的交错。瞧！每一片叶的萌发、每一朵花苞的绽放都认真到极致。然而美好的也总是短暂的，珍惜不珍惜，它都倏忽而过。我不能让你倏忽而过，我要紧紧地拥抱四月，就连指尖都要紧紧地握，且看你漏沙般地落。

四月，风景这边独好。

校园春光看牡丹

校园里越来越美了，便抽空去校园里散步，赏了玉兰闻了丁香。头一回遇见了山楂花盛开，还有那些葱郁繁茂的不知名的野花不断突袭我的眼球还伴着缕缕芬芳，无法不满心欢喜，应了那句话，"酣眠固不可少，小睡也别有风味"，不能远观咱就近瞧呗，校园里无处不是美不胜收的春色。

在图书馆侧面那棵一树繁花的粉色世界下，选一处阳光照射久了的石头坐下，温暖无保留地从石头的缝隙里氤氲而来，听一首民谣随手翻翻微信，便是人生好时节，那微风的爽，树叶的晃，青草的香，读书的朗，岁月静好，深呼吸，感受这美妙时光。

不远处的牡丹园花开正旺，我一圈圈地转，一次次地赏，忍不住轻轻拂过花瓣，那鲜活生动就润润地从掌心直奔心底，那大朵大朵的或层叠着或单薄着都张扬地喷吐着芬芳，春意在花瓣间荡漾，似水波涟漪的起起伏伏，又像在对每个看花的人无声告白：我是花中之王。是啊，这雍容华贵又饱含娇柔的牡丹花，占尽了唐诗宋词佳句，听听：

"何人不爱牡丹花，占断城中好物华。"

"看遍花无胜此花，剪云披雪蘸丹砂。"

"唯有牡丹真国色，花开时节动京城。"

牡丹花期很短，开得早的在微风中已有碎花满地铺叠成画面，真是应景：零落成泥碾作尘，只有香如故。

那大团大团的花和枝杈下满眼的碎屑交相呼应着暮春，雍容中夹杂一丝哀伤竟生出别样的美，难让人不顿生"牡丹花下死，做鬼也风流"的感慨，同样的美同样的情古今亦此，凡美都是攻心的。京城牡丹还要数景山公园，里面有珍奇物种黑牡丹，说来是我孤陋寡闻，老远跑去找那黑色，众里寻他千百度，却原来是那种最深的粉紫，透着黑粉，我竟以为是那种炭黑，还在想象花如黑墨该是个啥场面，真是爱花不知花。

"花开花落二十日，一城之人皆若狂。"花有轮回人无再生，所有的花草都不过一季的风景，只有心如画卷才会有属于自己的不败春天……牡丹花开动京城，我这惜花之人岂能不动，错过便是来年，周末，走起，牡丹，你且盛开我且走来。

不想你去的春意阑珊

清风朝朝，暖阳如许，花谢花飞花满地，绿已浓郁，嗅着落寞的残香，我知道春已然在远去的路上即将成为记忆，飘过了樱花雨，已是满眼的瘦红肥绿，自然有自然的意志，除了珍惜概不能移……四月底自是暮春时节，太阳在慢慢集聚着能量爆发，风里也有了躁动的痕迹，夏就要来了，可是，春，我不想你去。

走在郊外的园子里，雨后的天格外地蓝，空气清新得让你只想深呼吸，一条整齐蜿蜒的石径被绿树湖水环绕，条椅吸收了足够的能量候着游人落座，望着眼前湖水随风皱起涟漪奔向远方，望着树丛中沟垄起伏，眼前满是避之不及的飞絮，垄里满是粉色的花屑将春意从枝头落进了尘埃，在光影中堆叠成景致不肯离去。

园子里少有行人，静静地，只有树还原着清风拂过的样子，在小径的条椅上幻化着模糊动态的影像，鸟儿在枝头偶或鸣叫，快乐便由内而外，刺槐的枝条像是伸进蝴蝶洞蘸糖葫芦一样变身出来，振翅的黄色蝴蝶探身小径外摇曳身姿招呼着游人，此时只有它还弥漫着浓香，艳黄得不像样子，草丛里的小雏菊和一种紫色的小野花交相成趣，暮春的点滴都会让我心生感动，所有的自然都是生命本来的样子。

环望四周这偌大静谧的园子恍若世外，感觉此时的它去了人声鼎沸的嘈杂才是一处真正的自然所在，而且这明媚的春光竟像是我一个人的，我就是世界，世界里只有我，恍惚中脑子里打着问号：我是谁？我从哪里来？要到哪里去？感觉自己已化为无形，交谈只是灵魂与风。

在这纯自然中丢失了情绪的绑缚，人便有了真正的自由，身心都只为自己而活，脚踩在泥土上那份真正的心安、沉静和淡然的幸福油然而生，和踩着高跟鞋混迹人生又着实不同。人真的是有根的，要落地要接地气的，此时凡世里那种种身外的俗物都成为无意义的奢侈，只觉眼前这纯粹的自然才是你本该享受却一再忽略的幸福，可惜这感觉总是一离开园子便被世间的繁杂琐碎覆盖或稀释。

很多时候，园子里的宁静成为我灵魂的驿站，隔些时日便须洗涤、沉淀、过滤，才有继续前行的动力，才更本真、本我。

那片廊架

校园很美，操场园林，山石雕塑，我却独喜图书馆前小花园廊架这一隅。

此处有月季牡丹竹林，有紫藤廊架和叫不出名的花草，有弯弯的小径水池，有几株有着华盖的大树，当然所有的这些其实称不上园，盛时也就花开百余朵吧，是我眼里的袖珍花园，面积不大却被园林师傅修剪得很有型。这里离教室最近，便觉此处花叶有书香，有了孩子们琅琅读书声的晕染，景致便有了灵魂，尤显清雅有格调，便总是在疲累或饭后寻此幽静处或散步或小憩让心情舒爽，也常闻孩子们三三两两坐在廊架下的笑语欢声，以及老师和孩子的促膝交谈，这里藏了多少人的心事，藏了多少青春的梦想，这些如胶片的影像多少年后都会成为彼此记忆里最美的画面。

最喜那光影下的斑斓，不需什么艳丽，只一个绿色便在四季都成景致，纠缠着我的双眼。春的嫩黄、夏的浓重、秋的黄褐和冬日的残枝，各有风情，没有不喜欢的。

现已是秋末，暖暖的光线透过木栅便在这廊架上下造出一番景致，上面是散金碎玉缀在廊间，廊下是深深浅浅明明暗暗疏影横斜，像是无声的交响乐曲谱在你的心田，身心便慢慢被滋润，越觉那摇曳身姿的叶片——风来无筋骨，枯亦有魂灵。

心绪也就少了躁意而添了宁静，树叶向光一面晶莹透明，背光一面老绿持重，交映成趣，即便时光浸染的斑点也只是更显岁月烟火、人间真相，成就了另一种积淀的美好。一年四季它的繁盛颓败都是眼中交叠的美好，叶片的AB面也总是教给我对待世间的思考，让内心世界向美而生。

秋末绿意渐远，四处可嗅花草枯朽的气息，而仍有在光影里恣意张扬着生命活力的枝杈，绽放着最后的梦想，这都让我反思和振奋，对孩子们也该如此吧。有时真觉神奇，小小后花园竟有治愈力，平添幸福感。

这小小的廊架纵深在阳光里，有着完全不同的两端，一面看摧枯拉朽心生凄惶，一面看绿意盎然镶着魔幻的金边，徜徉来去意味深长，这也像在暗示生活或人的两面吧，你若有情便是景，所谓心如画卷，便有花开。

凡事我们都该选择一个使自己心情愉悦的角度，不要纠结于任何执念，人生很值得，站在时空的高度，任何所谓重大事件都不过是时间长河里一个小小的节点，都那么渺小，只有生命和快乐是重要的。换个角度换个思路豁然开朗，毕竟真正的快乐要自己给，甚至自给自足才是生活的主人。

爱我的校园，爱这片廊架，爱它的春秋冬夏，爱它的自然平淡，爱它的光影奢华。

天凉好个秋

秋天，真是叶子的一场盛宴，它们看似没有花的娇媚，却用自己的方式绽放出一场色彩无尽的斑斓。北京的秋天很短，却是四季中我最喜欢的季节，此时的气温不凉不热，阳光暖而不烈，金色的光线晕染了一切景致，叶片随风舞动在光线里绚烂了整个秋，正如郁达夫眼中"故都的秋"。

秋日，没有春夏之交牡丹一开动京城的张扬，也没有桃花漫山遍野盛开的热闹与喧嚣，但她更像是一首浑厚的交响曲，余音袅袅、韵味深长。总是入冬许久，我都还在秋日的秀美中徜徉。

秋日的树叶，不似桃飘李飞，不似百花芳菲，只默默晕染着岁月的光芒，诠释着风雨的沧桑，灵动俏皮缓缓地变幻着自己在这个季节的颜色，于是枫叶红了，火一样热烈；银杏黄了，满城尽带黄金甲；杨树的叶片在墨绿和棕褐之间纠缠；芦苇的蒿子白了头，粉黛子狗草却还坚守着自己别样的美，在秋日里格外引人注目。微风徐来，水波涟漪，那些已悄然成熟的叶片洋洋洒洒，或若惊鸿或若蝶舞翩然飞离树梢，嘈嘈切切错杂弹，大片小片漫天舞，落在行人的肩、落在石径、落在湖面、落在屋檐、落在草坪，点缀其间以风吹过的模样繁星般绚烂了路人的眼，其盛况是花所远不能及的，告诉我们秋来了。

落叶如飞絮落在大地，更落在我的心间，她用生长、壮大、枯萎、离去，谱写着最美的秋的旋律，分明让我看到时间飞逝的痕迹；她用色彩的变幻，演绎着生命的醇厚乃至一丝丝离别的苍凉。一切都那般真实而美好，如此这般让我在秋中沉醉。

　　秋天的美是一种绚烂的美，一种成熟的美，一种凋零之前辉煌的美，一种即将落幕却又最后一搏的美，一种色彩重叠又浑然一体的美，一切都沉浸在落叶的覆盖里，微风中的景致不再是春的明媚，而是秋的独特。

　　人生又何尝不是如此，当你接受了枯荣本是自然的常态，也就接受了自己曾经美丽又慢慢老去的过程，不必过喜不必过悲，享受每一刻才是对生命的尊重，才会笑对浮华与平淡。内心不老谁奈我何？

　　天凉好个秋，风清不知愁。

银杏落叶

一夜秋风紧,小雨淅沥急。

晨起时分天空已是湛蓝,伴有白云悠悠,空气煞是清新,出至门外呼吸果然不同,清爽得很,所以人活一口气可以这样理解不?雾霾君,你怎么看?

行至家附近一小公园处,惊奇地发现银杏几乎秃了树干,这该是大风呼啸的杰作,定是它觉得都立冬了,叶子怎还敢俏立枝头傲视霜寒,便一鼓作气想将其一扫而光。当然,再强劲的风势也必是再而衰三而竭,适者生存,一些比风还强劲的叶片倔强在枝头伶仃,孤独成风景。

被吹落的叶片躺成风最后离去的样子,明示人们它来过的证据。银杏林的地面便层层叠叠覆上黄金甲,与林中蜿蜒的石子小径、落寞的长条椅凳错落成美丽的秋,人们举着手机欣喜地摇曳身姿,让自己成为这秋意阑珊记忆里的主角。小童快乐地奔跑,享受着地面的柔软,抱起叶片再抛向空中,便有一簇簇银杏雨迷乱了我的眼,黄而不枯的叶片洋洋洒洒落在小童咯咯儿的笑声里,响晴了半边天,老人弯腰捡拾着落叶丛中的银杏果,有些腐果味道酸却又暖。

秋天是叶子的世界,最喜的莫过于漫山的红叶和一柱擎天的银杏叶片。北京有很多银杏成景的所在,最有名的莫过于地坛公园、文津街、钓鱼台国宾馆墙外、奥森,还有这突然惊艳了我的眼的家门口的小公园,诗意和远方空降身边。这漫天漫地的鹅黄都跑进了李清照的文字里:"风韵雍容未甚都,尊前柑橘可为奴。谁怜流落江湖上,玉骨冰肌未肯枯。"

昨夜风中定也刮了银杏雨,漫天黄色小扇舞翩跹,只有夜幕独自欣赏了那一场壮观,清晨的我们只见识了"满地翻黄银杏叶,忽惊天地告成功"的结局。

往往,叶子无论在枝头还是地面,兴奋的人们是不大关心的,只要装点了景致,抬头和低头都是背景而已,悲悯不自禁的我却总是痛心的,不用强说却都是那愁滋味。毕竟,这无情的风将它们一扫而至终点,本还可再浸润秋日的暖阳和再享受彼此枝头摇曳交谈的快乐,无奈风来,它们的骄傲被风吹到了最低的姿态,本是同树生,相离何太急,茔茔远相望,黄茫茫了天地。

爱上层楼,不想说愁。

欲语还休,又怎能休!

草厂胡同

  2020年的深秋，悠悠逛逛又拐进了草厂三条。

  这条胡同不知走了多少遍，它旁边的旁边东兴隆街是我少年生活的地方，现在已经被现代化的高楼覆盖。一大片四合院的销声匿迹和现在的高楼林立也说不上是时代的进步还是悲哀，但有些印迹丢失了便无法重建，尤其是融在其中的文化气息。

  每次走过这里都怅然若失，逝去的不只是那片熟悉的胡同群落和回家的路，还有我的整个少年，我总是幻化着岁月那边的一幕幕景象：那温暖老旧的大杂院儿，街口的油条豆汁儿煎饼果子早点摊，早晨排长队的公厕，通向花市大街的长长甬道上飞奔的28自行车。

  那是一段无法忘怀的旧时光，而时间总是在人心里走得很慢，在世间却如白驹过隙，无法论短长，只是那彼间少年终不抵似水流年。

  每次深深的失落中也感叹日渐美丽的改变，西兴隆街往西再往西是草厂三条，这是附近我最喜欢的胡同，每次来逛前门都必须走一圈。老胡同的保护和修复在这里卓有成效，现在这附近是胡同里的网红地带，疏通后的河道清晰见底，硕大的鱼成群嬉戏，黑羽红唇的天鹅蜿蜒着脖颈吸引着游人注目，走在木栅铺就的小径上，那吱吱作响的声调似是穿越时光而来。河滩古树下人们打扑克下象棋，晾晒着大花的被褥，断续的京剧片段，生活就活生生地从每个细节里散发出来。胡同里的旧门板据说是从各地收上来的古旧物品，蕴含着时光的味道，亲见了一群溜达鸡在胡同里大摇大摆俨然宣布着自己的领地，这倒是城市里不多见的一景。

河道一头是深褐色竹简一样的景观，记载着芦草园的由来，两边是高过人的芦苇荡，在这寸土寸金的地界儿居然水穿街巷芦苇飘摇，配上周边胡同的青砖灰瓦，真是让人心里美上了天。微风吹过，芦苇摇摆着头上的穗子诉说着深秋的瑟瑟，竟不觉转瞬而至"芦花飘飘雪纷飞"的时节，可是，真正的雪也在悄悄地酝酿着了。

拐角处的"春风习习"书社已经人去屋空，贴着升级装修的告示，希望这本独特的景致能以更新的姿态屹立不倒。

河道曲折，两边皆可通向前门闹市，石径悠悠，岁月静好，胡同两边排列着或是深宅紧闭的会所，或是木门半掩的百姓人家，因为水道，这草木都更显灵动，随便一抬眼都是景致：红墙绿瓦，树叶飞舞。走走转转就到了草场头条，小桥一端是一间小店，有咖啡饮品可小坐，在微风习习中发发呆聊聊天回味一下胡同的情调，饮尽这无限秋色。

落叶纷纷的时候不觉恍然一惊：冬，就要来了。正阳门的映衬下，只剩下不多的黄黄的银杏叶片坚持着。

卧佛腊梅

天性喜花，京城里著名的花地也大多去过。北海的夏荷，景山的牡丹，颐和园慈禧旧居的四株玉兰，潭柘寺、法源寺、植物园的丁香，玉渊潭的樱花，春天的京城有我太多的热爱，时逢花事都让我流连。

近日偶去植物园踏春，进了卧佛寺，眼前心里一亮，卧佛寺的腊梅竟引发我无限遐思。

腊梅开在二三月冬春之交，花叶不相见，花败之后会只余下遒劲多姿的枝干，便是干枝梅的由来。腊梅又称蜡梅，因那黄黄的小花甚像蜜蜡。便觉前世也和它竟是有缘的，饰品中最喜蜜蜡，质地细腻含蓄，色泽温润，不张扬却又极美，那种淡淡的不露声色的奢华与富贵，是我的最爱，所谓千年琥珀万年蜜蜡。它绝不像黄金那样闪瞎你的眼，却能瞬间攫住你的心，低调中高调地赢得美人心。用手摩挲，像是回应，立生一种淡淡的雅致的幽香，心肺瞬间被它击败，不禁感叹：使卵石臻于完美的，并非锤的击打，而是水的且歌且舞，击败我的是那份柔软莹润的力量。

爱屋及乌让我扯远，再说我的腊梅，因生于腊月也叫腊梅，单是它的名字就已让我喜爱，卧佛寺的腊梅又与别处不同，因比别处开得都早一些，便有京城第一枝的美称，当然特别之处绝不止此，卧佛寺是千年古刹，禅意悠远，万人景慕。腊梅开在此处，沐浴在空鸣缭绕的梵音中，那和雅清净必是入了腊梅的魂，除了欣赏又多了安心宁神

的功效，这该是最大的不同吧。

　　小时生在穷乡僻壤，无缘识得梅花，只在课本上结识一些诗句："宝剑锋从磨砺出，梅花香自苦寒来；梅须逊雪三分白，雪却输梅一段香；墙角数枝梅，凌寒独自开，遥知不是雪，为有暗香来……"当时并不理解，但那画面感却让我小小的心灵无限憧憬和膜拜，后来上中学又学了《病梅馆记》，便知梅花是文人的偏爱以致到了病态，为其婀娜多姿却忘了自然的才是最美的，矫揉造作毕竟只可以取宠一时。

　　这样看来喜欢梅也是自小的情结，在初中毕业时才第一次见到梅花，冬季怒放婀娜多姿果然一景，便格外地喜欢，想想那当雪花做尽模样，落于梅边竹上的画面，总是醉于其中。

　　植物园的梅园也逛过多回，只是腊梅却一直机缘不巧没有见过，还默认梅只有红色，也算是孤陋寡闻。也或许冥冥之中今天才是最好的遇见。

　　卧佛寺去过多遍，赶上腊梅盛开还是第一回，冬末初春，寒气未尽，但微风已有暖意，未得进门，便有幽香扑鼻，香味是花的魂灵，它袭击了我的嗅觉，入侵了我的心田，梅香更像是苦寒中萃取出来的精华。嗅着花香，进到卧佛寺的四进殿堂，到处是攒动的人头沉迷在腊梅树下，却没有丝毫的嘈杂，梵音袅袅，有如天籁，红墙掩映，蜜蜂翻飞，落落停停游戏花间。寺内有淡黄的花瓣深红芯儿的狗牙梅和黄芯儿的素心梅，有的还在含苞，一副吹弹即破的神情，有的已在怒放，那随风颤动的花瓣一副娇娥模样，顿觉气定神宁远离尘世的喧嚣，那香和那禅意沁心入肺竟有彻悟之感，什么才是永恒的？我们要的到底是什么？

卧佛寺的腊梅还有特别典故，乾隆帝曾在隆冬时节在天王殿前赏梅，龙颜大悦，我想象那神情一定是贴住花枝，眯眼颔首：甚得朕意！曹雪芹也在《红楼梦》中以此梅干枯后又生还为题得梅开二度的故事，想曹氏立于梅前创作构思之态，是不是有梅梅二君相互欣赏的画面现于眼前？这样的历史渊源又岂是其他可与之相比，人文历史使得这京西古刹的腊梅更添神秘色彩。

贴着花瓣，和蜜蜂争抢着花香，一嗅再嗅，希望带走这经卷声下的幽香，春风十里，你且为我收藏。

胡同游思

九月初的一天，天空湛蓝的北京让人心情愉悦，连呼吸的幸福都是深刻的。白云飘飘，红墙绿瓦，随处是能触手可及的古建或人文历史痕迹，一个城市的名片是文化，而北京最让我喜欢的就是只要你想，抬脚便可以走进厚重的文化之中，哪怕是街巷，也可以随时触碰到千百年前古文化的脉搏，可以捕捉到久远前皇家或百姓草根的味道，那气息浸染在时光里无可复制，无可比拟。

这样一个天气里，本是为了一家百年老店的一碗面，地铁、公交、徒步辗转两小时到了景山后街的"魏口面"，我想这谐音真是配得好，为了这一口面我也算是遛细了腿。许是网红久了，我又是中午迟到得最晚的那一个客人吧，它的招牌油泼面和烤牛肉串都没有预期的味道，略感失落，但这感觉在出门不久便被平衡，甚至远远超越。因为那天高云淡、那阳光正好。身轻如燕走起。逛至景山后街，对方向一点不敏感的我逛胡同从来不问东西，这样的好处是每逛必有惊喜，那猝不及防的偶遇，那柳暗花明的豁然，那悠然又敏感的情绪体验……也可以把一个相同的景点看了又看，相同便碰撞出不同，不同又往往激发新的感受使之喷涌而出，天知道我对北京胡同有多热爱。

景山后街西口，有一个很大的门牌是北大校园的前身，过往多次门口总是坐满了摇着蒲扇的大爷大妈，戴着红袖标警惕性很高地盯着熙攘的行人，给我一种威慑，没敢进去，却心里一直痒痒，觊觎着它带给我的那份沧桑神秘。今天许是阳光太好的午后时分，好多人在午睡，大门口也像是在沉睡，便很惊喜，悄悄溜了进去，这才看清了它的结构，是两排整齐排列的平房，当然整齐是原来的，现在被前后左右见缝插针地盖满了各种风格的小门房，原就不宽敞的间距更加逼仄，平民百姓的烟火气十足地显现着，只在不多处还能依稀看到房间的原型，门窗的窑洞型设计像是西北延安的风格，如今的烟火气大大地压制了原有的书香气，已毫无大学校园的痕迹，只有那挣扎在其间的些许门窗苟延残喘，一直走到尽头再返回，仍旧是像从时光隧道里逆流而上又回还一样。此时很静，却仿佛耳边有琅琅的书声和蓬勃向上的充满朝气的面孔，甚至有奋进的歌声，有灰色的长袍衣袂翩翩，有齐耳短发中式小衫和学生裙在眼前晃动，我知道那是历史的景象，是曾经的生动，是嵌在那青石砖里的气息在盘旋，是我脑海里活着的记忆，虽然那记忆是电影或书本知识的转化，却如此鲜活地出现在这个夏末的午后，在这个安静的院子里，曾经的所有物化在我眼前，虚幻而又真实，这个画面让我潸然泪下。

  又回到大门口，这里清晰地保留着影壁墙，应该是原汁原味，只是上面黑黑大大的"福"字应该不是校园风吧，倒像是变成偌大四合院后对百姓的一种福佑，生活的味道柴米油盐充斥了这曾经的中国最高学府，大门两边该是原来的真迹，右写"滋兰树蕙"，左书"桃李芳香"。斜对面是记忆里的成都饭店，却分明写着蜀都饭店，不知是我记错了还是改了，最近对自己即将逝去的记忆力完全没了主张，在里面吃过几次水煮鱼，很贵但很地道，还真是蜀国的味道。

  出口右转，景山公园门口游人如织，在蓝天白云的映衬下，红墙绿瓦甚是养眼，刚好有几株绿色的枝条上配满了玫粉色的小花，给红墙又添色几多，拍照记录这点滴美好。前行不远看到有吉安所巷的标

注,竟是记忆里没有的,便拐了进去,这里原来有名的是吉安所,是过去皇宫常在答应之类亲眷死后治丧的地方,后来被张作霖成立官产局卖了,现在成为一处保存完好的胡同建筑群,有吉安所左巷吉安所右巷。

　　随着微风徜徉其中,便回到了小时候,惬意极了,恍惚明白了遁世的感觉,一切喧闹都安静下来,阳光暖暖地照着,各种花色或热闹或淡雅的被子享受着太阳的照耀,墙角的无名小花学着牡丹的样子盛开着、摇摆着,胡同口一大片悬吊着的葫芦丝,深深浅浅的绿色带着光晕在闪,叶片摇动像是在欢快地呼吸,翻卷的细丝妖娆地舞动,弧线美丽的大小葫芦生机勃勃以主人般的姿态垂在光线里看着来往行人被它的世界迷醉,凡此种种成为一处甚美的风景,很民间很接地气很舒适,我所能做的是对着这自然的美景左拍右拍频频回眸在幸福里陶醉着。

　　沿胡同前行,阴凉处一对新疆夫妇在推车摆卖切好的哈密瓜、葡萄干,悠闲地聊着天,也成为胡同不可或缺的一个温暖的画面,我向一位摇着蒲扇的大妈打听毛主席故居,大妈拉着圆润好听的京腔说:哪是什么故居呀,只是毛泽东当年在那住了几天而已。这就是胡同里深厚的文化底蕴,大爷大妈在这里住久了,肚子里都有一部历史。我来到吉安所左巷8号毛主席曾住过几日的门口,许是寻迹的人多了,这小院红色小门上贴了字条:私人住宅谢绝参观。门口逡巡良久,感受一下因伟人住过而留下的那不同的气息,那门上的铜环安静地等待着下一个叩响它的人,无关风云变幻,处事不惊的还有门两侧形态各异的石鼓,淡然地用最低的姿态仰视着人和历史的变迁,用风化的容颜记录时光的荏苒。这就是胡同文化的魅力,越是老旧越是温暖,越是老旧越是可以催生心底的怀念，你可以真切地置身其中回顾历史的脚步。

　　出左巷迎面一个小院和一株擎天大树赫然眼前，说擎天一点不夸张，它与小院的窄小形成了鲜明的对比，凸显了它的参天，它在小院的墙头一跃而出，平添了诸多生气，窄小的胡同因此成障成荫，骄阳便去了火气，成就了夏日的美好。

　　继续前行居然玉河突现，这就是惊喜，因为没有方向感便有诸多不期而遇，这样的遇见总是让我欣喜不已。周边新修但做旧的四合院，小桥流水，绿草鲜花，蓝天白云，这越来越美好的北京城啊，让我如何不爱你，读你千遍也不厌倦。

南锣风景

胡同怎么逛都不腻,对我而言有着解不开的情结,它既是风景又在烟火之中,既有历史过往的积淀又有新的延展和创新,可以行走在有记载的文字里,又亲见有声有色的胡同文化,你像是在古今交错的时间里悠然而过,又像是在中西合璧的空间里感受传统与时尚的碰撞。在我眼里,胡同就这么经经不息地无声存在着诉说着,简单着又丰富着,矛盾着又和谐着,贫陋着又奢侈着。

南锣鼓巷逛过多次,先完善一下对它的认识:它全长787米,宽8米,是北京最古老的街区之一,已有740多年的历史。因其地势中间高、南北低,如一驼背人,故名罗锅巷。是我国完整保存着元代胡同院落肌理、规模最大、品级最高、资源最丰富的棋盘式传统民居区,也是最富有老北京风情的街巷。被美国《时代》周刊挑选为亚洲25处你不得不去的好玩儿的地儿。

南锣鼓巷南北走向,东西各有8条胡同整齐排列着,呈"鱼骨状",延续自古以来的"棋盘式"格局,整个街区犹如一条大蜈蚣,所以又称蜈蚣街。从南向北,西面的胡同是福祥、蓑衣、雨儿、帽儿、景阳、沙井、黑芝麻、前鼓楼苑胡同;东边的8条胡同是炒豆、板厂、东棉花、北兵马司、秦老、前圆恩寺、后圆恩寺、菊儿胡同。南锣鼓巷是游人逛胡同的标志性地带,以往总是人头攒动。

南锣鼓巷的入口处设了扫码预约,算是特色。避开人流,我只绕着"蜈蚣"结构的南锣胡同圈横横纵纵逛了它的毛细血管,这里更民间更有看头，你会经历时而此处不通、时而别有洞天、时而峰回路转，总是有小惊喜小发现。胡同给你的惊喜就是走着走着就突遇一个重量级的古宅，让你所有的恍惚变成真实的存在。

进南锣鼓巷南口东面的第一条胡同是炒豆胡同，77号门上写"僧王府"。东边的第三条胡同是东棉花胡同，进口不远路北就是中外闻名的中央戏剧学院，原是段祺瑞政府陆军总长、代理国务总理靳云鹏的旧宅。雨儿胡同13号院曾住过国画大师齐白石。后圆恩寺13号即茅盾故居。7号是一座坐北朝南、中西合璧的建筑，原是清代庆亲王次子载剪的府邸，后来成为蒋介石的行辕。帽儿胡同有清末大学士文煜的住宅和花园——可园。五院并联，占地达11000平方米。35号、37号院，是郭博勒氏的家，就是末代皇后婉容的娘家，用清代的说法，应称为"后邸"。秦老胡同35号也是一座精美的宅院，曾是清内务府总管大臣索家的府邸。菊儿胡同是最北头东边的一条胡同，1992年被授予"亚洲建筑金奖"，1993年又被授予"世界人居奖"。菊儿胡同东口，3号、5号、7号和寿比胡同6号，是清代直隶总督、兵部尚书荣禄的宅邸。听听，这重量！只能咋舌。逛起！！

正是午后，满头顶的碎玉绿茵，蓬勃而张扬着生命气息，让人从躁中一下子静下来，阳光大半被遮蔽却又暖暖的，这最自然的防晒保护，远好过我脸上的那层，是身心的营养地、保护伞。

绳上的大花被褥经过阳光的暴晒似在歌唱，让你觉得草根的生活才是真实的生活，一切都带着阳光空气的味道，这无缝对接真是奢侈，胡同里的被褥啊，就那么肆无忌惮地敞开胸怀与太阳互诉衷肠。

胡同给你的惊喜就是突然会出现一个往日重量级的古宅，让你所有的恍惚变成真实的存在，除了名扬天下的齐白石故居、茅盾故居，走着走着还看见了沙井胡同的奎俊宅、帽儿胡同的婉容故居。

瓦片，浓荫，重绿……喜欢这蝴蝶翻飞的门帘，那轻纱的材质把时间拉回到民国旧日，只是那一去不返的童年只会炙热记忆了。

胡同里还有很多私家小馆儿在努力找回久远前的老味道。这家小四合院主打春饼卷菜，连廊的顶棚是枝枒交叠的绿叶，大大的福字影壁很吉祥很烟火，让人心生宁静和期待……这铺天盖地的树啊，每一枚叶片都聚着世间的精华雨露，都藏着看破不说破的人间故事。这树与影遥相呼应，动静相宜似一幅画变幻着出场退场，全为那对光的一往情深。

这浓荫古树是胡同里我的最爱，它们慢慢滋长成胡同里不可或缺的风景，或疏或密记录着胡同里发生的一切，与砖雕门楣、与风化的石鼓、与早无人叩打的门环默默而深情守望，无言而化为年轮深藏。

这精美的砖雕在光影下沉默着，在翠绿中排布着绿色蓝色的檐柱，展示着旧时色调的美好，讲述着时光不老，讲述着曾经院子里的主人、门口的过客、世间的过往。

这亮着的灯火，似从旧日穿越而来一直不灭。

凡深宅大院门口皆古树参天，难道是门当户对的另解？

午后胡同一角，野花、古树、店铺、游人、时光和空间里的一切温暖和谐，很烟火，很舒适，无比静好。

金秋故宫行

故宫一直是我心中神圣的殿宇，每游至国外宫殿，都在心中对比，便觉多一份骄傲，它必须也无愧是世界五大宫殿之首。

金秋十月，排队安检在宫墙之外，湛蓝的天、清冽的风、煦暖的阳光、高大的红墙和古树斑驳的影像交织成美景，抵消了长队列带给人的焦躁。

抽空修补了一下自己的记忆：故宫是明清两朝的皇宫，1925年以前称为紫禁城，位于北京中轴线的中心，总面积72万多平方米，是世界上现存规模最大、保存最为完整的木质结构的宫殿型建筑。故宫于1406年开始花费了14年才建好，曾有24位皇帝在此住过。

每年都要在各个季节去几次故宫，它的开放率逐年上升，每次去都有新变化都有新惊喜，即便不是景物也会有不同的感受，这就是它历史文化的厚重和积淀带给你的，且每次了解得越多便觉自己所知甚少，遗憾也就越多，便激发了你对它的渴望。

此行主要是奔着展览"万紫千红——中国古代花木题材文物特展"来的，此展是系统展示中国古代花木题材艺术之美及文化意涵的展览，有截止日，时不我待便匆匆赶来。

在偌大的皇宫里看展心境不与别时同。午门正楼和两边的雁翅楼都是最近才开放的区域，已经是宏伟壮丽，加上在二层的展区就更让人兴奋，故宫里能上二层除了神武门、天安门城楼还没有别的，登高望远还是在午门正楼上，也让自己好好体验了一下皇上阅兵的威武和

推出午门斩首的肃杀，廊檐的栏杆边种满了鲜花，在微风里在殿宇飞檐的映衬下更显娇艳，也算是"一朝养在帝王家，等闲识得月季花"。

这是国内外第一个以花木题材为主题的大型综合展览，以花木欣欣向荣的灿烂、硕果成熟累累的盛景，向新中国的70岁生日献礼。展览共设西雁翅楼、午门正楼及东雁翅楼三个展厅，对应三个单元的内容。

第一单元"四时写生"：展出精工写实风格的花木画作品，主要由宫廷画家和职业画家所绘制。

第二单元"清雅逸趣"：展出文人推崇的墨笔淡设色以及纯水墨的花木画，主要是文人画家的作品。

第三单元"寓情寄意"：展示花木被赋予的情感和吉祥寓意，不局限于花木题材的绘画，而是与花木文化有关联的文物，着重突出花木与人的关系。

展品以绘画为主，同时包括瓷器、漆器、织绣、屏风及图书文物共307件，除向天津博物馆借展1件外，其余均为故宫博物院的藏品。很多文物都是首次亮相，宋元时代书画数量多，其中不乏像南宋马麟《层叠冰绡图》轴、北宋传赵昌《蛱蝶图》卷、宋人佚名《百花图》卷这样的珍品。

自己的书画知识少之可怜，也只是外行看个热闹，但那绿肥红瘦百态千姿还是大大地惊艳了我的眼，画作之惟妙惟肖，颜色之淡雅明艳，器物的精美绝伦，所有的技艺原来在几百年前就已炉火纯青，其保存之完好震撼了我的认知，那种在欣赏美的过程中滋生的美好润泽着我的灵魂，真是一场双眼和心灵的大餐，感谢展览给了我们这难得一见国宝的机会。

身边好多一看就是画家艺术家的人抱着单反如饥似渴地各角度拍着每一件作品，这对他们恐怕更是千载难逢的体验，身边一个画家讲着一幅兰花叶子的画法：虚虚实实，笔在虚实之间采用转笔的手法，看来似断非断，非连还连，自成一派甚是逼真。我在其身后感觉上了一课，懂了些许欣赏之法，再看画作果然会注意细节，三人行有我师，看看周边一定是大师云集啊，我渺小到也就只能感慨行有所获吧。

有大屏幕里动画模拟某些名画的创作过程，人物鲜活地演绎着生活场景最后定格为最终的画面，有鲜花从含苞到绽放的每一瞬，都完美地表达出来最终你看到的名画，动与静，始与终，古典与现代的结合把美展现得淋漓尽致。

女儿面对一件刺绣无比精美的黄袍和一件缎面小褂说："看到这件衣服时不单是感受到它的奢华，更多的是觉得百年前真的有人穿着它行走在这殿宇之内，便瞬间拉近了历史的距离。"那衣衫的皱褶都仿佛在呼吸，没有了虚空就没有了遥不可及，那擦身而过的感受才更加神奇。

是也，人才永远是一切的主角，会使万物凸显生气。

此行除了展览让我惊艳便是角楼和城墙的开放，那种爽沁入脾肺的感觉必行走其间才有最真切的感受，走过角楼之间的甬道像是走过历史的卷轴，真实又魔幻，城墙内金砖碧瓦飞檐兽脊似乎伸手可触，波澜起伏的黄色蓝色灰色房顶尽收眼底。女儿说真想知道每间屋子里曾住过谁都发生过什么故事，话说这可真是个复杂的话题，小妞儿真是问到了我的心里。

灰砖的墙垛外护城河沿岸的小二楼窗外吊着各色小花篮，是我喜

欢的样子，清晰可见四季民福烤鸭店内靠窗而坐的客人远远地望向我们，我们彼此互为风景温暖着彼此的心境。

有的院落里古树上挂着硕大的金黄柿子，明艳艳地悬吊在树间，一下子将皇家和百姓的生活拉近，帝王将相回到了烟火气里，也回到了最美的生活里。

角楼内部也开放了，惊喜连连。东南面有巨型曲屏用现代信息手段还原展示着神奇建筑的始末细节，那层层叠叠转角榫卯都如同天成，身在其中竟觉浑然百年前这建筑落在护城河一端的场景，波光粼粼中放着异彩真是美得我如在仙境。东北面的角楼里设置成极现代的二层，陈设和灯光对眼球极有冲击力，展示着建筑史书、样式雷的历史、脊兽的种类、古建筑的烫样，还摆了有现代感的高脚凳可以随手翻阅建筑史料，亲身体验感觉完美。

神武门是最早开放的展厅，最近有一个国外展，不出国门异域风情便扑面而来直逼眼底，服装画作宝石也颇值得一看。从城墙上恋恋不舍地下来已是午后时分，先入御花园，人群熙攘，这个园子热闹成这样，哪个皇上估计也想象不到吧。

此行更大的收获是我喜欢的摛藻堂居然从西耳房窗外可以看得到乾隆的卧榻和那首墙壁上著名的题词、古树以及冰裂纹窗内那副对联：从来多古意，可以赋新诗（宿风）。大喜过望，这传奇的乾隆最喜欢的休闲处"邪门歪道"多次只以为可观内门。原来众里寻他千百度，却不用灯火阑珊处。所以每行必有所获是个真理。

溥仪的老师庄士敦的二层小楼层林尽染，只不见那年那月那人。脑海中只闪过一句：雕栏玉砌应犹在，只是朱颜改。再游慈宁宫慈宁花园，冰窖餐厅休息未开。小转西六宫，欲进东六宫却遭遇停止售

票，留下遗憾，好在故宫是我最爱会转时再来。

　　此行五小时走近三万步也只转了这园子十之有一。所有的久远都值得怀念。出得神武门我已饥肠辘辘，角门咖啡人满为患，只好改道锡拉胡同的河沿肉饼，一见那滋滋美味，再想到这是徐志摩第一次来京的居住地，便疲劳顿消，大快朵颐。

　　华灯初上，夜色阑珊，无限美好的北京城。

魂里梦里的那个名字——阿吉拉

总想静下心来写写我儿时生活的地方。心里却总是被各种琐事牵绊，有形的、无形的让自己提笔作罢不能成文。然而那种故乡的情结，那种特殊的成长背景却每每在梦里上演各种版本，抒发着清醒时不能畅谈的情怀，黑白的、彩色的，有声的、无声的，或一个片段或章回小说，或模糊如三月里雾霭霭的版画或栩栩如生如高清大片，有欢乐有哀愁……每每醒来都会怅然若失……童年是美好的，那是一生无法割舍的情怀，如清澈欢快的泉水潺潺于脑海，无论你曾身在何处、现在何方，都会在累月经年里让你魂牵梦绕。

世间有一种美好叫怀念。

在包头市的西南有个小地区叫阿吉拉，在蒙古语里包头是"有鹿的地方"，阿吉拉是"工人新村"的意思，尽管一直到我离开、到无人居住也无有鹿问津。一代人从四面八方响应号召支援国家建设落户在了那里，一个天苍苍野茫茫却不见牛羊的地方，每及冬天便白毛风呼号的地方，时有谚曰"阿吉拉三件宝——盐碱地猪毛草、蜥了虎子（蜥蜴）满地跑"，可见其沧桑。一代人迁到了这里开始建设，不久另一代人降生在这片土地上，就是而今已入中年的我们。我们的父辈大多是铁路工人，为铁路建设辛苦了一辈子，还记得他们特殊的工作服叫"油包儿"，每逢下班时间路上行走的都是一些黑黢黢的"油包儿"，黑黢黢的还有他们的脸和手，他们刚从火车附近收工。他们大多不善言谈，默默无闻中把最好的年华给了这片荒瘠。

少时不识愁滋味，爱上层楼。在那个连个像样的玩具也少见的岁月里，就是凭着孩子的天性，硬是把猴皮筋儿、铁环、沙包、羊拐、石子儿、弹弓、木头手枪、烟盒纸叠的三角四角玩到了极致，快乐了整个童年。所以世界一定是物质的吗？为什么那样的快乐于物质极丰沛的今天却成了奢侈品？

住房分成东西中三部分，举目望去，那一片低矮的平房横横纵纵，交点便是我们的家，外形毫无二致，只是各家小院里景致便风格迥异了。我们家院里那曾经蹦跳翻栏的猪、一直养到地震才被杀掉的鸡、一些摇晃在记忆里的花花草草，印象最深的是简单却怒放的扫帚苗，鸡冠花总是染红我的指甲和梦境，那色相平凡却蓬蓬勃勃味道奇美的葡萄架荫凉了我们的夏季，甜美了我们的味蕾，调剂了平淡的生活，它发芽、结果、枯萎都吸引着家里每个成员的眼球，丰富了我们的生活细节。当然，院里家家户户共同的东西是菜窖，那里备着我们一冬的白菜土豆。

生活的贫穷让我们很早就懂得担当，清楚地记得小孩子们和家长穿过很远的庄稼地去捡人家收割后剩下的白菜、豆子，地头上有好多小小的身影刚刚高出弯腰的大人，却不会喊累，回家时是一副被汗水和收获的幸福浸湿的三花脸儿……也清楚地记得妈妈为了调剂我们的胃口用玉米面白面加糖精做出的花卷，妈妈戏称金银卷，我们吃着也总是格外开心。

阿吉拉只有一条东西向的主要街道，估计长不足两公里，这条路是一条盐碱路，经常泛着白霜，到了反浆季节便如一条微型沼泽地带，一步两脚泥，车棱翻滚、一副狰狞的面孔伸向远方。两侧便是供应站、粮店、邮局、派出所等。交通工具是腿，多年后有了自行车，

便成了家里的大件儿，买回家第一个动作是用各种形色的彩条把它武装到牙齿，骑到大街上成为风景线，清脆的铃声回响在很多小院上空，人们便知道谁家又添大件了。现在想来多少有些心酸，那时的物质条件是多么的匮乏，直到阿吉拉淡出我们的视线，也没有出现公交车，它太小了，溜达着就可以转遍每个角落，也许这便成就了阿吉拉情结，人们多少感觉像是出自一个部落，有共同的根，有植在记忆深处的共同的回忆。那高高的水塔，那粮站大簸箕带给我们孩童时代的新奇，那通往外面世界的唯一的站台，那通往站台必经的桥洞、大闷罐、小绿车，这些只有我们懂的名词，多年后仍在记忆中隐隐再现，成为曾经生活在那里的人们共同的回忆。

那上学时必过的水沟曾一度是我的梦魇，每逢雨季河水上涨，一群小伙伴便被困在沟边，望着湍急的流水心里充满了恐惧。胆大的男孩子涉水而过，留下一群女生在沟边无奈地辗转，以致多年后总是在梦中无数次在水里攀爬挣扎、无数次被激流卷走，扭曲了童年的梦境。

通往桥洞的路上有片水沟，在大水沟边有些许的芦苇，我们结识了蜻蜓，它们悠闲地飞，我们诡异地作祟，蹑手蹑脚抓它们透明的翅膀，然后兴奋地和小伙伴炫耀。我们也撸起裤管下到水中，用一根小木棍、一个铁丝圈和一点纱网自制的罩子去捞蝌蚪，捞王八盖子，偶被蚂蟥偷袭也会狂喊大叫……哦，那什么都没有却给了我们太多快乐的童年……那神秘的绿色邮筒、那承载了我们多少盼望的一身绿色衣装的石姓大叔、那胡同里孩子们欢快的笑、叔叔阿姨大声喊孩子回家吃饭的吆喝、偶有孩子调皮被揍得号叫、各家的菜香，一个麻雀一样的世界，却是我们心底的故乡，我们曾最亲近的地方。有多少人能有这么多相同的回忆，我们因此成了一个群体，走得再远，听到阿吉拉这三个字，耳朵都会竖起来，心里都会涌出亲密，这已成为一种条件反射。每每遇到提及，那种不说就懂或在联想中彼此都会有画面出现的快感，也只有阿吉拉人会有，贫瘠贫穷却有温度的阿吉拉。

我们也有自己的娱乐，工委前的露天电影是整个地区的节日，正面反面坐满了欢快的人群，小孩子绕着圈打闹，大人们大声地打着招呼，到后来一家的黑白电视可以挤满了邻居，一个《霍元甲》弄得万人空巷，到后来的彩电进家。后来盖起了俱乐部，在那里我们欣赏了《高山下的花环》《少林寺》等好多经典，也是在那里年轻人接轨了新鲜刺激的舞会。

人们也会在空闲时创新自己的生活，增添情趣，拿报纸卷成小棍儿，穿在铁丝上，用油漆刷上不同的图案，当然工艺远比我说的严谨复杂，便成了各式的特殊的门帘。在我们眼里美极了，逢淅沥的小雨，便透过这自制的门帘，嗅着油漆的余香，也会有心事，也会憧憬远方。再后来在世界各地见到各种绝美的工艺品，却都没有那种最初的视觉和对心底的冲击力，以及那种孜孜的美好。到我们慢慢离开家乡，学习工作，每个人的生活都不平坦，苦痛让我们成长，磨难让我们坚强了自己的翅膀。

生长在小地方没见过大世面的我们，如今天各一方，我们中大多数做了铁二代，而今我们的孩子中也有不少成为铁三代，继承和发扬着父辈的铁路建设。每每相聚，每每回忆，都有相同的感受，那就是我们已然无法回到过去，阿吉拉也在地震后成为一个符号，民房已在历史中故去，但我们却总是回到那样一种情绪，回忆共同的童年、事件、故事，清晰如昨。在成长的年纪里，我们追寻爱恋、事业，强化了个体，但曾经的所有根植在记忆里，所有过往一刻也不曾疏离。再大的权、再多的钱于它都毫无意义。虽然回忆的碎片已少有细节来关联，却星星点点地在脑海中闪烁，夜深人静时越加凸显。岁月是如歌的行板，多想再触摸那片盐碱地反浆后的软。模糊中，不知魂已断，空有梦相随。

近年回去数次，次次心涩而归，一切早已物非人非，梦里寻它千百度，频频回首，只剩废墟存留灯火阑珊处。

我们终将老去，大脑沟回里的阿吉拉却有不老的容颜。曾经的欢乐痛苦，曾经的恩恩怨怨，滴滴点点都已成为怀念。

最是人间难留住，朱颜辞镜花辞树。永远不会老去的就是那段记忆，记忆里的那个名字——阿吉拉，我魂里梦里的阿吉拉——那个我们曾经追梦而今梦追的地方，一生已定，此忆绵绵无绝期。

情缘难解

生命抵不过流年，回忆是最好的怀念，阿吉拉——我们的怀念，将是你永远的陪伴。往日的细节总会在脑海中浮出水面，一些面孔、一些片段此起彼伏，清晰地闪现，画面般在眼前轮番上演。

镜头一：田野地头的寻觅——乌米

小时候我们也会跑庄稼地里拔一种叫乌米的东西，那时并不知道它是什么，反正能吃。小伙伴儿们寻到一株粗壮色相好的乌米也会兴奋半天，迫不及待地扒开绿色衣装，里面是白色包裹着密密的黑色物质，吃到嘴里现在已然忘记感觉，应该没什么特别的味道，当时大概味蕾太缺乏刺激了，食物也除了窝头根本没有现在零食的概念，所以乌米也是上品了。吃过后的形象一直像是黑人的反义词，因为他们只有牙是白的，而我们那时牙连累了嘴巴周围全是黑的，大家往往兴冲冲地吃时顾及不了彼此，闲下来才发现彼此满嘴乌黑，面面相觑后互相笑话打闹着，既满足了胃口又娱乐了心情，所以对乌米这个东西记忆深刻。现在回忆起来，惊讶地发现乌米是生长在高粱、玉米、黍子等作物顶部的真菌，居然味道鲜美、有较高的营养价值。惊讶之余又不免感叹：难怪我们阿吉拉人热情聪明，小时候都大补了呀！

镜头二：盐碱滩上的猪毛菜

我的同龄人大都太熟悉这个野菜，家家户户喂了猪、鸡、鸭，它们的饭食基本是靠我们这些孩子来解决的，放学回家好多时候第一个任务得去大野地拔猪毛菜，回来手上沾满了黄绿的汁液，几天洗不

净，再把它们在案板上剁碎掺些玉米面，有时怕它们拉稀还要在大铁锅里熬过，猪食鸡食便被它们狼吞虎咽了，想着以后吃它们的肉也就忍了劳动的辛苦。回忆这个细节时不免好奇一下猪毛菜到底是啥东西：猪毛菜生长环境是戈壁滩和盐碱地。再次证实了我们生活环境的恶劣，但接着对猪毛菜的描述又让我心中一亮：它可全身入药、平肝润肠，治疗高血压和便秘。食物链一循环那我们岂不是吃了品质甚高的猪肉？现在吃的肉大多是饲料猪了，再没了往日的香。在拔猪毛菜的同时我们也会挖些野菜回家拌了吃，但那时觉得苦涩并不爱吃，现在它却是宴席上大家的稀罕物，时代不同，角色转换。去大野地拔野菜是无奈，娱乐才是重点，尤其在春风沉醉的旷野上，抓蜻蜓、扑蚂蚱、寻找各色野花，观察蜥了虎子在沙化的野地上或静止或闪电般没影的运动，又怕又新奇。有男孩子们用网子来回忽悠着捞蚂蚱回家烤着吃，还有个大家都喜欢的游戏，就是找到有沙堆包围的细孔、用细长的草芯儿"吊骆驼"，上身趴着屁股撅着，小心翼翼，那精神要用在学习上，估计我们阿吉拉就厉害了……现在想来都是留恋。

阿吉拉平房的最南端是大野地，小时候也是我们一群孩子的游乐场，那里有个看起来还算高些的土包，我们便经常在那里游戏，捉迷藏，翻跟头，跳格子，下腰，感觉特像武林高手，但也总有人调皮地突然喊"狼来了"，吓得正开心的我们抱头鼠窜，因为山包后面看不见的地方对我们来讲充满了未知。后来那片地方盖起了造纸厂。我们也慢慢大了，再没去过却无数次张望，好像透过清风分明有我们玩耍的影像。

镜头三：供应站

它有两部分，大厅里日用品在左侧，右侧是吃的东西。现在只记得糖块和点心,小时候大概对这两样最感兴趣,就锁在了脑底,尤其是盛糖的玻璃罐子,那里面各色的螺丝转儿,包着透明玻璃纸的糖块,对小时的我简直就是个有魔力的宝藏。后来流行大白兔奶糖,妈妈买了好多放在门后作为表现好时的奖赏,那门就成了我的天堂。还有第一块在哈林格尔商店买的巧克力,那半圆形的褐色怪物击败了我的想象,让今天的我都有严重的巧克力情结。一块糖,也让那时的我们快乐无疆。小厅卖调味品,油盐酱醋,有个穿蓝色长大褂的叔叔在卖。好像供应站的左面是卖肉的,右面是卖蔬菜的,只记得卖菜的地方有大石条隔开,高峰时人们挤得密不透风,大人们的腿缝间会有小小的身影捡落下或被扔掉的菜叶。西红柿是论簸箕撮的,大家都盯着希望多些红少些青的,其实那个年代里什么颜色都是安全的。

镜头四:大闷罐

说实话,这个车型一直是我心里的痛,小时候个子小,清晨不得不冒着北风去坐它的时候心中充满了各种无奈的挣扎,够不到把手上不去的时候总会在黑暗中伸过一只手拉一把,寒风呼啸的天气心里就涌过暖流。黑乎乎的车厢里满是窸窸窣窣的人群,人们大多不说话,盯着荒凉的车外。有时一些牛人爬上车头顶着寒风出发,车头像个刺猬冒着烟嘟嘟嘟地甩下一些无望的眼神慢慢走远,寒风该像针一样扎在他们脸上吧,想到这些心里总是充满了疼。

镜头五:地震——阿吉拉民房的终结点

1996年5月3日,包头地震了,哈业胡同6.4级,据说是新中国成立以来内蒙古地区最大的地震,也是唐山大地震后百万人口城市中最大的一次。也许冥冥之中该来的一定会来?记得很小的时候就被预言阿吉拉会有大地震,记得先后在院子、屋子里都支过地震棚铁架子，但都没发生。若干年后它不期而至，还好只震坏了我们的房子，没有人员伤亡。阿吉拉很多房子都裂缝了，我们都住进了地震棚，那一晚狂风呼啸，是我这辈子感受到的最可怕的一场风，什么叫鬼哭狼嚎，什么叫肆虐狰狞，那一晚睡在地震棚里的阿吉拉人都感受到了。想想这些经历，都觉得我们一定要幸福。在地震棚里煎熬了两个多月的酷暑，终于在某一天举家搬迁，从此离开了生我养我的阿吉拉，不久平房被全部推倒，淡出了人们的视线，退出了历史舞台，都没来得及留几张它最后的容颜，成为永久的遗憾。

阿吉拉，被推倒时你经历了怎样的痛，怎样的怨，这是我无法触及的话题。离开时匆忙狼狈，都没有说声再见，哪里想到竟是再也不见。忘了几年后回去时只见到了于姓阿姨一家独守在小凉房里，周围已是废墟一片，放眼望去真应了那景：枯藤老树昏鸦，夕阳西下，断肠人在天涯。我家竟成天涯……不见了屋檐，不见了炊烟，再也寻不到我生活过的那个坐标点。阿吉拉，阿吉拉，心中默默地呼喊，眼前模糊一片，心灵深处那无法触碰的柔软永远只在梦中才能重现。

诗人说：前世的五百次回眸，换得今生的一次擦肩而过。我们生活的过往该是怎样的遇见，难怪我们看到阿吉拉的话题都会泪流满面，难怪我们有太多心酸，只有不熟悉的名字没有不熟悉的脸，虽不摩肩接踵，却真的低头不见抬头见，这是怎样的一种情感、一种体验？此去多年，无法回还，无法了却的缘……阿吉拉，你无法想象有多少人在辗转思念、在为你不能成眠……你虽远去，也该心安。

谨以此文致我们逝去的童年。纵是他乡月再明，难把他乡作故乡。阿吉拉人如有血脉相通，无论多远，阿吉拉，都是我最想念的彼岸。

曾经我的父辈母辈们

世间只有一种爱无须回报，没有理由，无论你怎样伤害它都一如既往，只增不减，这最无私的爱就是来自父母的爱。懂得这些已是成年。

总记得多年后父母再看阿吉拉时那眼中的泪水，他们把青春把热血把半生的热情洒在了这里，我想该用笔回忆点什么，虽然时光荏苒，虽然世事变迁，却总有些印记无法改变。回忆是最好的怀念，不负流年。

阿吉拉是工人新村，当然我的父辈都是铁路工人，承担着建设和维修铁路的责任，他们或开火车或修火车或做着一切与火车有关的工作，他们的爱人叫作铁路家属，就是我们的妈妈们，一群特殊身份的女人们。她们大都来自农村，识字不多，善良朴实，想起那难忘的岁月，岁月中的他们曾经的过往，也总是有无限的感慨和怅惘。

爸爸和周边的很多叔叔都是火车司机，专门有叫班的人来通知他们跑哪一趟车，方式是用粉笔写在院门上，再伴随一句拉着长声的吆喝"刘大车，21：30"，家里人便知道了工作时间。"叫班"这也是当时的特色工种吧，他们跑遍了阿吉拉的每个角落，该是阿吉拉的活地图吧。于是司机们按时间提前穿好大油包二油包的，带上家属们装好饭菜的饭盒出发去开火车了，印象里通常是跑白云、临河、银川之类的地方，两三天才会回来。这之间的辛苦我们无法想象，伴随他们的应该是笔直的铁轨、上水的水塔、扳道房、信号灯、沿途枯燥的荒野、蒸汽汽笛的鸣响和突突突的雾气后他们坚守着的瞭望……他们回来时是满脸满身的油泥，有时会在段上洗澡回来，有时也会连同疲惫一起带回家中倒头便睡。有时爸爸会剩点米饭回来，这成了我们巴望已久的节日，几个孩子围着一个饭盒，香得不得了。大米对那时的我们来说实在是稀罕之物，其实也就是米饭泡着一些菜汤，但就是那么诱人，现在想来真的是贫穷的力量可以把一顿现在不屑的饭菜品出珍珠翡翠白玉汤的味道来。

　　父辈们担负着养家糊口的责任，而那时一切凭票，工资又低，通常是几十块钱养活家里六七口人，没有油水粮食就下得更快，根本坚持不到月末，所以往往下半月男人们就会出发到磴口等地农村去买高价粮。如今打字连这个词组都不出了，可见它的时代性。我们经历了不够吃、都是粗粮、粗细搭配、细粮随意的全过程。这其中的艰辛非经历而难有切身之痛。

　　有一个景象也一直闪烁在我的记忆里，那就是包钢的钢水，经常夜深人静时发现后窗像失火的天堂一般，妈妈说那是包钢倒钢水了，红彤彤染红了天际，童话世界一样，小小的脑袋里便浮想联翩，好多人家都去过包钢捡人家倒出来的次品砖，还冒着丝丝蒸腾的热气的砖被戴着帆布手套的大手毫不犹豫地或小车推或自行车摞满拉回来盖了凉房、院墙、猪圈、鸡窝，现在想来鸡鸭满圈、花草蔬菜的小院倒是我们向往的生活，而当时却多为生活所迫，大手小手被生活刻蚀了磨难的茧，所以我们两代人都经历了太多，才会有太多特殊的记忆。

　　对小时候的我来讲，火车让我们和外面的世界接轨的最有意义的一件事是遇见小人书。

　　我们第一次见到小人书真是兴奋死了。开始是黑白的后来还有了彩色的，把精神贫乏的我们带到了一个全新的丰富的世界，从小人书里我知道了除了阿吉拉原来世界那么大，还有那么多闻所未闻的新鲜事。见我们喜欢，我爸每次跑车回来就会带几本，这成了我们那时最盼望最兴奋的事情。抢了书坐在被垛上开心地读，就觉得幸福其实好简单。像《林冲》《林海雪原》《红楼梦》《西厢记》《向阳院》《小二黑结婚》《孙悟空》等都是那时读了一遍又一遍的，都可以背下来，图片也是都印在脑子里了。时常傍晚的炕上成了舞台，我们披了被单儿扮杨子荣，拿了妈妈的尺子作金箍棒就演将起来……外面的世界通过小人书让我们慢慢丰富起来，可惜的是我们攒了那么多的小人书，后来也不知所踪了，现在市面上有很多新版的小人书，图文并茂纸质颇佳，感觉却已相去甚远，没有了历史的厚重感没有了历史背景，它们也就只是一本普通的读物而已，昔日带给我的快乐已不复存在。前不久还在中国美术馆专程去看了小人书展，也只勾起了我复杂的一种情绪和久久的不安。

父亲这一代人其实有很多爱好，只是生活的艰辛让他们无暇顾及，但还是有叔叔会忙里偷闲地去黄河附近钓鱼，去搂蚂蚱喂鸡，用包装条编筐、用报纸铁丝或沙枣核串门帘……在贫穷贫乏的生活中，他们享受着创造和自给自足的快乐，就这样把我们养大，到人过中年不久又大批地遭遇了接班大潮，在他们正值旺年的时候被下一代拍在了沙滩上，我爸退休时只有45岁，不用去上班的时候，那种失落，那种一下子不被需要、百爪挠心无所适从的感觉，可能只有经历了才如人饮水，冷暖自知吧。

妈妈们开始都是纯粹的家属，在家里照顾孩子做家务，一般家庭都是三四十块钱要养活一家老小，所以日子的苦是不用说的。不知从什么时候起铁路上为了解决家属就业，使人们多些收入，减轻工人们的后顾之忧，妈妈她们这些女人们开始参与到劳动中了。

于是妈妈这样身份的家属好多加入了卸煤队，逢有运煤的车皮来了，这群妇女们就被叫班的师傅通知去卸煤车，于是从阿吉拉的平房浩浩荡荡地走出一群穿着高勒雨鞋、黑乎乎宽大衣服、头戴各色花花绿绿三角围巾、扛着大铁锹的队伍，先后涌向火车停放地。很多时候都是深夜，我小小的心总是紧缩在一起，就怕那一声：卸煤车了！妈妈便要从酣眠中挣扎醒来、从热乎乎的被窝里爬出来，迅速穿好行装钻进那无边的黑暗中。我便在脑子中开始一遍遍放电影：夜黑风高，白毛风呼号，一群中年女人瑟缩着爬上车厢，站在高高的煤堆上费力地一铲一铲把煤卸到地上，冰天雪地，她们的哈气像雾缭绕着，煤灰飞舞着跑进她们的口鼻。一群本该被呵护的女人们艰难地干着粗重的活计，那本该拿针弄线的手却挥动着笨重的大铁锹，为了生活，为了让孩子们吃上白面，她们只有做着甚至比男人还要辛苦很多的粗活，而她们的姿态却低到尘埃里。虽然想坚持等妈妈回来，可往往会敌不过睡意迷糊过去，然后不知何时院门一响，我心里的石头落了地，会瞬间无比欣喜：妈妈回来了，我飞快地去开了门，进来的就是一团从上到下黑透了的冰人，脸上找不到五官，只有张嘴时，牙还有些许的白，什么样的语言能表达我那时的心疼和辛酸，一切都是无奈。我无计可施，我能做的只有递上一盆热水，看着妈妈慢慢露出脸的本色，无数次我逼退自己的泪水，这时候的我总是会盼着自己快点长大，能替妈妈分担点什么。我也知道同一个时刻在阿吉拉这片低矮的平房中，有多少同样的景象在上演！有多少忧虑和期待慢慢生长在我们这些孩子心中！也正是这样的过往，让阿吉拉的孩子们都早早地成熟和成长。多年后每每提及这样的场面，我都会哽咽了喉咙，眼前迷离。

　　这样的日子很久之后，地区组建了五七连，做一些类似第三产业的工作，印象里她们种过地，卖过菜，翻过砂，脱坯烧砖，收废铁，做铁路相关的零配件等。那时候的活计还为好多家换来了一种特殊的铁锅，长柄圆头，像现在的电饼铛，里面有四个格子，用它做模子，妈妈拿玉米面摊一种三角饼，软软甜甜的，极大改善了我们终日窝头的局面。还有钢丝面，玉米面压出来的长长的那种，现在的孩子无缘一见了，多么形象啊，钢丝面，硬硬地滑过我们的肠道，而当时就是这形状的改变，也算是让我们的胃见了新世面，隔三岔五我们会用盆端了棒子面去排队换钢丝面。玉米面啊，从窝头、发糕、金银卷、玉米饼到玉米粥、菜团子、钢丝面，我们也算是从你的全路程走过。要感谢我们的妈妈们多年无米之炊的艰难，还能让玉米面花样翻新，斗出艺术感。

　　印象最深的是后来五七连成立了地毯厂，在阿吉拉机务段的东北角有个大厂房，一群妇女边说笑边手脚麻利地编织切割，妈妈也在地毯厂，我借机去过好多次，充满了新鲜好奇。她们开始算是有了相对稳定的工作，不管怎么说，这还像是个女人干的工作，不用去体会煤烟飞舞，但在相夫教子的同时还要每天四趟奔波，中午急匆匆回来做一家的饭和家务，然后再急匆匆奔向厂房，较之男人我觉得她们一点也不轻松。织地毯的过程中，妈妈经常去东河背地毯线，也是几十斤一袋背回来，毫不逊色于男人，生活的艰辛让她们无暇心疼自己。这期间妈妈买了线，在家里支了架子，加班加点有时到深夜，给家里织了两块毛毯，一块深红浅红相间的花色，一块三蓝毯，上面的琴棋书画常让我慨叹，妈妈这些女人其实是多么的心灵手巧。成年后，回

家住不下，地毯成了不可或缺的重要角色，每当这时妈妈的骄傲就喜不自禁地流露出来，成为我们家永久的记忆。再后来，不记得什么时候，地毯厂解散了，女人们相继又回到了家中。

回忆起来，整个人就被心酸弥漫，我们的父辈辛苦节俭了大半生，接受和忍受了生活带给他们的一切，没有怨言也没有华丽的言语，没有夸夸其谈过理想，却一直带着我们行进在奔向美好的路上，默默地为铁路为我们，也算是殚精竭虑，但对我们却是生命中无法言说和感恩的情。父爱如山，母爱是河，是我心中汩汩流淌的歌。

人生一世，草生一春，来如风雨，去似微尘。而今我们的父辈母辈都已背驼腰弯、银鬓华发，我们能回报的也只有常回家看看和让他们心安，让他们皱纹里的沧桑浸润满欢颜，而我们最希望的是他们享受生活、健康开心、颐养天年。

重回故乡——阿吉拉

一个四月天，春光却不明媚，阴暗暗的似有云在蓄积，老同学开车一行四人重游故土——阿吉拉。

第一站　桥洞

这个连接外面世界的桥洞依然忠实地卧在那里，它永远不变的身姿和苍老的容颜，是我心中阿吉拉的象征，看到它就觉得已离家不远，心中便有别样的暖。这次如此近近地端详它还是第一回，虽然梦里有数不清的来往，此刻是二十年之后的亲密接触，我抚摸着那一块块苍老的石壁，心里说我回来看你了，风烛残年的它不说话，静默地看着我。

感谢上苍，唯一不变的只有它让我还能辨别哪里是家的方向。我模糊地看着桥洞尽头的那片光亮，时光穿越到三十年前，我们一次次出去、回来，它见证了我们的成长、苦痛、欢乐、幸福、变迁，见证了多少阿吉拉人来来往往于里面的家和外面的世界。年轻时总是觉得生活在这里像是井底之蛙，想方设法要去看看外面的世界，而当我们看尽了奢华感觉疲惫的时候，才发现这个贫瘠偏僻的地方才是内心深处最有温度的家，它藏了太多太多我们年少的轻狂、天真、快乐、苦闷、愚钝、努力。在追逐峥嵘锋芒之后，故乡才是让我们内心最温润平静的地方。默默地回忆点滴，或痛苦或快乐都享受其中。

草木春风吹又生，人生一去无轮回。洞中伫立良久，不动声色掩盖了血脉偾张，逆流成河的除了眼泪还有我的悲伤。

穿过桥洞，同学先领我们参观了火车头展，日本的、中国的、苏联的，停在火车轨道上成为历史变迁的见证者，中国造得最旧却最亲切，那层油漆像是土豆风干秃噜皮了一样，细碎的皱纹翻卷了满身，直言不讳地述说着岁月的沧桑，凝视着它被锈蚀的纹路，分明看到它在风中跳跃，挂在它身上的众多被吹裂的面孔，又模糊了眼睛。

机务段里边的建筑还都能辨出往日的影踪：办公楼、运转室、澡堂子、车间。一路向东，环境已经很清新了，青年园里种了好多桃花正蓄势待发，空中没有往日的煤灰飞舞，路遇几人也没有印象里的满脸乌黑，油包儿穿梭的感觉已不见，拐角处一株年久的古树已被保护起来，据说它比阿吉拉年代还要久远得多，伞如华盖，它用干枯的容颜虔诚地守候着这一切。

第二站　水塔

这是阿吉拉的地标建筑，它一直高高地耸立在那里，用它的高度记录着阿吉拉的点滴，它的眼该是高清摄像机吧，它该是尽收眼底了阿吉拉的历史变迁与离合悲欢吧。还有同学小时候在它下面的路灯影中读书学习的影像都像是昨天一样，小时候出门坐火车总是要遇到它，只知道叫水塔，却不知道到底是做什么用的，只对它的腰围和高度充满了好奇！无数次在下面仰望它，现在它不能满足需要已经被新的水塔替代了，好在还能身姿无恙地矗立在那里让我仍能仰望。它下端还刷了一层淡粉色，和老友在下面留念，以慰将来那飘忽的思念。人越老越思乡，故土难离只有到了一定岁数才感同身受，所谓寻根、怀旧该是上天注入我们灵魂的感念。

新水塔一改它笨重的腰身，成为伞状结构，上面是蓝白相间的条纹，与旧塔遥相呼应成了远远可见阿吉拉的标志。阿吉拉消失的速度不容小觑,民房的消失已让我心怀恐惧,我在每个地标前都合影留念,只怕下次来什么都不见,本已无处安放的思念便彻底成了游魂。

第三站　阿吉拉乘降所

这个无数次上车下车的地方,它的名字都那么接地气,一乘一降我们奔波在路上,一乘一降我们就白了头。这里是外面世界与阿吉拉的枢纽,在这儿你可以遇到阿吉拉几乎所有的面孔,是阿吉拉人殊途同归的地方。据同学讲这个站台现在虽不使用却被保留下来,也是很多人怀旧的提议,给大家留个念想。已在不远处修了新的站台,此处已不通,但仍可以远远地看到它和右侧方那个坡度,幻影中看到无数次我们懒得走远而被站台上人拉一把的身影。

乘降所门口有两把椅子,在那里默默地像是在等候归人,却不知归人至、魂已断……留影待流年。那黄色红字的小屋、那门前的老树、那门前空寂的椅子、那站台斜坡上幻影中曾熙攘的人群、那不相知也相熟的面孔,想到那诸多已离去再不归来的背影,百感交集。

第四站　阿吉拉大街

再次站在这里,放眼它的前后,真的意识到这已不是梦中的那条街,熟悉的建筑只剩了深红褐色老旧的工委楼,它对面的俱乐部已杳无踪迹,上次回来大概是三年前,当时的俱乐部和楼房还在,楼房的附近一堆野狗,走过几栋房父亲居然碰到多年不见的老熟人。楼房和俱乐部都在地震多年后呈老态垂垂之势,俱乐部已是一片死寂,门上钉着木板封条,我还趴在门缝张望,以为能看到往日风光,听到往日舞会的三步四步舞曲,看到人们摇曳身姿、灯影交错的辉煌,然而除了鼻头沾上灰,就只有黑暗中一缕尘土蛛丝在光柱里晃动舞蹈。那封条像是封住了往日时光,心便沉下来开始隐隐作痛。

只怪那时没想起来拍个照片纪念，此次回来才发现仅留的这不多的回忆也真的成了过往云烟，想念却永远不见。想起了同学发的文章里讲的故事，真的是来日方长终不抵世事无常，前年它还矗立在这里，今天它已烟消云散，当时却没想到那一面之后会再也不见，没留下一张照片成为永久的遗憾，按照方向遥望我们的家已完全没了迹象，它真的存在过吗？再也找不到那横横纵纵，再也找不到那千万次归去的交点，再也见不到那袅袅的炊烟，脚下再也无法触摸那盐碱地的软，新起的建筑在我看来都是杂乱。供应站、医院、粮店都成了梦中的惦念，眼前都是陌生都少了暖，硬化的路面已让一切走远。我无法忍住泪水，更无法忍住悲伤。

第五站　哈林格尔

小时候临近的村子就是哈林格尔，那时偶尔会长途跋涉到那个新鲜的地方转转。商店比我们的供应站大，我人生的第一块巧克力是在那儿遇到的，而今原来熟悉的商店也都被杂乱的房屋遮蔽着，不好看出原来的样子了，同学比画了半天我也只看了个轮廓，一切都交还了时间。造纸厂原来周围都是野地，是我们玩耍练武术、跑步、拔野菜的地方，现在也处于闹市之中了，远远地我们找寻着铁四中，却也只是个方向罢了。时间真是一把刀。

转向回家的路，同学说起路边的照相馆，恍然记得我们那时和同学远远来照相，翻山越岭的感觉，除了自己那片平房，别处都觉得是人家的地儿。照片是黑白的带狗牙边的那种，我们同代人估计都有几张，而今一切都成了老物件儿，那些略显严肃却又单纯稚嫩的面孔真的是好久远了，现在有了美图八百招，反而千人一面，更加怀念那时的青涩呆萌。

"行到水穷处,坐看云起时。"换个心境,在我悲其故去的时候,当然也看到了它的发展,只是内心的怀念遮盖了它新的容颜,对过去的怀念往往让我选择拒绝喜欢它的现在……阿吉拉,你真的变成了一个虚无的符号吗?蒹葭苍苍,白露为霜,所谓故乡,你在何方?

阿吉拉的居住区已成为历史,但它的工作区还是旧貌换新颜了。在签到房和铁路边火车头里我们遇到了张张新面孔,他们是那么年轻,他们在铁轨旁边走边交流着,像是刚换班的样子。我的视线追逐着他们到很远,这情景让我觉得好亲切,恍若我们曾经的父母建设此地之初。

感谢同学老刘忙里偷闲带我们一游,感谢美女瑛搁置了午饭陪游,还有在后方备膳的晓波夫妇以及来献歌几首的暖男老邓。心碎又开心的一天,故里不存故人情在,聊感慰藉。

回到家中记了当时的情绪:

那思念让我心慌 / 密集到呼吸不畅 / 我终于回到故乡

还未踏上那条小路 / 便在风中闻到了草香 / 接着是那熟悉的水塔仍矗立着 / 由记忆变成影像 / 从我的视线闯入我的心房 / 幻影交叠中 / 我在那儿来来往往 / 只是那色彩的沧桑 / 一下子击中我的胸膛 / 我忍住了泪水 / 却无法忍住悲伤 / 我生长于斯的故土啊 / 如今已一脉荒凉 / 我已找不到家的方向 / 那曾经的炊烟 / 已永远迷失成幻影 / 我的目光 / 再也找不到那熟悉的门牌号 / 找不到哪怕是一片断瓦残墙 / 我肺腑满满的怀念 / 已无处安放 / 今后的一切都只能 / 在梦里徜徉 / 我忍不住泪水更忍不住悲伤 / 乘降所,签到房 / 千百次穿行其间的桥洞 / 破碎了衣衫的机车 / 再也不能鸣响 / 沉默是金已成为它最好的表达 / 我已无法碰触那盐碱路的软 / 平坦坚硬一改往昔容颜 /

为何我却／对它曾经的狰狞／一再怀恋／我在每处留念

　　来疗思念的殇／只怕再来过时／现在的一切也成为过往

　　肠已断"箫声凉／流年无恙"我独悲伤／故乡啊

　　我魂里梦里追寻的地方／纵使一切没了踪迹

　　那曾经的气息也让我终不能相忘／无可阻挡／纵使红尘浩荡

　　你终是我漂泊的心的方向／地老天荒／任泪水／信马由缰

　　逝者如斯夫，不舍昼夜，逝去的终将逝去，今天也转瞬成为过往，能做的只是珍惜拥有。今天是一个明媚的春日，果断走出校园去看心仪已久的法源寺的丁香，恰逢僧人讲解历史，不亚于一场精神的盛宴，沐浴着禅意盛开的丁香、馥郁的香气伴着经声僧影，恍若世外……阳光下芬芳中斑驳的条椅上记下诸上文字。

关于死亡

> 生存还是死亡？这是个问题。　　——莎士比亚

小时候看哈姆雷特只记住了他徘徊来去时一直叨唠的一句话，并不明就里只觉得奇怪。

岁月流逝，这句话慢慢真的成了一个问题，看多了生生死死，分分离离，尤其死亡成了一个巨大的困扰，盘旋在脑子里，尤在夜深人静时挥之不去。

如果用白色代表生，那么死一定是黑色的吗？死亡从来都是以黑色出场的吗？那种透彻的黑，无底的吸盘、带着袅袅黑旋风的洞、世界毁灭的静谧、茫茫无际的黑。

有了生便注定和死亡有了必然的联系，为何而生，为何会死，困扰着多少灵魂。

有的人很健康，突然一个意外生命便戛然而止；有的人生来体弱，病恹恹坚持了一个世纪，我们永远不知道死亡何时以何种方式来到我们身边，却知道它必将是我们的终点，是我们最忠诚的伴侣，对任何人不离不弃。它让我们见识的是它的脆弱和它的坚强，它的百变面庞。它有时来势汹汹，猝不及防，有时百般纠缠，让你欲生不能、欲死不得，仿佛得到它也是要历尽艰辛，有时又显得很有气度，让你五代同堂。

死亡总是一道阴影，藏在太阳的背面。死亡总是一种晦暗，让人

避之不及。

我很佩服读大学时被报道的陆幼青，他可以在病痛的百般折磨下写下自己的心理路程，是一个真正直面死亡的勇者，他用另一种方式诠释了人对死亡的态度。这绝非一般人可以做得到，明确地说，我不行，没有那样强大的心理，虽然我信他也绝不像展示给我们的那般乐观，有多少眼泪毒药般吞下只有他自己知道。他把生命最后四个月中病痛的折磨、对死亡的一再感知、心理生理的微妙变化用一本《死亡日记》展现给了我们，那时会经常探听他的消息，只是那时没有现在如此发达的网络，不能像现在随时更新关注，一切都是在他死亡之后读他的书得来。那时上帝对他的门窗都已紧闭。

最喜欢一部由布拉德·皮特主演、大卫·芬奇导演的影片《返老还童》，一部非常温馨的影片，一部将亲情、友情、爱情、梦想、孤独、死亡等主题很好地融合在一起的影片。电影情节最大的创新点是本杰明的逆生长，看了无数遍，经典的台词、奇特的构思、对死亡的直面都让我心生感动，让我深思，让我真切地感受到不是我一个人对这个问题迷惘，只不过很多人在思考的路上走得更深更远，死亡之于人类的的确确是个问题。

最锥心的文字是张洁的《世界上最疼我的那个人去了》，上学时听这篇小说播出，总是听着听着哭到听不清楚，总是眼睛红肿着去上课……那种深入骨髓的爱在琐碎中细枝末节中凸显，那种融化在血液里的长情的陪伴而让分离痛彻心扉，每每在深夜想到这个话题，想到自己的妈妈之于我，便无比痛苦，老实说没有一次我敢把这个话题进行下去，却又越来越被它困扰。

死亡之于我们一直戴着神秘的面纱，然而不管哪种方式，它终究还是让人惧怕，不愿直面。岁月流逝，慢慢变老已让我恐惧，起皱的肌肤，全身零件的迟钝，不得不遮盖、再不能毫无顾忌的白发，各种病痛的折磨，结识了越来越多的疾病名称，视野在医学领域越来越宽泛，这背后需要承受的哀伤，抽丝剥茧般折磨着灵魂。

"我不怕死，我怕死时我在场。"忘了谁说的，只是真的，我怕死时面对亲人绝望的眼神。

有时觉得自己的死亡还好接受，因为怎么难过都是别人的事了，自己倒不用想得太多。然而若是自己身陷这样的情景，想想都觉得会大脑崩盘，会掉进不见底的悲伤……因为恐惧便总是夜有所梦，梦见亲人离去，便撕心裂肺地哭，醒来都会有泪水和心口强烈的痛，精神真的可以更有力地伤害肉体，是更痛的内伤，那种沉痛和压抑会持续很久，恍惚之中竟真的一般，竟是比死还痛苦万分的！死不是死者的不幸，而是生者的不幸。难道不是吗？

死亡到底是怎样的呢？真的有来生吗？有另外一个世界吗？有天堂和地狱吗？

理性地讲，我是唯物论者，知道人是物质的，死亡就意味着我们本体灰飞烟灭，可真的有魂灵吗？真的有重生吗？此生的终点真是来世的起点吗？村上春树说：一旦死去，就再也不会失去什么了，这就是死亡的起点。三毛也说：如果说出生是最明确的一场旅行，死亡难道不是另一场出发？

记得关于轮回的讲法里比较喜欢这样一段话：一切众生，从无始际，由有种种恩爱贪欲，故有轮回。一切世界，始终生灭，前后有无，聚散起止，念念相续，循环往复，种种取舍，皆是轮回。云驶月运，舟行岸移，亦复如是。

我更愿意相信人生必有轮回，这样今生的愿便可在来世实现。

而死亡不过是一个拐点，人总是有希望才活得有劲头。人最怕活成了空壳，行尸走肉。就是人什么时候都要有个念想，哪怕面对死亡，往往这样，死亡之于我而言便没有那么可怕了，便觉那道天然屏障可以阻碍我们的身体，却不能阻碍我们的灵魂，那么想着她们在另一个世界里幸福，是不是分离便少了那种撕裂的痛苦。

有时人看不开，便觉死亡是唯一的途径，一了百了，真的是那样吗？难道那不是一个逃避的借口？西塞罗说：死亡并不是生命的毁灭，而是换个地方。可是我们真的愿意换一个地方吗？愿意我们的亲人换一个地方吗？

死亡虽总是以可憎的面目出现，可如果那就是必然，为什么又总是让我们恐惧呢？史铁生说：死是与生俱来的，既然终点已定，我们还急什么呢？

这样看是不是又坦然了许多，我们只需过好生，至于死，坦然面对是不是就好？人生是不是就像搭乘了一辆公交车，单行，我们是不是该安静地走完每一站，看尽每一站经过的风景，急与不急，终点就在那里……死亡也许是免费的，但它是用一生换来的。

说来说去我终还是无法看透死亡，总是忽而看淡忽而无法直视，时而明晰时而混沌，人生这场戏究竟怎样谢幕才算是完美，我只能用川端康成的话来让自己心安：死亡是拒绝一切理解的。

加缪说：死亡是唯一重要的哲学问题。

书店的力量

喜欢逛书店，一则书店的颜值越来越吸引人的眼球，已经像是艺术品的存在，而不再单单是一个卖书的空间；二则它更像是灵魂的休憩站，会给你诸多心灵深处的享受。于是逛书店可能最大的意义并不是买到心仪的书，而是不经意间被一句话或者一个画面打动，时常，它甚至有唤醒或启迪的力量。

"要始终保持敬畏之心，对阳光，对美，对痛楚。"

这是作家安妮宝贝的一句话。

我们习以为常认为理所应当的东西，其实都要心存敬畏，不要等失去它的时候才扼腕惋惜，比如阳光，我们一觉醒来，认为那就是大自然最自然的存在，甚至无视它的存在，只有在自己身处阴雨连绵，不能脱身和被雾霾一再笼罩的时候，才发现原来阳光是多么的可贵，所以要懂得感恩。这世界本没有什么是你该得的，阳光雨露花草都是大自然的馈赠，它也可以是风狂雨骤电闪雷鸣的，你毫不在乎它的时候，也许它读得懂你的心理，它也会无情离去。

妈妈总是叨念："太阳就是个好东西，就是最好的药，没事儿出去晒晒能治百病，腰酸背疼晒晒就舒服了，你试试几天没太阳？"是啊，煦暖的阳光下坐一会儿、唠一会儿，不但皮囊补钙，还是心灵的补药，人的内心也需要阳光不断地照进来，扫一扫阴霾，愉快前行。感受阳光感受岁月感受此刻，尽力无所辜负。

美，当然是世间所有无形有形之美，能与之共处便是幸福，建筑音乐美术书籍，亲情爱情友情那也是上天的恩赐，不是所有的美你都能遇到都该遇到，遇到了不懂得欣赏、不懂得珍惜、不懂得善待，它便擦肩而过敬而远之。我们要有会欣赏美的眼睛，生活中便处处是美，有敬畏美的心灵，便向美而生。

而，痛楚，谁又没有呢？或游丝般的哀伤或撕心裂肺的剧痛，年轻时会抱怨会单纯地为痛而难过，久了知道那也是一种财富，它教会你另一种思考，只有痛了才知生活中的一切都要有因缘过往，你遇见的人遇到的事，哪怕身边的落叶夕阳都是生活最真切的一部分，痛处，会让你记住，那是生活在教你学会走路，在教你面对生活中的所有，你都应该存有敬畏之心，而不是一定要看尽繁华与沧桑再后知后觉。然后，对生活虽淡然却永远用深情去爱，因为人生只有一次，好坏都有其意义，都不会再来。

"眼泪，是人造的最小的海。"

这句话短小却很别致，这便具有了动人诗句的特质。这是日本剧作家、诗人寺山修司的一句诗。

在我看，眼泪，是情绪的集结地，或氤氲蓄积，或喷薄而出，都是你快乐忧伤愤怒狂喜的化身，是流动输出的情感，是无形化作有形，这种罕见的液体因其成分复杂特殊，自可称是微缩的海，那里交织纠缠着以爱之名，却又说不清道不明的混乱。

眼睛是心灵的窗户，眼泪，自然是人心陷于情境造出的海洋，泪水为何而流？里面盛着怎样的悲喜？虽微缩，力量却不可小觑，谁因此陷落，谁会被这海洋淹没？谁又因此崛起？和茫茫大海竟有异曲同工之力。

小稚

  我所带班里有个小精豆子，叫××稚，他给自己起了个很好听的微信名，叫稚于当初。很喜欢这样的谐音，很有韵味。
  我喜欢到处走走，经常晒下旅游的景色照片，他以和我交流为由早要走了我的微信，便经常在中午探头探脑到办公室，看我在就欢快地跑进来，说老师我要问问题。开始我觉得他好学，时间久了知道问问题并不是目的，他总是没问完一个问题就离题万里了，他多会问："老师您真潇洒，老能出去玩。我还得写作业，什么时候我能像您那样啊？"我就假装板了面孔："谁没年轻过啊，拿我的现在换你的十年干不干？"他就立刻缩了头："老师你咋这样啊。"然后又开始问题，然后一定会中途跑题，然后等我费九牛二虎之力再拉回，乐此不疲。
  一日，我让他们默写点东西，判后发了回去改错，我刚出教室门，就被他拉住兴奋地说："老师，你给我判错了。"我扫了一眼确认无误。他认真地说："老师，我肯定您判错了，这个我记了好多遍呢，我要错了我去吃×。"那眼神口气之坚定好像×这东西决与他无缘。我乐了，我定睛看着他："我只能说你强化了几遍错误记忆。既然你有这个爱好，那我必须满足你啊。小东，快带小稚如厕，把他要吃的东西吃够，连晚饭也解决了。"
  小东痛快地飞身而起："得嘞，我押他去了。"
  那之后他一来我这起腻，我就说，又想吃点是吧？他便赶快转入主题。

一日，我皮肤紫外线过敏，中午休息时我一边给小稚讲东西，一边照镜子撕扯脑门上的爆皮儿，小稚没纠缠听了两题就撤了，眼神有点诡异。不一会儿四五个女生蜂拥而至说是来问题，我奇怪：怎么今天约好了似的？她们东瞅瞅西瞅瞅最后绷不住了笑着说："老师，小稚说您对镜理红妆呢，让我们来围观。"嘿，我这暴脾气，报复啊这是，我冲她们喊："快去告诉他，我这有好吃的伺候。"女孩子们叽叽喳喳地跑了。

第二天，我第一节课，吃了早点匆忙来到办公室，拿起教案就走，却从里面骨碌出一管什么东西，我捡起一看，肤轻松，上面还贴着一行字："老师，您别给自己上刑了，试试这个武器。"

粗心

办公室里大笑不止源于一个老师的义愤填膺。

李老师班上的一个孩子粗心大意出了名，写字缺胳膊少腿，写数有仨丢俩。这主儿屡教不改，对李老师的苦口婆心毫不在意，给李老师的平均分没少添分母。

一日，李老师正好批改交上来的作文，突然气得把本子在桌子上拍得啪啪响，"瞧瞧，啊，一行字错了仨，巫婆写成坐婆，小熊写成小能，孤岛写成孤鸟，真是气死我了！你们说这孩子还有救吗，都高一了，还不如个小学生。不行，必须请家长！"李老师拿起笔来怒火冲天地在那熊孩子本上奋笔疾书。

这些都是昨天的镜头。

引发雷霆之怒的是今天交来的改错本上，那熊孩子赫然在李老师评语后又写了一行评语。

李老师的评语是：孩子你太马了，明天请家长来！

后面一行熊孩子写：老师你太虎了，你找错帮手啦。

办公室里爆笑之后，李老师脸色蜡黄：哎，哪里有什么教学相长，分明是近墨者黑啊。

形色学生小记

在教师这一行做久了，阅形形色色的孩子无数，可以说见怪不怪了，天真纯如白纸者有之，老成圆滑者有之，晕晕乎乎者有之，一门心思坠在情网里不肯出来的情种有之，心事重重过早成熟者有之，天生就是支部书记的苗子亦有之……高中生，他们介于少年青年之间，大多数都会过了成人礼才步入大学，这个年纪正是性格趋于成熟的成长期，有很多不稳定性。

在老师的记忆里存留的总是那些特别出色或者特别淘气特别不省心的孩子。

侯氏男生：新高一，他是线上生，甚至排到年级前五六十名的样子（年级有六百余人）。前半学期的课上，他反应很快，一下子就从班里脱颖而出，让人迅速记住他的聪明。过不久开始上课注意力下降，时做沉思或半睡眠状，提醒几次并无效果。又数日后课堂小测，他坐最后一排，起来收卷子时边走边抄，我忍不住说：快点收吧，不要抄了。却没料到他把手中的笔啪地摔在地上，怒目而视：谁抄了？我有些瞠目，他分明连续抄了前面两个同学的东西，对错不论，这态度还真是从没见过。我是老师我不是神，我忍了半天难过，转过身还是要泪奔，拿起书回了办公室。我得平静一下才不河东狮吼，落座后，我调整气息，平复情绪，慢慢安静下来。班长来找我安慰我，一会儿又来俩班干部，我觉场面滑稽，好像我要孩子们哄一样，便回到教室上课，教室异常安静，我也没了往日的谈笑，侯氏则佯睡。

课间了，侯氏出现在我面前，低着头，我知道那样子该是道歉，但估计是说不出口。其实我自己也是很不会说软话，沉默就该是知错了吧，这个年龄说大不大说小不小，但在我眼里都是个孩子，再嚣张狂躁的外表也还是内心柔软的吧，很大程度还有无知和不会表达的成分吧。我不想批评什么了，他的样子我就当知错了，但我还是告诉他，在学校，在老师面前任性一些，老师可以包容可以原谅，但马上步入社会，要学会克制和尊重，否则可能发生意料之外或无法控制的冲突，因为你会遇到各种各样的人。他一会儿低头一会儿仰头，眯着眼睛，但我还是看到了泪水，我不知是委屈还是后悔。

　　后来班主任告诉我，他很小父母离婚了，爸爸带着他，很少管他，只要是管就是暴骂或暴揍，这是唯一的方式。孩子本身很聪明，但是越大越不能忍受这种管教，逐渐开始以不学习来表达反抗。

　　我听了心里很难过，这个孩子该是多么缺失爱啊，没有父母关爱的孩子该多么可怜，想必他的个性一定是有缺陷的，可能我当时说他，他过分敏感和自尊，这样环境里的孩子往往这样。我开始检讨自己为什么没有隐忍，课下再谈。后来找机会我当作什么都不知情，和他聊了聊，讲了他许多优点，闲聊了一些往日学生的现状，希望他能自己把自己管理好，有一个好的前途，他似听非听的样子，我多么希望他能顿悟，能快乐起来，能只去关心学习而不担心其他。

　　他却只是好一阵坏一阵很不稳定。我很迷茫，已经高二了，拿什么拯救你，我的侯氏男生。

难题

今儿课堂上我讲了一个难点，听懂者十之有半，下课匆忙奔至办公室欲取包外出，一平时爱问问题者如影随形，把个难点在我耳边搅成乱麻。我眼前顿现缚于茧中之蚕蛹，缠缠绕绕密不透风，形象逼真令我崩溃，止步不能前。想我伶牙俐齿，有理科之清晰逻辑，文科之行云流水语言，竟被这厮混沌成浑水一滩，又有火急之事待办，遂拉之同行下楼。一路多次制止他的歪理邪说，呼其闭嘴，起泰山之势，流水之功，掰开揉碎，叨叨叨叨，终于把他的摇头变成点头，直至鸡奔米一般笑逐颜开，颇有豁然开朗之形态。从高楼上行至车前，他说老师你把我也拉走吧，一副嬉皮笑脸之仪容，我佯怒挥拳相向。他跳着逃开，边跑边喊：老师慢点开。我回身欲走，猛发现有外地听课老师在一直暗中观察我们，车边的叨叨闹剧还不知把多少镜头定格，藏进了他的手机。哎，被偷拍了，我不免突来悔意，竟没有展现为人师表之仪态大方。哎，那浑小子啊，毁了我的清名，开车路上，微风吹来，那一幕竟让我心生柔软。师之百态，何为佳境？回味之时，妙趣横生。

考试之后

期中考试后第二日，一进教室一片哗然（其实这是每次考试后的常态）：老师，这题也太难了吧，这世界暗无天日啊！

我假作没听见，拿出试卷先对答案，教室里瞬间静得能听见针响，这比喊安静好使多了。

我知道他们假作潇洒的背后，其实很在意自己的分数，虽然热度不足三分钟，我边ABCD地娓娓道来，边观察他们的表情，有愕然的、惊悚的、窃喜的、拧眉的、捂嘴的、面无血色的、把表情藏兜里的（比如宫某某，他一向事不关己，对学习淡漠如水，昨天刚在朋友圈晒了自己烫的卷发）、顿悟状的、小得意而岸岸焉的（比如赵某某，看得出他极力掩藏还是傲气侧漏的那丝浅笑）、欲拍腿而后快的、脸呈狰狞状的（比如付某某，从来都与正确答案老死不相往来，错答率能让人揭竿而起的班上分数的破落户，从来都烽火连三月一分抵万金），哎，我这些孩子啊，简直就是一群"表情帝"。

答案说毕，教室沸腾，我得给他们时间宣泄一下情绪，在他们互叹生无可恋、懊悔至极、痛诉卷子变态之后教室慢慢安静下来。现在的孩子经历了独子的熏陶之后，身上总是少些什么，你说他在乎分数吧，他并不想付出同样的努力，你说他不在乎分数吧，他们身上又有着深深的需要被认同或赞誉的小虚荣，所以独子时代的老师真是难做，多少师生对抗的案例耸人听闻。我不想唯分数论，也不想纵容

他们身上的浮躁，分数在我这里铁定要排在做人之后，于是我抛开试题，先说态度说方法，说逻辑说表达，哪怕有一句被哪颗心听了去都值得欣慰！拿什么拯救你，我考试后的孩子们！

北京最美一条街系列

　　人们爱一座城绝不只爱它的框架、它的建筑，那未免简单肤浅，毋庸置疑必会更爱它的灵魂。虽说建筑是凝固的音乐，我却觉得它再宏伟精巧也不过是形式美，就如人颜值再高，不附之有趣的灵魂也是皮囊而已，缺少的是拨动它琴弦的手指，只有那指尖才能带给它灵动，那手指便是故事、文化和历史，只有赋予了建筑内容，它才真的成为有血有肉的生命，才能让人与它同呼吸共命运。历史成就古城，故事晕染温度，城池便走进了人的心里，便不再是一些线条、砖瓦和钢筋水泥的艺术，而成为一座温暖的家园。

　　所谓文化是城市的名片，城市有文化便有了灵魂，而文化的有力支撑是文化名人。他们让思想有了交锋和多元性，城市和建筑都因之而生动起来。不喜欢过于繁华和嘈杂，可是没有那么多声音，怎么成就一个城市的丰富立体和神秘有趣呢？北京是这样的古城，是奢华与质朴建筑的集合地，是文化名人聚居地，鲁迅、胡适、茅盾、齐白石、梁思成、徐志摩、林语堂、张恨水、老舍……沈从文说：在中国要想成为作家，必须到北京住三年。很多文人骚客都和北京有着不解的渊源，北京成就了他们，他们在北京的文化史册浓墨重彩。

　　我喜欢北京，喜欢故宫长城，喜欢护城河角楼在夕阳中的沉静，喜欢角楼上始终守卫在那里的兽脊，它默默地不知疲倦地守望着它的皇城，看尽人间事，不悲不喜不言不语。喜欢景山北海，喜欢天坛地坛，喜欢名人故居，喜欢曲曲弯弯的北京胡同，喜欢胡同里的古树、

花草、阳光、掉落漆皮的大门、风化的石鼓、静默的门环、晾晒的大花被面，摇着蒲扇的大妈大爷，光圈里的轮椅，轮椅上眯着眼的病人，喜欢盘旋来去的白鸽倏忽而过，喜欢冰糖葫芦和磨剪子抢菜刀的叫卖由远及近，由近又远，喜欢耳边带着儿化音的北京大妈大爷边幽默边矫情……所有这一切都是我眼里的风景，琐碎而充实，每一个细节都让我感动，都让我体味活着的意义。

喜欢北京当然绕不开老舍先生的影响。

老舍用他一生的文学创作都在描绘北京，字字句句堆起了人们念想里的北京城。有人说老舍是被北京的城墙和四合院带大的。北京是老舍的家乡，中国文化是老舍的心跳，我只有读到这样的字眼才愿意去理解老舍的离开，那个扭曲了的时代、病了的北京让他身心都遭受着不堪的折磨，他的离开该是另一种抗争，北京之于他是无法承受之重。

我喜欢老舍笔下北京城里的草根生活和他们行走的街巷。今儿咱就从一条街逛起。这条街是多年前老舍眼中北京最美的一条街：北京阜景一条街。它由景山前街、文津街、西安门大街和阜成门内大街四条街衔接而成。阜景街的历史文化内涵丰富深厚，是条气势非凡的干道，又在干道两边分布着市井胡同，像是北京城的主动脉和无数毛细血管，皇家贵胄的气息交织着民间的烟火，让这条街无法不美得非同凡响。

老舍在《骆驼祥子》里描述这条街时借祥子的口说：这儿什么都有，有御河、有故宫的角楼、有景山、有北海、有白塔、有金鳌玉𬗟桥、有团城、有红墙、有图书馆、有大号的石狮子，多美，多漂亮。

是啊，让我再用草根儿的眼历数一遍家珍吧：东起中国美术馆、

北大红楼、紫禁城、护城河、角楼、北海团城、景山、北平图书馆、文津街、西什库教堂、元代的万松老人塔、缸瓦市、广济寺、白塔寺、历代帝王庙、鲁迅故居，止于阜成门。无一不是史中瑰宝。

据说旧日的阜景街"一街看尽七百年"，历史积淀至今该又深厚了百余年吧。当我选择快速游览整条街时，目光所及，景色之美，内容之丰，如逆流在历史的长河中，像在活着的史书里历经过往，时光隧道里，建筑、风景、故事和耳边的清风，每一样都让我醉在其中。北京城几百年的沧桑巨变，只要你想，随处都可以找到痕迹触摸，让你细数岁月的疤痕……这条街让历史像巨轴画卷一样在眼前展开，漫卷诗书喜欲狂……这感觉时时会袭击我身体的每一个细胞。

喜欢在这街上细细体味，总想通过我这草根的眼来记录下每处风景以及灵魂被无数次触动的瞬间和情绪，这所有的底色都是我对北京城的深爱，它的美它的丑它的所有，它就是之最，就是唯一。

近年兜兜转转四季流连在这条坐拥精神与建筑无价财富的街上往返了无数次，带着欣赏和敬畏转遍了整条街的角角落落，每次都会爱恋多一点，感慨多一点，发现多一点，风景不同一点，人物立体一点，对北京的喜爱也因之更加醇厚许多。

慢慢地，这条街被走成了我心坎上的街，那些气势磅礴的历史变迁，那些心头细碎的欢喜，此起彼伏的震撼，无数飘忽的情绪胶着着历史的底蕴，编织成一条特殊色彩的街深深印在我心底，它不再是一条街，而成为北京城的缩影，成为每次提及便在我心上流动的风景。

逛街，您且别急，三天三夜也说不完，我们慢慢欣赏。

从丹柿小院说起

当时间充裕，逛街之前我会先去离五四大街不远的老舍故居拜望。北京的四合院是我一生的钟爱，无论什么样的奢华都无法撼动它在我心中的位置，许是我的少年在那里度过的缘故吧。院子不用大，温馨就好。老舍先生就住在这样一座四合院里。

这座远离浮华嘈杂的小四合院虽在市中心毗邻王府井东风市场，却又藏于市井"丰富胡同"的西边一角。进入小院便立刻远离了喧嚣，门口影壁墙上老舍夫人书写的大大的福字立刻会抓住你的眼球，再溢满你的心，似乎走进这四合院便走进人间幸福地，那幸福该一下子浸润你的心肺。然而老舍先生的逝去却分明是对这个期望的讽刺，每次它扑入我眼帘的时候，老舍先生的境遇都会让我的心泛起无限的酸楚。他生于北京终于北京，对北京有无限的爱恋，创造了无数生动的北京故事，然而他喜欢的太平湖却是他最终的归宿，他文风细致幽默讽刺，连他选择终结的方式都是对扭曲时代的一个莫大讽刺。

这间小小的四合院本有无限温馨的，喜爱花草树木鱼虫的老舍和夫人让这小院既有百姓的烟火气，又升华出超凡脱俗的淡然和书香气，老舍在小得转身就可以碰到书架的西耳房写下了多部传世佳作，著名话剧《方珍珠》《龙须沟》《茶馆》《西望长安》及《全家福》，还有为纪念其父而作的《神拳》等，都是在这儿一字一句写出来的，伴着清风明月，伴着花香果香，伴着鱼虫游弋，和孩子们欢快的嬉闹。上中学的时候我们学校里有个小教堂，《四世同堂》的拍摄还在这选过景，好多学生还做过群众演员，算是我们和老舍最近的交集，可惜那天我们年级去春游了……此外还有大量的曲艺、散文、诗歌、论文、杂文以及未完成的自传体小说《正红旗下》。这是他最后的居所，那个黄昏，他被揪斗后身心俱疲地归来，第二天早上出门前，他对院子里的孙女说："和爷爷说再见。"出了这四合院就再也没有回来，成了此生的不见。不知在太平湖畔他经历了怎样的挣扎，最后还是没有走出被玷污了那份纯净的泥淖，选择了弃世，去找寻心中的宁静……每次看到他书房永远停滞在那 24 日的月份牌，我心里的怨就会弥漫，那样一个病态的年代让一个文学巨匠就这么屈辱地离开了我们，离开了他曾如此钟爱的北平，他用离开告诉那个年代：人间不值得。

尤其喜欢深秋的这个小院，那两棵河南品种的火柿子树在这个小院里蓬蓬勃勃，果实累累地欢愉着，每一颗果实该都饱含着对主人的情话吧，它们给小院延续着无限的诗意和生命力……老舍夫人由此叫他们的家为丹柿小院……如今那树仍每逢秋季便会火红了整个院子，像是对主人的怀念和召唤，像是用自己的灵性慰藉曾以为伴的那有趣的灵魂，因为爱这小院越发让我颇感秋短愁长……我总会在小院里的长凳上静坐片刻，望着那大大的鱼缸，望着老舍先生的雕像，凝望着他的眼神，便觉：他去他又回。

北大红楼和护城河角楼

从丹柿小院出来不远便到中国美术馆，这儿往往是我逛这条街东面的起点，也往往因为沉溺其中成为此行的终点，这取决于近期书画展的魅力，有些书画很是令人震撼的，颇感此生不能及者众也，更觉自己的平凡和渺小，赶紧把自己脑子里偶有的膨胀扼杀掉，把姿态低到尘埃里，这种欣赏除了感叹美好还有利于心态平和……由此又得平衡之法：身体和灵魂总有一个要在路上，你便知天外有天世之美好。脑子里满是艺术气息的熏陶之后，出门在斜对面不远的翠花胡同里悦宾饭店解决午饭，这个饭馆是改革开放后的京城第一家个体饭馆，门脸不大细长一条，坐不了几桌人，到饭点儿都得等座。里面的菜都很好吃，是很地道的北京家常菜。客人都是周边的老客户和网上寻来的。想着那句"翠花，上酸菜"的时候，周边多数人都在吃蒜泥肘子五丝桶什么的。小店低调味道却在舌尖很张扬。真的是酒香不怕巷子深，这小胡同里醇厚的味道总是被我想念，美极。

温饱思淫欲，古人说得极对。继续西行逛起，没多远便是北大红楼。红楼历经沧桑已有了岁月的味道，而褪色的红砖更强化了年代感，红楼门口的马恩巨幅照片告诉人们：不忘初心。这让我想起我们总是走得远了就忘了为什么出发。人是需要经常停下脚步静一静的：终点已定，没什么那么急，我们缺失的往往是思考和享受当下，而不是匆匆前行。

北大红楼的盛名源于百多年前的五四运动。它就爆发于此，红楼里面一溜溜的办公室都标着它最初的功能,这栋楼是1916年由蔡元培先生和比利时人贷款20万大洋购下,简单装修后供学生使用,分出了书库、阅览室、教室等房间,陈设简单。在阅览室的一角展出了当时的职员薪金,从校长蔡元培月薪600大洋到图书管理员毛泽东月薪8块大洋都很详尽。在纪念照片中可以找到当时的教员鲁迅、胡适、陈独秀,他们都是新文化运动的主将。这尤其从一间展示学生游行示威前各种标语口号的准备中氛围凸显。走在木质的地板上,它带给我的质感和整栋楼散发的那种书墨味道,都让我一下子回到久远的时光。两层展示房间再现了当时的工作生活场景极具年代感,喜欢历史的不容错过。参观都是免费的,在我看来且不说文化深厚,就是如此近距离地感受一下历史也真的是种福利。

前行拐弯处都是石刻,很有历史的味道,这个南北巷子是著名的皇城根遗址公园,春夏这街心公园有着平静淡然真实的美好,是老百姓的乐园。往南的南河沿大街上有我的中学,中学的懵懂好奇傻里傻气都留在了这条巷子和那座校园里,青春的美好洒满了附近的街巷。

再西行便见到了护城河,波光粼粼的水面上矗立着檐角秀丽玲珑别致的角楼,这角楼在夕阳下、蓝天白云里、大雪皑皑中都美得天堂楼阁一般,不挑天色不须映衬兀自孤独成景,那纵横搭交的檐角上蹲守的脊兽,经年累月饱经风霜默默不语,偶有人垂钓便浑然天成,所有景物有了人便有了生动。恰在地铁里等人,一抬头冥冥中竟如天意般遇见广告窗里赫然的角楼,灯光与水面倒影交错,美轮美奂。

最近角楼上开咖啡馆了,《千里江山图》作为壁纸造境效果颇佳,静坐其中,那低调的奢华只能用心体会。咖啡绝不仅仅是咖啡,不信你去喝一杯?再佐之乾隆巧克力,呼呼,美哉!

望着角楼便想起近日走红的节目《故宫上新了》，这节目和开发的一应文创都非常棒，仁者见仁，反正俺是满心欢喜，皇宫大内的诸多神秘所在终于进了我们草根的眼，我们对皇城的了解因之而深刻和广阔，生出无限的自豪感。还可以坐在角楼里喝个咖啡，再试试冰窖餐厅的御制点心，这种可以置身其中的体验是改革带给我们的，单是那份情调就会美出鼻涕泡，呜呼，领导人的力量和视角决定着一个事物的模式和未来，牛！故宫博物院原院长单霁翔功不可没！他的一系列举措让世界看到了一个新的故宫：故宫的匠人，故宫建筑的维护开放率、故宫宝藏的展出率，网络上的数字故宫，故宫的文创研发都成为史上之最。爱你，单院长，一个有品有为的护院人，一个善于改革有经济头脑的学者，一个真真正正热爱故宫的院长，一个致力于把壮美的故宫交给下一个600年的院长，你也许还没有把这个角色做到极致，却一定是前行在这样目标的路上。

景山、团城、北平图书馆

故宫神武门对面便是景山公园南门，恰光线正好，蓝天红墙金黄色的琉璃瓦、沧桑的古树枝丫挣扎着伸向上方，却在它的顶端分明有黄绿色在闪，便窃喜冬天刚来，春天已埋伏在那里。空气虽清冽却行走在一种惬意的古韵里，内心深处的温暖便抵御了风寒。景山公园是这条街必看的风景，藏在红墙内的风景和历史故事不身受不能感同焉。而万春亭上或雪景或黄昏时分，是北京城绝佳的观景点，那时刻往往上面站无虚席，人们屏息凝神望着夕阳一点点落下去，褪尽了它的光芒，在中轴线之最中望去，南面是夕阳里闪瞎你双眼的金碧辉煌的紫禁城，高高低低的院落沐浴在晚霞的余晖里，气象万千、顿生豪迈，那曾经在这皇城里的缠绵悱恻、惊心动魄此刻都恢复为最初的平静，不免喟叹：故宫历历遗烟树，往事知何处……北面是现代的鸟巢水立方和号称大钉子的玲珑塔，霓虹闪烁彰显着现代感，周边林林总总的胡同横纵交错，鸽哨鸣响暮鼓晨钟，真实而生动，多年前的某日林徽因曾站在这里发出感慨：北平真美。

西行一段就到了北海，也是文津街的起点。门前一棵古树下一对老人悠然打着太极，像是契合这景致，不慌不忙、一推一回、招招式式、把心神交付时光，揉进岁月，那情境如一道美丽的剪影刻进我的脑海里。

北海是街中美好之典范，它的美最好置身其中或看看它的宣传片也是极美的：白塔悠然矗立，河面冰水并存，水流在冰侧盘桓游戏，

两种姿态较量着季节更迭，只等温度骤降才肯合二为一，虽也不过是表面的和解，却只能静待春至才能挣脱彼此禁锢的冰冷假象。

作为皇家园林的北海，风光秀丽建筑旖旎，今儿虽不进去逛也还是忍不住多望几眼：门口的堆云积翠牌楼遥相呼应，汉白玉桥上一群老人在合影，像是聚会留念，《年轻的朋友来相会》的歌声在耳边无声而绕梁，只是时光流逝韶华不再、两鬓飞雪的他们还能彼此惦记真是人生快事，举起手机偷拍了这欢乐的场景……里面不远处的三希堂、玉澜堂、长廊、徐志摩与陆小曼婚礼的院落、梁思成林徽因读书的快雪堂、柔风软柳鸳鸯戏水都是我的最爱，只能择时再逛了。

门口的团城却是每行必逛的，一块钱的门票就是个象征，比起外地动辄百元的人造景点性价简直天壤。这座空中花园是历史文化之奇迹，不亲临无法想象，据说这是国家领导人听了梁思成的汇报极力保下来未被拆除的，不免暗自庆幸，每每想到那些被拆除的北京城墙我都会痛心疾首。

拾级宛转而上过个小门，便如《桃花源记》所述：眼前豁然开朗，土地平旷，屋舍俨然。一座精巧别致的小园林扑入眼帘，真真一座空中花园也，走在最美一条街，还有空中景致相赠分明是买一赠一的节奏，每次都会狂喜它的存留，得了宝贝一般。的确有宝贝，随我来看：这花园里的主建筑承光殿内供奉着一尊整块白玉雕凿而成的1.6米的国宝白玉佛，精美无比，它的左臂上残留着八国联军因搬不走而发泄的刀痕，给无耻的侵略者记了一笔。院落里最惹人眼的是玉瓮亭里的一尊元代玉瓮，据说是元世祖忽必烈庆功大宴群臣的酒瓮，大理石基座雕刻精美奢华，玉瓮体积之大顿显内蒙古人喝酒的豪爽气魄，那煮酒烹肉的场面便袭袭而来。据说后来流失在民间时居然被用来腌菜，不知会不会菜不醉人人自醉，这玉瓮也算是尽了它的角色扮演。院子里有几株被乾隆御封的参天古树，800年的白袍将军和遮荫侯很值得一瞧，毕竟沾了皇气颇有皇家范儿，你可以静享一下乾隆当年的感受，说不定你驻足的地方刚好重合了乾隆皇帝的脚印。

承光殿后面的几间抱厦，是一处看书品茶的安静之所。空中花园的城堞垛口很有古风，想当初这上面做演武厅时，那风云叱咤金戈铁马之威武，此刻也早已化为线索隐匿在城墙的瓦缝之中，封存在史册里。当年乾隆爷站在垛口亲自指点北海御苑的设计，望江山如此多娇又生怎样的感慨，好在现今你去三希堂或空中花园的展室里都有御笔记载着乾隆的所思所想。一切虽化为风却又分明有迹可循。

大千世界，乾坤朗朗，所有的存在都是时间长河之一瞬，曾经的巨变都不过是星空之一点微茫，平凡而渺小。从垛口望下去，对面的中南海静若处子，天籁澄澈清风过耳，或繁花若锦或银杏婆娑的文津街在冬日里略显落寞，车流熙攘穿梭来去，我也是其中过往的角色，总是步履匆匆来不及体味清风明月，花树翻飞。有时猛然间竟一季已过，树叶绿了黄枯了落，我却只是一个过客恍然不觉，无数的琐事遮蔽了欣赏美丽风景的眼睛，错过了本属于我们的世间美好，所谓岁月静好煮酒烹茶，只有慢下脚步才能静听花开，才能不辜负每一次遇见，才能少一点慨叹：绿波依旧东流，人面不知何处。

西行走过这金鳌玉蝀桥便是北平图书馆，据载它是当时远东最先进的图书馆之一，所耗费银圆二百四十余万元皆来自退还的庚子赔款。它的外观是华丽的中国传统宫殿式结构，内部全部为当时最先进的西式设备，较之美国国会图书馆绝不逊色，里面能看到外面的窗玻璃，一色都是美国货，比北京饭店的还讲究。现在它的功能已经主要是古籍书借阅了，新的国家图书馆已迁到西北部白石桥了，建筑被评为20世纪80年代十大建筑之首。去那里读过几次书，才知你以为没人读书的时候图书馆里座无虚席，这让我满心欢喜，有人读书便有希望……北平图书馆门口有两座巨大的石狮子，该是老舍说的那狮子吧，我没有考证，但据说这是从颐和园移过来的，高三米的石狮很是雄伟。这条路上有好多石狮子，这俩是我觉得最大最有气魄的。当然更有诗书气韵的都在图书馆里面，有乾隆御碑、有华表、有龙纹砖，当然更有一代文豪们留下的气息，鲁迅、胡适、老舍们衣袂翩翩身影交叠着出入，只可惜我总是忘记带身份证始终无缘一见，这也成了我必将追逐的脚步。

西什库、砖塔胡同、缸瓦市堂

　　思绪缠绕着北平图书馆的书香脚步已行至北大第一医院，医院有名气便总是人流如织，或悲或喜都藏在匆匆的脚步里。马路右侧很多小门脸热闹地挤在一起，庆丰包子铺名闻天下，护国寺小吃人流络绎，炒货店总是热气腾腾栗子飘香，水果店时装店熙攘着，这样拥挤嘈杂的小店更草根儿更亲民，不像一些气派的大商场繁华但陌生冰冷。经过西什库大街路口后有座既有岁月感却又颇显洋气的小楼，很是吸人眼球，这就是网红1901咖啡馆，是一座哥特与巴洛克式混搭建筑，虽门脸儿很窄小，推门进去却是别有洞天，它曾经是西什库教堂的配楼，三层的休闲空间格调优雅舒适，书架上很多书可以自取，便在休闲的味道里弥漫着书香，上楼时木地板有质感地吱吱作响，告诉你这楼货真价实的历史……三三两两的人们或低声聊天或手指翻飞在电脑上，这真是一杯咖啡一碟甜点就可以和朋友腻在光圈里一下午的好地方，你尽可以聊也可以不聊彼此就在那里，抱着手机刷或沉默不语都是一样一样的，怎样都是欢喜。

　　北京有很多类似1901这样的店，外面不起眼，里面却往往有意外的惊喜，有些深藏在胡同里的小四合院那些私家菜馆要预约很久门口却连牌匾都无一块，真是大隐于市。想起在南浔古镇的游历，那些殷实大户从外面看高高的白墙质朴无华，而一旦走入便恍若世外，骨子里的奢华尽展眼前，那些富绅称之"藏"，这该是一种品质，不喜欢那种肤浅的炫富，其实"富"是自己的，实在没有必要张扬给别人看，凡内涵和韵味皆应由内而外，应是一种细节一种品质一种教养滋生的气场。正所谓你读过的书走过的路都在你的脸上，都藏在你的谈吐里气韵中，藏有形于无形才意味深长。喜欢北京就是喜欢它朴实中的那种文化韵味，要说奢华，千年的古都它的底蕴该是无人能及，奢华是骨子里的。坐在这样的店里，外面无尽的繁华也催生我在安静的一隅无限的遐思。

前行路口右转便是有名的西什库教堂，我印象里它该是北京城最漂亮的天主教堂了吧，老远看建筑通体的白，依然是线条感很强、细节很美的哥特风格，卓尔不群之感让它从周边的中式建筑里一跃而出，有那种羊群里出骆驼了的感觉，它本该和刚才的配楼成一统，却因周边乱搭建拆改已支离开来。每逢周末这里仍有礼拜活动，里面的玻璃彩绘和别致的房顶设计都很美，散发着让人内心平静的气息。

回到文津街，这条老舍眼中最美的街道，想着他黄昏回家的时候，夕阳下光晕中，街道两边高大的银杏树绚烂着一场黄色的盛宴，那随行人飘洒的落叶点缀着文津街的路面，微醺的秋风缭绕在鼻尖，那偶或飘在眼前、指尖的银杏叶像一把精致的小扇扑朔游玩。整个街道在黄昏里温柔温暖，没有汽车嗖嗖穿梭鸣响，只有下班骑车或散步的行人慢慢享受着街边的紫禁城、北海、景山、图书馆、石狮子在夕阳的普照中。是啊，老舍眼里的美景现在依旧很美，如果我们有热爱北京的情怀，有善于发现美好的眼睛，那本就美丽的京城又怎能不格外美好。

从文津街的景致里边走边神游就到了路口，这里南北街是西黄城根大街，街角是西安门旧址，继续西行便到了西安门大街西四的地界，丁字路右边是一条不得不说的胡同——砖塔胡同，因为它历史悠久堪称北京胡同之根,最早可考至元代,最少有600年的历史了,不但如此,还有很多名人曾居住过。老舍《离婚》的主角老张就生活在此,我常在胡同里面穿梭来去,感受他笔下的人物,看着胡同里人们穿梭过往,那曾经的祥子、虎妞、大赤包一个个便鲜活着出现⋯⋯在砖塔胡同84号院,鲁迅创作了著名的《祝福》,95号院曾是张恨水住过的地方。逛胡同不能不先去胡同的鼻祖看看。

胡同口便是元代万松老人塔的所在,砖塔胡同因它得名。门脸很小不留神会过而不入,这个街边小小的院落现在是正阳书局,里面是个别致的小世界,青砖塔赫然眼前,可以仰望可以细观。一间耳房展示着石塔和周边胡同的发展史,有众多的古籍,有旧旧的牌匾,有凉亭椅凳,在炎热的夏季它是个好去处,身心会一下子从嘈杂回归平静。

再前不远便是缸瓦市堂,一座凹进去的白色红门棱小楼,三角形房顶的十字架很是醒目,是北京最早的基督教会。老舍出生的地方小羊圈胡同离这儿步行只要十几分钟,青年的老舍曾在此做了大量工作,还在此受洗成为一名教徒。现在缸瓦市堂仍然每周活跃着礼拜仪式,逛到这就逛到了老舍活动曾最密集的地方,他在这儿学习、工作、生活,在北平的街巷穿行,热爱着身边每一处的过往⋯⋯望着望着,生活回到了以前的模样。

新华书店、历代帝王庙、妙应寺、鲁迅故居

不得不提的是西四路口的新华书店，古宅本就对我极具杀伤力，而它宫廷式的古色古香和它书店的身份，给这条街增添了不一样的韵味，让我爱这条街又多了一个理由，自然美景和精神的岛屿始终是人崇尚的双轨，不可或缺。

书店里处处都彰显着中式的元素，雕梁画栋的门楣，木质的楼梯，高悬的灯笼，红色的木柱子质朴中透着奢华，木榫和房梁吻合的形式让这建筑一下子回到古代，让心也一下子归于沉静。它便成了我定期赴约的所在，那种美好对你的脚步形成莫大的磁力，总是不期而往之。每到新的城市甚至国外都特别喜欢去书店，看不懂文字也可以感受书和墨香带给我发自内心的快乐，偶遇一些老者颤巍巍地翻看书籍，一些孩童坐在地上心无旁骛的那份专注，都会让我心生感动，爱书的人不会差，爱书的国家也不会差。书带给你灵魂的抚慰实外力不可及也。书店成了我人生意义的驿站，一定可以减少灵魂深处的喧嚣。

过路口便是广济寺，是中国佛教协会所在地，它的历史可以追溯至金代。里面依旧香火鼎盛，很多虔诚的香客或跪拜或在殿门一角席地而坐默诵经文，沉浸在自己的信仰里，与外面的繁华俗世恍若两个世界。我虽不是教徒，却喜欢在这样的氛围里缓缓而行细致体味，你会去了浮躁、戾气，去了对物质名利诱惑的追逐，去了人际繁杂的困惑，世事回归简单，你会找回淡然找回自己，会听到内心花开的声

音，会默默地祈祷一切静好！

街对面是中国地质博物馆，占地面积颇大，是亚洲最大的地学类博物馆，还没有参观过，却一直在觊觎中。生活在北京我总会窃喜，有多少资源只要你愿意随时可以享用，而居于外地却要不远万里。

西行便是历代帝王庙，是全国建筑等级最高的庙宇。庙中主殿景德崇圣殿的规格仅次于故宫太和殿，里面空旷古旧，供奉着历代帝王的牌位，喜欢历史的是一个好去处，可以真实地历数帝王将相年代变迁，每每观之心里都感激古人给我们留下的这些宝藏。还记得第一次去是带着女儿和小侄儿，这种历史古老的地方他们居然看得津津有味，我很觉欣慰。

再西行便是妙应寺，它的古旧给我印象深刻，寺内白塔比北海白塔还要历史悠久，是元代尼泊尔人设计建造的，成为中尼文化交往的历史见证。如今没有翻新的地方不忍卒视，那种风烛残年的斑驳浸润在木纹间、漆皮里、青砖的凹凸里、石狮子被风化后模糊不清的容颜里，它们历经坎坷作为历史的实证传至今日，每每看到石狮子面尘归尘土归土的样子，脚下是球还是小狮子都要细辨时，都让我无限感慨，那香炉内鼎盛的香火曾缭绕着帝王多少国泰民安的寄托，多少百姓精神上渴望的护佑。如今寺内寂然无声，殿宇悄然敞着大门，猫咪慵懒卧在光影里，世事洞明也终将谢幕。

继续西行北拐便到了宫门口二条附近，这里是鲁迅的故居，里面有鲁迅的小四合院和旁边开辟出来的鲁迅博物馆。鲁迅先生是我国新文化运动的主将，是当代中国最具影响力的思想家和文学家。去拜望过多次，参观免费但要身份证，有次忘了带，检票的人听说我是个老师便痛快地放行了，心里不免骄傲，虽学问无法企及却也是做了

同行……童年刻骨铭心的记忆来自《百草园和三味书屋》，来自《呐喊》，来自《药》，来自祥林嫂眼睛的间或一轮，来自豆腐西施圆规一样的伶仃站立……记忆的碎片在参观时又慢慢穿织成线，回到从前，回到鲁迅夹着书本长袍翩然而过的样子。

回到阜成门内大街，对面如今是高楼林立的金融街时尚白领活动的金融商圈，一直对现代元素略有抵触从未至前细看，那些现代好像离我甚远，我想我是老了……再西边便是此行的终点阜成门了，城门是没有了，现在的标志该是阜成门纪念石了吧。

兜兜转转只走了一条街，我也絮絮叨叨只说了个皮毛，要想细品北京城的美，单是这街上的每一个景点都够您欣赏几天。这里有皇家宫殿故宫，皇家园林北海、景山，有古朴幽静的四合院，历史悠久的老字号，狭窄逼仄的小胡同，徜徉在这条京味浓郁浓缩了帝王百姓精华的最美一条街上，你才能更深切地感悟到帝都北京的无限魅力，我转了十年都没转遍更转不够，您呢？

且缓别急，都是咱的，慢慢看细细品，那滋味会像阿香婆熬制的牛肉酱，浓郁的香慢慢渗入您的心里，所有有形的美都会变成无形的财富，藏在您心间，慢慢自己制作成胶片，时空交叠它们会还原成堆云积翠的景致，还原成栩栩如生的画面，只要想就会形神兼备滋味丰满地闪现，那别样的幸福啊，不要把我的心溢满。

天坛秋色染情思

一个晴好的晌午时分,去看了天坛的秋色。

天坛始建于1420年,集明、清建筑技艺之大成,是中国古建珍品,是世界上最大的祭天场所,总面积273公顷。坛域北呈圆形,南为方形,寓意"天圆地方",是明、清两代皇帝"祭天""祈谷"的场所,内坛以墙分为南北两部。北为"祈谷坛",用于春季祈祷丰年,中心建筑是祈年殿。南为"圜丘坛",专门用于冬至日祭天,中心建筑是一巨大的圆形石台,名"圜丘"。两坛之间以一长360米,高出地面的甬道——丹陛桥相连,共同形成一条南北长1200米的天坛建筑轴线,两侧为大面积古柏林。

每年都要在各个季节最少来一次天坛,看它在各个季节里不一样的风景,还有带给我的不同的心情。这样的心情往往是一种财富,让你内心储备温柔和强大,这样蓄积的富足能让你抵抗生活的庸常。

这次我是专门来看古松的。小时候读过太多描写松树的诗文,便格外喜欢。比如苏辙的:"寒暑不能移,岁月不能败者,惟松柏为然。"再比如:"君不见拂云百丈青松柯,纵使秋风无奈何。"还有烂熟于心的:"要知松高洁,待到雪化时。"情感里便对松柏有着年少的美好。

进得园来,依旧是外国人熙攘,这必是因为天坛是古迹又有红桥市场在其侧的缘故,也是旅行社必安排来的景点,门票不贵还能让他们买点红桥的珍珠、丝绸等中国的特色产品。这本是我的臆想,不料还一想成谶,从园中出来,红桥市场里的景象简直超出了我的猜测,这里改造一新,已俨然成为除了服务员几乎都是外国人的场所,后来吃饭出来,在市场的门口都是接客的旅行大巴,那情景与我们在巴黎老佛爷百货全是中国游客几无二致,看来旅游之怪象不是民族的而是世界的。

几乎所有的主建筑都被围拢成为收费或扫描二维码才能进入的景点,如若真的地下有知,我或许要问祖宗们:对于二维码这东西你怎么看?我看倒像是原来出入的令牌。

常来便知道,园里最热闹的地方有两个,一是通往大殿的折线形回廊,廊中坐满了来遛弯的老人,或晒着太阳打牌健身,或神情淡然地聊着家常,或眯眼打量着游人过往。回廊里背阴的一边空无一人,倒颇有久远前的皇家气象,安静肃穆,光影中那红色条椅的漆皮斑驳,像历史破败的诉说,而抬头那横纵的雕梁画栋又分明彰显着皇家的奢华,真的是雕栏玉砌犹在,只是江山已改属人民。

我伫立其中,安静地望着眼前的一切,一左一右两边回廊交错着历史和现实的光影,竟像是一种对比,皇家的威严和民间的烟火,这似乎才更有生活的味道。人始终是流动的风景,始终是风景里最生动的部分。我羡慕周边的居民,他们每天都可以出入,像是自己的后花园,这样随意地玩耍,虽长安房贵居大不易,我是不是也该纠结在附近安个鸟巢?

另一处人流熙攘、摩肩接踵的地方当然是主建筑群,祈年殿、圜丘、回音壁,阳光下那主色调蓝色绿色的琉璃不同于故宫红墙黄瓦的辉煌,却有着另一种肃穆庄重的威严和类似宗教意味的平静。里面人头攒动遮盖了风景,我便挑人少的地方慢慢凝望,仍在心中留下诸多震撼，瞧那汉白玉栏杆，精美绝伦的雕刻，龙在上凤在下的等级森严，那无人再去叩响的大红门上的铜门环，那因风化而染尽了沧桑凹凸不平的灰石砖，那在房檐上蹲守了几个世纪的忠诚脊兽，那守望了百年不再亮起的宫灯，那在这景象里夕阳中自拍的情侣，那争相排队去九重石块中央留念的天心石，都给我带来灵魂深处起伏的波澜、自豪和之后内心的安静，这恐怕是多少钱都难买到的精神满足。出门前恰逢园门口菊花展，那千娇百媚柔丝缱绻的菊韵让我收获了许多意外的喜悦，见识了皇家秋色的美丽。

比起古建我更喜欢这园子里的古树，这园子里最多的就是松柏，置身松林，放眼望去随处可见杜甫眼中的古松："霜皮溜雨四十围，黛色参天二千尺。"那种年代才能带给你的厚重感只有它能给，而且天坛的古松最大的不同便是它身上浸染数百年的皇家气息，这气息是别处所没有的，它见证了历史的变迁，融汇了多少不为人知的细节在它的年轮里，它看透一切但不言说，默默地把所有化成了它枝叶的细纹，像一架录像机，世间发生的都在它心里，所以它神秘所以它才是懂得的最高境界。苏轼说："流而不返者，水也；不以时迁者，松柏也。"是啊，帝王在，你在，帝王不在你仍在。

曾在山东曲阜的孔庙里看过古松，那种古和奇特曾带给我极大的震撼，尤其是被命名为宁死不屈和披肝沥胆那几株形象极了，而这园子里也有极尽其神者。

喜欢建安七子之一刘桢赞美松树的诗："亭亭山上松，瑟瑟谷中风。风声一何盛，松枝一何劲！冰霜正惨凄，终岁常端正。岂不罹凝寒？松柏有本性。"这首诗把松柏苍翠葱茏坚韧的品性表现得淋漓尽致。沉浸在松柏这深沉的美中的时候突然身后有游人说："这园子都是苍松翠柏,要是有火一下子就完了!"我听着也不觉陡然一惊。园子里有几株奇树是我每次都要赴约一样前往驻足的地方,请随我来。其中,一处是比天坛还久远的古树之最"九龙柏",不巧它被围起来修整,遗憾之余还是踮脚照了片段以慰我心。另一处著名的古树是柏抱槐,那相拥相生的样子总是让我心生美好,总是消解我坏情绪的利器。

圜丘北侧门外有一棵数百年的松树最为奇特,它树干一米六左右的部位(刚好我视线平视)涌出一团木疙瘩,时光流逝,过往的人都忍不住抚摸,竟像是给它包浆了一样,细腻光滑,闪着朴素又华美的光芒。看我凝神驻足,一位员工走过来热心地告诉我,从不同的角度看它居然分别有狮子和人头像的感觉,真是神奇。我更觉得它像是有想要一吐为快却又欲语还休的心事,凝结演化为人形却又遮不住狮性的光辉,我便探身在那里真切地感受历史变迁。恰此时光晕正好,对面的松树和祈年殿交相辉映甚是让人心生感动,把画面一次次定格在手机里,顺便存储了彼时心绪。

南侧是望不到边的松树林,茫茫一片甚是壮观,每每置身其中便可远离喧嚣浮躁。不觉慨叹:何不种松树,使之摇清风。那意境总是让我浑然世外超凡脱俗,是啊,这大片的松林静默而专注,它们散发的那特殊的幽香在我鼻翼周边若即若离,那缭绕左右的微妙一如"鱼戏莲叶东,鱼戏莲叶西,鱼戏莲叶南,鱼戏莲叶北",呼之不来,挥之不去。那味道清新自然直击心肺,我虽喜欢 CD 香水的浓郁且钟情于它数十年,却终无法抵御松香带来的有穿透力的清淡的诱惑,那该是它用灵魂萃取的精华,不然那味道为什么总让我意醉神迷,还有那些常年青翠密密而生的松针,长长短短深深浅浅,它们该是无孔不入的情感的藏身地吧。你又怎知松针松果里没藏着历史、藏着气息、藏着情绪？最强大的往往寓之于无形，不然怎么解释我一次次为它辗转而来。

一下午的时光在天坛独有的秋色和因之而生的情绪盛宴中悠悠而过，出得门来，那路边的银杏单一个黄便成就了景致，绚烂了我的眼。北京最美的是秋天，这美丽的天坛秋色啊，让我如何不爱你！

秋天的遇见——北京大观园

一直认为曹雪芹是上天给中国文学的最好的礼物。好看的皮囊随处可见，有趣的灵魂万里挑一，他定是上天为丰富世界精心捏制的一款，然后借他的笔描绘了一幅人间万象图，让大千世界在书中展现……其才情之卓越只能被仰望难以被超越，可谓红楼一梦惊天下、醒世人。若选偶像非其莫属。在我的精神世界里，曹翁涉猎之广似百科全书，语言之美惊为天人。从小到大每读一次都会像是一次新的遇见，那种膜拜也就又多几分。

追寻曹翁生平最能触景生情、如临其境的当然是北京植物园里的曹雪芹故居，和按他笔下描述建成的北京大观园。

每每有空都会到植物园曹雪芹故居兜兜转转，那几栋低矮的平房，门口的古树、药圃、红楼茶室和遍布他足迹的樱桃沟、被称为"退谷"的曹雪芹小道。在樱桃沟内引发他灵感的元宝石，就是那"无才可去补苍天，枉入红尘若许年"的通灵宝玉的原型，他因此创作了绝世名作《红楼梦》中宝玉、黛玉前生约定的"木石前盟"的故事。

一个半阴天气，仍是秋爽时节，来到了大观园，记得上大学时第一个特别的愿望就是一睹红楼场景再现。曾和三个闺密畅游其中，印象深刻，后又去过多次。今陆续听了王国维评红楼，颇感深奥，听着听着就难以为继，又恰好找到了"小琚说书"，通俗易懂夹叙夹议，有三百回之多，听着很是享受，便觉散步和做家务都有了幸福感。

中学时就读红楼,但年少时我阅读那半古文半白话也着实略显生涩,如今听"小琚说书"真是觉得福利来了,边听边动了再游大观园的心思,而且这三百多回一定会再细听一遍,像是大学英语的泛读与精读,能让自己深爱的红楼不遗一句地滋润灵魂。大观园是《红楼梦》中走出来的建筑,它承载了太多红楼爱好者的梦想。

先普及一下。

明清两代,北京大观园境域为皇家菜园;1984年,因电视剧《红楼梦》拍摄,以《红楼梦》原著为建筑蓝本,结合多位红学家的研究选址兴建而成北京大观园;同年,《红楼梦》剧组进驻拍摄;1986年,北京大观园正式开园;1987年,电视剧《红楼梦》播出。

说到这里,想起当年《红楼梦》播出的盛况,只要那凄美婉转的旋律一响起,便立刻像是走进了历史走进了《石头记》,那剧里的人物便极其鲜活地扎根在心里,以至于多年后李少红重拍红楼,虽极尽奢华之能事,新版却无法让大多观众产生共鸣。那种改变再也无法走进心里,甚至生出逆反,只觉黛玉不是黛玉宝玉也非宝玉,一切都像是走了形。后来想想盖因旧版先入为主和演员演绎得淋漓尽致吧,所有角色的神采已深入骨髓,梦中红楼就该是最初的样子,重拍者真是费力不讨好……各种红楼版本一直在轮回着那千古绝唱,但在我心里也只有87版扎了根。

大观园占地面积13万平方米,建筑面积8000平方米,水域面积2.4万平方米,堆山叠石6万立方米。主要景点有庭院景区5处,即怡红院、潇湘馆、蘅芜苑、缀锦楼和秋爽斋;自然景区3处,即藕香榭、滴翠亭、稻香村;佛寺景区1处,即栊翠庵;殿宇景区1处,即元妃省亲时的行宫大观楼;有暖香坞、芦雪庭、红香圃、嘉荫堂、翠烟桥等40多个景点。

不是假日，园中大都是晨练遛弯的人们，好羡慕他们啊，在这么美的园子里健身也是不一样的感觉啊。南门入园先到怡红院，它位于大观园西南端，是宝玉的居所，该是园里最宽大的所在，小桥在外侧，三开间的垂花门楼，四面是抄手游廊，5间正座3间抱厦，东西各配房3间，正房上有题额"怡红快绿"。院中两侧分列芭蕉、海棠，已是深秋红绿都已即要逝去。我对着那牌匾看了又看，便想起了这怡红院的由来，海棠红芭蕉绿煞是应景，最初宝玉题的本是红香绿玉，后元春省亲时改为怡红快绿，细细咂摸的确是改后更有意境，那种让人心旷神怡的美好呼之欲出，比之前者甚是脱俗。也记起周汝昌先生曾解读红绿可能暗指史湘云和林黛玉，借红绿表达对她们的喜爱，是不是真有此意估计也只有宝玉自己心知肚明了，即便是红学家也不过是相对准确的推测罢了，但在门前左右种海棠和芭蕉者也是除了宝玉前无古人了。只是后人有觉这名字好者，竟用去做了妓院的名号，实在是有损这份雅致，佩服吴宓曾为此而做的争斗。我的感悟是所见越多便觉得自己所知越少，所以一直对世界心存敬畏，一直愿意读万卷书行万里路，不能空有一副皮囊。

此刻已入深秋，落叶缤纷，有哪片可曾记得那树下曾经的欢笑与落寞？朱漆大门静静地开着，可还记得林妹妹被丫鬟拒之门外的委屈？可记得宝玉对林妹妹的痴、傻都是爱的执念？而今这样的爱也是难寻了，耳机里恰讲到宝玉和麝月关于杨树和松树的对话，宝玉说杨树腹空叶大声音响，引用孔子的话来赞美松的高雅：岁寒然后知松柏之后凋。此情此景听着往事的诉说，苍凉又恍如隔世。

宝玉房内的博古架琳琅满目，曹雪芹曾用大量华美的笔触描绘过此景，便自然浮现眼前，只能慨叹曹雪芹语言的美好和贾府的奢华。恰房内有光线射进，灰尘在舞蹈，时光在穿越，思绪逆流而至故事里，影像虚幻又真切地迭现而来。但只见温柔和顺明事理的袭人、真诚直率宁折不弯的晴雯、个性鲜明顺上慢下的秋纹、"开到荼蘼花事了"陪宝玉到最后的麝月在尘埃中缓缓走来，这房间曾经的活色生香、至真至爱、荒诞不经，凡此种种——在幻化着上演，直至游客接踵才恍若红楼梦醒。

想那宝玉衔玉而生，真的像是如今那些含着金汤匙来至人间的某某，老天对他们眷顾多多，普天之下，何谓公平？但普天之下也自有平衡之法，我深信不疑，《红楼梦》中哪一个角色能够奢华到底？所以勿以善小而不为，总会有结局等着你，时间才是导演，有形都将受制于无形。

信步而行便见栊翠庵，好像是离宝玉宅子最近的一处，在西侧，是《红楼梦》原著中妙玉进大观园后的住所，院中有红梅、七叶树，北屋是佛堂，另有东禅房和西耳房。妙玉也是我极喜爱的角色，喜欢她冰清玉洁的样子，她的一生都挣扎在"欲洁何曾洁，云空未必空"的矛盾里。如今这院子里静悄悄的，却仿佛听得到妙玉和黛玉、宝玉、湘云吃茶时的说笑，也分明看到她对刘姥姥用过的杯盏那一丝嫌弃的眼神。园中的红梅不知冬天是否还绽放如初时的胭脂般绚烂，是不是还能引得宝玉踏雪寻梅只为博黛玉一笑，而今所有一切空荡荡，往日的奇香了无痕迹，感觉不到一丝的禅意，只有那蒲团寂寞地卧在那里待人来拜，而我只盼冬日再来，是在红梅凋零前，以慰我心中那抹亮色不败。

向南而行便来到葬花冢之处，不见朵朵桃花如雨下，却见满墙红叶妖娆和满地的随风落叶，枯叶覆盖的小石堆，似怀着满腹哀怨和惆怅在风里颤动着诉说着，黛玉葬花的哀怜便在空气中氤氲开来，可能越是悲情越能撼动心魄吧，不然为什么悲剧才让人记忆深刻？最喜欢书中这部分，那葬花词堪称书中诗词经典："花谢花飞花满天，红消香断有谁怜？游丝软系飘春榭，落絮轻沾扑绣帘……"那凄凄切切的美曾一度迷惑着我少时的心绪，也借黛玉口展现着曹雪芹那盖世的才华，诗很长，已经记不完整了，但那美妙却早渗入了骨子里，回家第一个任务便是复习……这么绝美的诗读来都是享受。

　　向东南而行，穿过一片红叶翩然的假山和给红叶拍照的人群，便是黛玉的潇湘馆，一明两暗三间房，院中是大片的竹子，在墙壁、窗户上，都描画着翠竹，油漆彩绘用冷色调的"斑竹座"技法，泪痕点点，表现着黛玉寄人篱下、以泪洗面的形象和孤高自许。这雅致的园子里黛玉的绝世才情也终不抵一个悲情的结局，黛玉这株仙草为了报恩，流尽了泪水便魂随风去，只留这长青的竹林潇潇、竹叶寂寥地翻飞，诉说着对主人那一颦一笑一嗔一怒的思念。当宝玉新婚之夜掀开新娘盖头的那一瞬，当大婚的鼓乐传至黛玉病榻前的那一瞬，两个灵魂便破碎了，所有的一切都随焚烧的书稿化为青烟袅袅，仿佛不曾来过……我只能慨叹：潇湘妃子昨葬花，斑竹一枝千滴泪。而今落花绕廊回，红叶妖枝自芳菲。

　　现实的残酷，摧毁了多少追梦的灵魂。

　　出门来便绕到了沁芳桥，它在大观园中轴线上，是原著中林黛玉建桃花诗社、与贾宝玉约会的地方，池沿为白石栏杆，石桥三拱，是东西的贯穿咽喉。沁芳亭建于桥上，体现了以人为本的造园理念，沁芳亭联题："绕堤柳借三篙翠，隔岸花分一脉香。"有好多中学生在游

园，有的古装打扮拿着地图指指点点，曲桥之上望着他们青春洋溢的笑脸，想起自己的十八岁，人生易老，怎堪回首。

看过李纨的稻香村，穿过曲径通幽处，杏帘在望，穿云、渡月、红香圃、花溆、暖香坞、滴翠亭，单是这名字就文艺得让人心生喜欢，也自有经典出处，当初宝玉跟在贾政身后诚惶诚恐题名作对，也真是难为了他……追忆着回味着，耳机里已听到180回，耳边红楼绕梁，眼前美景历历，能不陶醉其中？只恨自己对红楼还知之甚少，像刘姥姥逛大观园。

逛着逛着我已没了方向和顺序，再抬眼已到了宝钗的居所蘅芜苑。院内石块群绕把里面所有房屋遮住，这院子最大的特点是树无一株，花无一朵，只见许多异草牵藤引蔓，垂檐绕柱，翠带飘摇，这该是表面温婉的宝钗不同常人之处吧！游廊极美，红叶妖娆垂挂在游廊架上，墙上满是游玩时的谜题，藤蔓缠绕蜿蜒在山石之上，恰此时霜染叶红，竟是一座红色山石，煞是美丽。宝玉当年曾给此处题有对联：吟成豆蔻诗犹艳，睡足荼蘼梦亦香。横批：蘅芷清芬。后来元春赐名"蘅芜苑"。

缀锦楼是贾迎春的住所，与藕香榭隔水而望。在海棠诗社中，众姐妹曾写下多少优美的诗句，这间居所该是对琴棋书画诗酒花的完美演绎，逢戏班在藕香榭奏乐、演唱，乐声穿花渡水而来，恍若仙境。

秋爽斋是探春的住所，特别喜欢题有"桐剪秋风"的匾额。房内充满了浓郁的书卷气息。

又游历了省亲别墅、大观楼，只是往日那省亲的繁华极致如今也只是过眼云烟了，房内已成为雪芹家史和电视剧照片展。

回程路过了水车、经藕香榭绕回大观园西北部的凹晶溪馆，它隐

藏在凸碧山庄下的近水低洼处，与凸碧山庄一上一下，一明一暗，一高一矮，一山一水，不得不慨叹这造园艺术之妙……难怪称得上20世纪80年代十大优秀建筑！

　　一阵风来落叶满径，想人浮生一世假作真来真亦假，不求鲜花着锦、烈火烹油，不求现世繁华，只愿岁月温柔，赌书泼茶过好当下，只盼着春夏再来看那桃花盛开、娇荷满塘，宝玉黛玉树下读书琴瑟和鸣的美景淡淡在眼前幻化。

写在最美一条街之后

游北平图书馆（一）

数年行走在最美一条街之后，终于磕磕巴巴叙述了一遍，也竟有万余字，满足了一下自己不吐不快的需求，倾诉很重要，我对这条街的喜爱随之上了新的高度，同时也督促自己圆了几个一直未能成行的夙愿：去了北平图书馆，在1901咖啡厅小憩，参观了地质博物馆。

无数次在北平图书馆门前经过，那两座硕大的石狮子被我的眼睛爱抚得包了浆，那和北海如一体的高大红墙灰瓦很神秘地笼起了一片世界，门口高大的红漆门上满是气派的金色大圆铆钉，给人庄严肃穆的距离感，每每路过都是心怀仰慕，以为是一介草民无缘一进的圣地。就这样经来过往，甚至不敢打听一下，十年过去了，耳边添了白发的时候终于查明进入方式，带着身份证更带着无限的敬畏，欣欣然于一冬日晨时来到我梦中的圣地。是的，就是圣地，喜书之人的圣地。

整个院子带着冬日的寒凉颇显寂寥，自从白石桥建了新的国家图书馆后这里就成了专门的古籍借阅处，因为太小众便一下子曲高和寡高大上起来。华表的纹路已明显风化而少了立体，但其华美威仪却丝毫不减还添了厚重的时代感，楼前还有一对石狮子略显孤单地蹲在那里，历经繁华之后的落寞让它更显沧桑，环绕汉白玉栏杆让这个建筑格外华贵不同一般。站上台阶我回身拍了石狮子的背影，那孤独却挺拔的身影竟让我几近泪涌。

行至门前，绿色的门柱和红色的漆门已是漆皮翻卷，内层的木纹在光线里斑驳，门上的铁环锈迹凌乱，这略显破败之感于我却像是久远前图书馆门开门闭的胶片，像我此时内心因激动而泛起的涟漪微澜。

我竟兴奋激动得有些发抖，如此近距离地与这历经百年的书香之地触摸，我只觉恍若梦境，就是这扇门，曾进出多少博学才子、国家栋梁、文学大咖、政坛精英。鲁迅、胡适、梁思成、老舍的身影进进出出，来来往往必是常客吧。我推开这氤氲着书香味道的门，就像推开了一个世纪，两个小姑娘告诉我所有的食物和包都要在大门口寄存，才让我回到现实中来，然后我用身份证办了图书证安检之后算是真正的读者了。一层都是古籍存放的地方，好像一般的读者都免进，那长长的走廊里只有一位阿姨在安静地整理卫生，空荡荡仿佛时光隧道，两侧的木门紧紧关闭。一层尽头的卫生间外一个底座华美的木架上一块奇石摆在那里自成一景。上到二楼，脚下的木地板质感极佳，楼梯扶栏雕刻精美，房顶雕梁画栋，一直在文字里看图书馆多么奢华，不进入其中，不走走楼梯是决然感受不到的，那深红棕色都带着浓厚的时代感，让我爱不释手。二层有一排排的小抽屉，里面是图书卡片，像极了我大学时图书馆搜书的场景，只是这里的文字更让人着迷，不知是被多少名人墨客借来借去的沾染着时光、沾染着名人学者的气息。走至楼梯口的窗前，外面冬日的肃杀在这颜色不同的玻璃窗里，被分割成一幅幅不同的画面，清晰至极，有的黑白有的渲染着民国时光的怀旧色彩，每一幅都可以独立成景，莫非这就是传说中的水晶玻璃，外面看不清里面，里面却逼真地再现外面的世界。

游北平图书馆（二）

　　看了小抽屉里那密密麻麻的娟秀小字的卡片，找到一张本朝名媛诗抄很好奇准备看看，阅览室空无一人，我出示手机拍的卡片代码，工作人员客气地告诉我这些卡片已经只是作为纪念保留下来的摆设了，真想搜什么古籍书要从新图书馆查到代码，再到这里来借阅了。我不知听错了还是自己晕，便只好站在门口看了看阅览室内部：长桌排列，特殊的是每个桌上都有一台带着翠绿色长条玻璃灯罩的台灯，该算是民国味道了吧。看我逡巡不去，工作人员说这里是不能拍照的，看来经常会有我这样的仰慕者来拜望的吧。

　　略有些失望我舍不得离开，便又进了另一间开着门的阅览室，这里要先交了图书证换成一个铁片手牌，先在外面书架上自己查目录，然后工作人员再去里面找书，可见古籍保护还是很到位的，据说翻看查找都要戴手套的。终于有机会一坐了，我随手翻了一本厚厚的红皮索引，恰好看到姓氏林，便想查查我喜欢的民国才女林徽因，却翻来覆去不得要领，不知是里面没有还是笨拙如我最终也没有找到，怕被嫌弃无知也没好意思问。但看到了我喜欢的台湾作家林海音女士，好在我的目的是细细体味这我喜欢了数十年才得一进的百年图书馆，嗅一嗅梦中想念的那书墨的香气，体会落座其中的那份知性，和满楼古籍散发出的特殊味道。

　　出门后我又在院中巡视一周，西侧一排绿色柱体架出一溜长廊煞是精美，似南方的骑楼一般，内侧一排小房还有地下室只是空无一人，东侧栅栏那边就是湖面已结冰的北海，白塔和我遥相对望。冬日的微风清冽甘美，这被美景包围的书香圣地真的让我心生汩汩暖意。

　　行至后楼，看到了著名的文津书院，再转至学思楼、弘文楼，大

片古色古香彩绘雕琢石阶楼宇,难怪成为文物,能想象它最初的美,一定是光芒四射厚重而有威仪的。近百年岁月蹉跎,它的每一块砖、每一根汉白玉栏杆、每一块牌匾都凝聚着无数的历史故事,然而时光的侵蚀也让它像是被虫蛀鼠咬的一袭华裘等着修补,多处都已显破败,多么期待它能像现今的故宫一样,能多元化展示在人们面前,虽不期它繁庭若市却也不至如此冷清,它该值得被期待,被更多地融入人们的生活,它深厚的文化底蕴必将影响众多的国人。

游故宫冰窖餐厅和摘藻堂

终于要去冰窖餐厅了，网上沸沸扬扬的宣传也让我一直心心念念。遇一日休息，便又来故宫溜达，600年的风雨让它在沧桑中的容颜更具魅力。这座古老神秘伟大的宫殿对我有着不绝的吸引力。每年都要来几次，用行走来表达我的爱，用我的心和灵魂来听红墙黄瓦的告白，兜兜转转就觉得自己走了几个世纪，那宫中的喜乐哀怨、争斗威严，都一丝一丝深入我心的纹路里。

因为《上新了故宫》这个节目的介绍，今天游逛的重点有两个：冰窖餐厅和摘藻堂。

冰窖餐厅就在大名鼎鼎的慈宁宫边，慈宁花园也开放不久，前些日子去过。查了一下：故宫冰窖建于清乾隆年间，现存4座，呈南北走向，为半地下拱券式窑洞建筑，是用石材砌成的地窖。清代时专为皇宫藏冰，供夏日消暑之用。

据说故宫博物院院长一次去出差，发现一处城堡的地下室被开发为快餐厅，非常受欢迎。正巧故宫西部区域开放后，游客缺少歇脚的地方，所以有了把冰窖开发为餐饮服务区的计划，这一举动使得一直当作杂物仓库的冰窖获得了新生。冰窖的改造巧妙结合了当代建筑与传统园林的设计理念，旧与新、虚与实的融合，把古老、单纯、自然而又充满生趣的诗意体现在游人眼前，两道仿冰墙和巨型冰花吊灯别致而贴合主题，让你在游玩小憩的同时，深切感受历史的重量，大概这也是很特别的一处可以吃的景点了。

这天不是周末，人不是很多，先去冰窖的咖啡厅和商店转了一圈，很带感，喜欢，几个美女在悠闲地聊天，成为景致里的景致。冰窖餐厅要先确定座位再点餐，然后服务员送过来，翻了翻菜单觉得都来皇宫了，就点了个乾隆烩鱼肚。价格贵点可以理解但味道真的不敢恭维，感觉就是沾了皇上的光，如果是给乾隆上菜他把厨师斩了也未可知。好在吃的是环境，这一点已经让我满足，晶莹琉璃的四壁让你仿佛看到历史中那真实冰冷的冰块堆积在这房间里，耳边还传来呼唤："小李子，给老佛爷的冰您可快着给运去啊，晚了仔细你的皮。"话说可能也不用担心饭菜的味道，毕竟这样独特的地方不太需要回头客，每天客流量里的新面孔就足矣，这就是大家风范，就是不缺人。

　　文创产品在故宫的所有商店里都有卖，而且生意红火，来的大多是年轻人，在创意精巧别致的小礼物前毫不掩饰惊喜，左拥右抱地去收银台交钱。

　　吃饱了，我直奔御花园东北角的摛藻堂，去寻找故宫里唯一不对称的那个门框倾斜的特殊房间。摛藻堂是乾隆年间修建的，主要用于贮藏《四库全书荟要》，其中摛（音吃）是传扬、铺展的意思，"摛藻"意为施展文才。进到摛藻堂，里面生意兴隆，爱书的人好多啊，有的书还供不应求，我浏览了一下都是各种细说故宫故事的，与这神奇宫殿有关的宝藏人物事件，丰富无比，好想把所有的书都买回去。这房间现在叫故宫书店，太特殊的书店了，简直是国宝级的，三十二个书架高大气派，木质质朴中透着奢华，木棱上还留有乾隆时期书目的字样，煞是精美，那种年代感一下子把你带入明清，皇帝们背手看书的样子重现眼前。西北角是前两天电视里《上新了故宫》节目提到的小房间，那西耳房非常有特点，精美冰裂纹的窗外是御花园美景，

枝条摇曳影影绰绰，窗前一溜床榻铺着类青色的布艺床单，摆着小炕桌。据说从里面可以看见外面书柜，外面却看不到里面的人，角度设计得很神奇，门框很宽却是斜的，有点儿邪门歪道的感觉，乾隆皇帝的情趣中透着调皮不羁，它西门外的楹联为"左右图书，静中涵道妙；春秋风月，佳处得天和"。西室内，有乾隆皇帝题写的"宿风"，楹联为"从来多古意；可以赋新诗"。看了都特别喜欢，同时也感慨，这优美的文句都被用到极致，难怪我们现代人再无法超越，只有兴叹的份儿。

曾和朋友探讨过为何唐诗宋词之后再难被超越，一致认为那些年里因少数理化科学类，便把文字遣词造句琢磨到了登峰造极的地步，使得我们后代再难出名句华章，该是大环境使然……但也因此给了我们中华文化卓绝的国学根底，可以奇文共欣赏……这个书香四溢的奇特所在，和床前那半米阳光，怎的不让人心生欢喜，不想离去。

夕阳下、冰面上，那美轮美奂的角楼啊，你永远有最美的容颜。

寻踪徐志摩之法源寺

徐志摩是我国著名的浪漫主义诗人,他的名作《再别康桥》《沙扬娜拉》等都是脍炙人口的动人诗篇。

"轻轻地我走了,正如我轻轻地来,我轻轻地招手,作别西天的云彩。"

"最是那一低头的温柔,像一朵水莲花不胜凉风的娇羞。"

"绽放一地情花,覆盖一片青瓦。"

"吾将用吾一生之精力追求吾之真爱,得之吾幸,失之吾命。"

这些经典名句都刻在许多人的脑子里。

在不懂诗的年纪曾有最好的相遇,《再别康桥》成为挥之不去的记忆,清晰记得大学的第一天自我介绍,我慌乱中只有这首诗刻在脑子里,不用想便脱口而出,一字不落据说还声情并茂,那也必是被那诗熏陶久了,情自然流露得真切吧!

一直到记忆不断衰退不断做减法的今天,那些久远的诗歌反而越来越清晰,几成心中铭刻的碑,必是那半生的爱让记忆无法抵挡,才有如此的力量。

徐志摩,这个名字在我孩童时便已是心中诗歌的象征,到后来又一度沉迷在他那才情四溢、单纯火热的情感世界里,乐他所乐,忧他所忧。

最喜他的真性情,为了爱的无所顾忌,或许人生都该像他那样,有场轰轰烈烈的爱恋,哪怕如飞蛾扑火,不纠缠结果,只想要那燃烧的感受，要那激情的炽烈，爱过此生无悔。

他那传奇般的生平、那张扬的爱恨、那细腻深情的笔触都让我无法不爱，回忆是最好的怀念，怀念是最长情的告白，便想走一走他曾经的脚步，感受一下他曾经的停留，那空间里必是被一些气息浸润了的吧。

一个微雨的天气，踏上了心心念念的寻踪之旅，这样的天气很应景心中的怀念，淅沥的雨滴似是内心情绪：湿润惆怅淡淡感伤，我出门践行一场酝酿已久的寻踪，循迹诗人——徐志摩。

寻踪第一站——陶然亭附近的法源寺。1923年春，徐志摩应聘为北大教授，1924年春天印度诗人泰戈尔访华，便住在了法源寺，东道主专门指派曾留学英国剑桥大学、深谙英语的徐志摩担任其随行翻译。泰戈尔一眼就喜欢上这位年纪轻轻、才华横溢的中国诗人，徐志摩也为能担任诗坛泰斗的助手而自豪不已。此次会面之后的1929年，泰戈尔以私人身份再次访华，会晤了徐志摩以后，再未来过中国。

徐志摩曾在这里请诗人泰戈尔赏花，并在海棠树下写了一夜的诗，这便让法源寺这座城中古刹在我心里格外不同。另外它的丁香在喜花人中闻名遐迩，海棠也毫不逊色。

法源寺内满庭院的紫丁香，每到四月便紫雾般乍开了它或四瓣或五瓣的翅膀，伴着醉人的幽香，一派世外桃源的景象。想当年徐志摩安排泰戈尔住在此，一是离先农坛近，二是觉得此处的空灵缥缈很贴切泰戈尔的仙风道骨之气吧，是不是也有炫千年古寺之嫌，只能臆断。

北京法源寺位于北京宣武门外教子胡同南端东侧，它不仅是北京城内历史悠久的古刹，也是中国佛学院、中国佛教图书文物馆所在地，是培养青年僧侣和研究佛教文化的重要场所。1983年，法源寺被国务院确定为汉族地区佛教全国重点寺院。

2000年，台湾著名作家李敖所著《北京法源寺》出版后，在海内外广泛流传，使法源寺名声大噪。法源寺占地面积6700平方米，建筑规模宏大，采用中轴对称格局，共七进六院，布局严谨，宽阔庞大，是北京城内历史悠久的古寺庙建筑群。现在周边都是胡同楼房的古寺还真是不可多见。尤其僧侣长袍飘然而出、翩然而入的场面，成为市中一景。

乾隆皇帝曾亲自来到法源寺，御书"法海真源"匾额赐寺，此匾至今仍悬挂在大雄宝殿上。法源寺前身叫作悯忠寺。乾隆皇帝还在寺内写下了"最古燕京寺，由来称悯忠"的诗句。

来京许多年却一直只是在李敖的小说里知道法源寺，并没有想到会是我寻踪徐志摩的第一站。菜市口出地铁向北到南横西街，便离法源寺不远了。

一百年前，中外两个诗人相聚、小住，该给这禅意的寺庙又添许多诗意吧？禅意诗意的结合，想想都让我这凡尘之心激动不已，就想到了仓央嘉措，僧与情的结合，是不是也是这寺的风格……细雨霏霏，纷乱了我寻踪的思路，或许是雨的缘故，或许它一直是一个清净所在。街上行人寂寥，感觉走近了却并不见古寺的踪影，急切中只看见远处一僧侣长袍从街深处飘出，忙上前问路，原来法源寺就在身边，被深深的街心公园掩映。

拾级而上，这百年的寺庙在雨中冷冷矗立，竟和我刚才的来处恍然两个世界，从高楼林立处独自分离开来，也从周边杂乱的胡同分离出来，但那分离分明不是地理上的相离，而是精神界面的出离。情绪

一下子沉静下来，那古老的建筑、那木质结构上的裂纹都有厚重的历史感，那斑驳的红墙把沧桑演绎成动感的画面，幻化出禅香悠悠，僧影绰绰，梵音幽然，经书缓缓。这处徐志摩曾与泰戈尔小住的院落让人顿觉浮躁的心安静了，漫步雨中，僧人擦肩而过，浑然桃源。

落座藤椅，遐思无限，徐大诗人，那当日盛开的海棠树下，可是你，驻足吟诗，一夜未眠？

法源寺内清新幽静，禅意袅袅，恰逢午饭时间，僧人们穿梭来去，僧袍飘飘。偶有经声断续传来，似入佛界。来时时日尚早，繁茂的树木还无花开，却仍让我在幻觉中听到花开花落的声音，曾经有过的印迹自不会完全隐去，尤其在这梵界。

总觉法源寺的这份空灵必不同凡间，遥想繁星当空的那年，两诗人的谈笑沾染了哪些叶片？泰戈尔的白发银髯，徐志摩的儒雅长衫，是不是一次相遇的经典？想着走着已过了几座大殿，殿前殿内偶有虔诚的守候者在默读着经卷，神情真的离人间烟火很远很远。

后几次去，时机都不很好，要么花未开要么花落，四月去的时机恰好，未进园中便先被幽香袭扰。许是诚心感动了老天，居然还遇到了一位高僧导游，真是精诚所至金石为开呀，我开心极了，穿梭在盛开的丁香丛中一路紧随其后，听他介绍了寺庙的历史，珍贵文物的渊源，历史上佛教的起起落落。每出进一座大殿的时候，光线都会从繁茂的丁香中散射而来，便在花朵周围有了特殊的光晕。有虔诚的香客在磕长头，有的在丁香花下慢诵经文，丁香花的幽香伴着檀香的味道，人在禅中，心沁禅意。

气定神闲的高僧介绍起来不卑不亢，娓娓道来，对殿宇文物历史如数家珍，听得我们如醉如痴，瞬间更爱这座千年古刹。

行至最终,没有听到关于徐志摩泰戈尔这一段佳话,终于忍不住去问正转身告退的高僧,请问您泰戈尔曾经住在哪个房间?高僧笑了笑:这好像只是个传说。我不甘:但书上记载是住过。高僧又笑笑:"我住这里十几年,可能我来的时间短吧,您可以按自己的认知来理解,无也是有,有也是无。"我不免有些神伤。

我独自又寻觅到后院,想找到传说中的阁楼,泰戈尔在此小住,当然少不了徐志摩的影子,我密密地留着足迹,不知哪一步刚好能和诗人跨越时空交会。寻到最后这一进院子,我总觉得这就是他们住过的地方,然而见到的只是一座空空的院落,久无人迹,只有雨雾中淡淡的草香,填补着那份落寞。几经询问也难有什么线索,但那超世的感觉真的让我觉得神定心安,殿侧上书"不去不来心头有愿月已圆",也让我多了释然。后据高僧讲曾有一绝世高僧在此居住,凡世中总有人来访,高僧不见时他们竟翻墙而过,高僧不胜其扰便把房前的院墙垒高了一尺,我们目光所及果真如此。

这一个丁香盛开的日子里,在婆娑的花影下,馥郁的香气中,日光晴好可以静听花开花落,香客僧侣树下虔诚地诵读,我可以住进老时光看尽繁华过往,也可以极尽想象之能事,我的寻觅也有了最好的答案。

每经大殿前,都会看到一只慵懒的猫,随着光线辗转在门槛附近,对经声长头淡淡地冷眼观瞧,也丝毫不在意人们对准它屡屡举起的相机,就那么淡然地卧在那里,任时光流转,仿佛它才是主人,其他都是过客。

千年的古刹,千年的宁静,轮回着不变的禅意经声;千年的古刹,那日日的暮鼓晨钟又见证了多少历史变迁;千年的古刹萦绕着幽幽的丁香，而那随风缥缈的丁香浓浓淡淡的味道里，又曾记录着多少徐大诗人不朽的诗句，又交汇着多少令我魂牵梦绕的诗人的气息。

出法源寺，到百年老店聚宝源来一顿一个人的涮肉，安慰一下失落的心灵，继续下一站先农坛的寻踪。

寻踪徐志摩之先农坛

出法源寺，顺着徐志摩泰戈尔当年去演讲的路线一路导航来到东经路21号——先农坛。

先农坛是明、清两代帝王祭祀先农神及举行耕耤典礼的场所，距今有近六百年的历史了，在北京的5个坛中仅次于天坛和地坛。里面有个古代建筑博物馆，主要是看看坛庙建筑群，内坛墙南部还有天神坛、地祇坛，环境非常清幽。从本源文化的创意到为帝王服务的建筑而今成为文物胜迹，它无处不体现着历史、文化、艺术的价值。如今虽然外坛已成体育运动场所，但内坛在历史的洗礼中古柏成荫，修葺后的建筑群屹立其中，老当益壮更显辉煌。

距离先农坛最近的地铁站是陶然亭。

一个宽大的胡同进去，远远就见一个大牌楼，进了牌楼发现左侧是育才中学，据说先农坛早年也被育才中学的图书馆占据后又退还出来。

而先农坛坛墙外的违章建筑终于被清理干净，还了它的本来面目。

走到近前果然左边校园书声琅琅，右边一片寂静，因为不是假期，偌大的院子里冷冷清清，除了我只有两三个人，倒像是祭坛时戒了严。那种昔日的肃穆扑面而来，站在极宽敞的台前，我仿佛看到了往日熙攘的演讲会场，泰戈尔在林徽因徐志摩的陪同下来到讲台，那幅画面被当日的报纸称为"松梅竹三友图"，史上传为佳话。

而今除了视觉震撼的古建筑就是满眼空旷，怎样极目也是枉然，那宽阔的平台可是你们的讲堂？我该撑一只怎样的长篙向哪里漫溯，才能寻得到你？

走在空寂古老的建筑群里，殿门大开，空无一人，那种孤独沧桑宏伟，却总是比外面喧嚣的浮华更吸引占据我的心灵，更能走进我灵魂深处，仿佛整个灵魂都被荡涤，引发我无限感慨和对自然对历史的敬畏。

带着空落落的心游览了古建筑展，转瞬便被那卓绝而巧夺天工的建筑艺术又一次感动，在历史的长河中，有多少智慧的结晶，艺术的魂灵被铭记被追寻啊。

寻踪徐志摩之住过的胡同

徐志摩在北京的几年里先后住过几处胡同，锡拉胡同、蜡库胡同（现名腊库胡同）、小石虎胡同、东松树胡同、米粮库胡同，北京胡同看似平凡却博大精深，转也转不够的我在一个一个阳光晴好的日子继续我的寻踪之旅。

1915年，徐志摩第一次来北京在锡拉胡同住了三个月。我沿着熟悉的王府井大街找到附近的时候恰是中午时分，胡同里飘着菜香，穿梭过往的行人很杂乱，丝毫找不到当时他寄住的据说是一座西式的蒋宅庭院。房屋已杂乱无章很接地气的那种，烟火气十足，已无法感受那翩翩少年第一次行走在胡同里的情形。

第二次进京已是他与张幼仪婚后来京求学，住在了离学校较近但相对安静的胡同深处即腊库胡同。那时的京剧界，梅兰芳风华正茂，颇受北大学生们欢迎，徐志摩却推崇杨小楼。据徐志摩的朋友毛子水在《北平晨报》上撰文回忆，有时到腊库胡同去拜访徐志摩，"远远便听见他唱戏的声音了"。而今我寻觅到此处，已是午休时分，本就在胡同深处的腊库，在光线里十分静谧平和，很窄的一条巷子被修整得很整齐，不见一人。我慢慢地踱了一个来回，想象着当初那个充满活力的诗人弹性的步伐在这里来来去去。而今胡同依在，旧人无踪，我也只能在胡同口，听听时光回转里那一两声模仿的京韵了。

再次回转北京胡同是徐志摩留学归来，这位学贯中西的才子回国后便居住在此——西单附近的小石虎胡同。

而现在的西单民族大世界百货，就是最初徐志摩任职的松坡图书馆旧址。转来转去，胡同已全部变成了眼前的百货大楼，新月社已旧迹全无，已在意料之中倒也没太失望。

小石虎胡同是徐志摩诗歌事业的新起点。新文化运动的最初几年，胡适、郭沫若、冰心等人均对新诗创作进行了积极的尝试，而徐志摩的诗以其全新的气息、自由的排列、较长的篇幅，特别是鲜明的节奏感深受众人喜爱。1924年春季，徐志摩在小石虎胡同好春轩住处的墙上挂了个牌子，上书三个大字："新月社"。

顺着胡同一个个地找，终于看到了东松树胡同7号和他的新婚居所，东中胡同39号仍在，7号小院已成群居，低矮的自建房挤满了四合院，已看不清原来的布局，而那棵传说中的大树仍静静地矗立且枝繁叶茂，不问世事不问繁华沧桑，冷眼地看着人间百态。我抚摸着粗糙粗壮的树干，无限感慨，而今也只有你能记住所有的过往、所有的细节，但你不说话。传说中的墙角见证了《翡冷翠的一夜》，燃烧了诗人的激情也成了他人生悲剧的开始。徐志摩在后来给陆小曼的信中还有些怨言，婚后竟不如初始在此处更亲密些。是啊，所有的婚姻都是从幸福开始的，而它的走向又有谁知？

37号四合院是他们的新婚居所，现在修葺一新，院门紧闭，物是却人非。睹景思情难免无限的想象脑中翻飞，重现着书中、电视中、历史中诗人的笑貌音容，在紧闭的四合院前伫立良久，只见光线中露出院墙的斑驳树影，书中那张陆小曼咬笔窗前伏案的照片在恍惚中活灵活现，小院中树木里不知可还有徐志摩说的一脸寡妇相的那一棵丁香？它的主人们都已驾鹤西去，它仍在风雨中飘摇着自己不能做主的人生。

你可曾记得，徐志摩写下的那首诗，那首他唯一写给北京的诗，那首优美的《石虎胡同七号》："我们的小园庭，有时淡描着依稀的梦景；雨过的苍茫与满庭荫绿，织成无声幽冥，小蛙独坐在残兰的胸前，听隔院蚓鸣，一片化不尽的雨云，倦展在老槐树顶，掠檐前作圆形的舞旋，是蝙蝠，还是蜻蜓？……"而今所有的美好已化作云烟缥缈，只有午后的蝉鸣。

一路向东绕到协和医院的后面，见到了美丽的协和小礼堂，这个小庭院果然虽小巧却别致，小径林荫，这是诗人最后奔来林徽因作建筑学报告的地方，却终在途中化作了天边的云彩。这个礼堂也是他们当年给泰戈尔庆祝60大寿的地方，1924年5月8日，林徽因、徐志摩用英文演出了泰戈尔的戏剧《齐德拉》给泰戈尔庆生，当年文化界名流聚集，胡适等大家尽在，徐志摩更是和林徽因亲自上舞台演出了戏剧。

我寻踪到此时，恰逢礼堂中有医学报告，我安静地落座其中，恍然幻化为徐、林为泰戈尔祝寿的真切舞台戏剧，诗人的真性情在寻踪的脚步中越来越凸显，虽找不到诗人，但找得到那些院落，那些松树、墙角、月光，那些故事便也跟着回来。

寻踪徐志摩之诗人结婚时的北海

　　存在过的总会有气息留下来,走得越近体会得越深切,且情绪也会氤氲在那氛围中无法挣脱、自拔不得,自然地回到熟知的故事中重新来过。

　　寻踪到诗人结婚的北海公园,这古时的皇家园林早已去了神秘,游人如织,徐志摩选择的婚礼场所画舫斋亭台楼阁回廊仍在,只是已房门紧锁,并不见些许的热闹。我爬上它周边的高坡向里边张望,虽是空无一人的落败迹象,我却感觉穿越了时光隧道看到了徐、陆的婚礼,场面虽远不及小曼的第一次婚礼之隆重,却有梁启超做证婚人,仿佛仍听得到梁启超的训诫在耳边有声,也仿佛看到被训斥红了脸的诗人和他娶回的新妇。他挣脱世俗挣脱各种障碍,一腔热情奔向婚姻,但这婚姻到底带给了他什么?如今园内有桌椅残尘,似乎对那往事懒得回顾,灰头土脸地懒散在园中。

　　梁思成和林徽因曾常来北海里的快雪堂看书,徐志摩便也借口常找过来。

　　快雪堂近两年修葺一新对外开放了,假山后面那纯木质极有年代感的一大排房子我非常喜欢,那种看起来极接地气,却又在低调中透着奢华的建筑让我流连忘返。想当年徐志摩颇费心机地接近林徽因,被稳重的梁思成在他们常来看书的快雪堂门口留言挡驾,他在这假山回廊里也该有无数无奈的徘徊吧,而今这建筑静默地守候着它的曾经,留给诗人看的字条"Lovers want to be left alone"自是不见,却让过往更加真实地闪现。

最后到了诗人去看梁、林的北总布胡同23号，长长的胡同里我悠悠地留着自己的脚步，这里曾有多少身影穿行，梁思成、林徽因、徐志摩、金岳霖、胡适……如今放眼望去，胡同深深深几许，佳人已乘黄鹤去。也只有孤零零新建的居所矗立在那里，这是诗人在北京最后的足迹，故居已被拆除，我向胡同里的邻居打听时，他们不满地说："不该拆的都拆了，连个念想都不留，这是老百姓意见太大才又重修的。"

新房还被绿皮围栏挡在里面，仿佛也把那段旧时光封存，我该去哪里找寻那曾经的"太太的客厅"和那客厅里曾经话语激昂的诗人？仿佛看见诗人离开的夜晚坐在桌前留字条的身影，不免神伤黯然，诗人那夜自此离去便再也没有回来，迷失在途中，化作了天边的云彩。

故居斜对面的一处居所门楣十分考究，不知是否吸引了当年诗人的目光，是否让诗人为之驻足，那渗在纹路里的沧桑倒是一下子把我拽进了旧时光。再远一点的赵家楼饭店前设了雕刻纪念曾经的历史事件，此处应该也有诗人的目光流连。耳边响起伤感的乐声伴着寻踪的结束："悄悄地我走了，正如我悄悄地来。我挥一挥衣袖，不带走一片云彩"。愿天堂里的诗人一切安好！

太庙

老舍眼里北平最美的秋天总是转瞬即逝。因为喜爱便多了怅然,然而在遗憾中等待却只能让遗憾更多。京城的美总是触手可及,也总是日新月异。它告诉我只要你兜兜转转就会必有所获,也许是你的眼睛,也许是你的心灵,哪怕最多的是你的胃也是好的,也可能潜意识里这也是我游玩时利益最大化的核心,哈哈,毕竟,民以食为天,然后思淫逸。

今天的目的地是太庙。

曾无数次从太庙门前过,却都在感觉上像是庶出,总是看了故宫或是中山公园就因为时间关系无缘一见。

中山公园匆匆一转出来穿过午门广场,对面便是太庙,相对于故宫的熙攘,它显得过于静谧,仿佛两个世界。

太庙是北京市劳动人民文化宫的前身,是我国现存最完整、规模最宏大的皇家祭祖建筑群。始建于1420年,是明清两代皇帝祭祖的宗庙。依据古代王都左祖右社的规制,与故宫、社稷坛同时建造,是紫禁城最重要的组成部分。

进得门来是长长的甬道,地面的砖是百年前铺就的,许是来的人稀少便保存甚好,那种年代感和被打磨出的光亮颇像是金砖的感觉,有着岁月的奢华质感。走着走着,时间隧道就随着那亮滑的路面铺展开来,一侧的红墙和弯曲有致的矮树与高大的古松,成就了朴素而古色古香的皇家景致,有洁白肥硕的御猫慵懒地缓行着,也有呼啦啦被惊起的群鸟飞向天空，嗅着那种空气里弥漫的历史味道，就像是丝丝缕缕的沉香，人就恍惚不知所在了。

就这么在皇家园子里慢慢散步，心灵像是出世般沉静，静默而不孤独，感觉到另一种无形的丰富，这是一种独特的享受。

突然，后面有声音，回头，有4名军人整齐地排着队齐步而来，把我从恍惚中带回现实。

太庙占地19.7万平方米，为了突出祭祖的主旨，四周围以三道红墙及层层松柏，衬托起金碧辉煌、错落有致的建筑，营造出一种神秘肃穆的气氛，被列入了吉尼斯之最。

太庙里面的两大看点都很震撼，一是大殿里金丝楠木巨柱，一见而巍峨顿生；一是名为中华和钟的编钟为世界之最，为了纪念新千年的到来，于1999年铸成并被收入太庙，成为太庙的馆藏文物。

大殿空旷横梁高远，时隔久远却仍可瞬间体会得到那种低调的奢华和肃穆瑰丽，这便是皇家骨子里的气息吧，本以为中间暗色调的横梁是掉色了，结果工作人员说那都是金箔包裹的，只是老旧了而已。现在已不见供奉的牌位，只见巨幅精美的唐卡和精美的编钟，在光线交叠时似乎穿越回那历史事件之中，令人思绪万千。

殿门口一株巨型松树枝繁叶茂可以独木成林，伞如华盖，大有坐拥天下之感。

太子林据说是太子随手种的，不拘种类不拘横纵，太庙空荡荡的院落自带一丝伤感和肃穆，也许是天气的缘故，几无人迹，只有各种沧桑的古树，每一个枝叶都是历史见证者，默默守候在那里，站成风景。

画舫斋一游

北海的三个园中园终于开齐了，其时已是 2019 年 8 月。静心斋、濠濮间、画舫斋，这三个皇家经典终于面向我们百姓展露容颜。

家离北海公园有些远，但终不是万水千山，想的时候还是可以忽略时间骗腿儿直奔而来，这便是身在皇城的好处，心向往之，景致便虽远亦近。

一年总要去逛几次，逛它的四季逛它的日常，逛它的人间烟火，逛它的历史风华，逛它的人文故事，时间充裕便总是细细徜徉慢慢品味，时间仓促也要快速打卡，每次都觉得这样的流年幸福满满。

常常带着"喜欢"这心魔逛时，便觉山不是山水不是水，皆是景中情，而每次逛完静下来，再看北海的时候，便又觉得山还是山，水还是水，皆是情中景。这便是熏陶的力量吧，人在景中情在心里，幸福能不溢满胸怀乎？

从北大第一医院检查完出来，虽是忐忑病况也逃不过对园子的热爱，一溜烟儿奔向近在咫尺的北海北门。数九寒天，地冻人稀，园子便像是自家开的，敞亮儿。还未逛，已经没了医院里的沮丧，就像是翻身农奴把歌唱，北海啊，治愈力极佳。不信？没事儿您逛逛。

进门便是半冻的河面，流水和冰面交界处一群野鸭鸳鸯模样的水鸟或在打盹或在游弋或在嬉戏，竟是天寒好个冬的世外桃源景象，几个游人在拍照或喂食，鸟群便熙攘了寥落的视线，人也温暖起来。

因为极喜欢静心斋，所以每逛必至，最喜欢的是堆峦叠嶂的石

屏后那座金丝楠木的"快雪堂",年代在质朴的楠木表面像是镀了光,那色泽便温润地铺展于人们的视线里,低调而奢华地诉说着历史。这里曾是民国时期的松坡图书馆,梁启超是馆长,就有了门上贴张纸条"Lovers want to be left alone"(情人不愿受干扰)的故事。

  长长的游廊上,嵌满晋、唐、宋、元历代书法家王右军、颜真卿、米芾、黄庭坚、赵孟頫等人的书法,也是我每次久久驻足的地方,不懂却总被打动。转至五龙亭的时候被红歌大合唱吸引许久,这里是园子里最烟火的地方,这是老年人的群体,却有最年轻的心和歌声。那指挥的一招一式,那群众演员的一唱一和,那认真和那气势都让我感动,哼唱几首方才不舍地离开。人哪,活得还不是个心气儿!苟富贵勿相忘。你是谁?从哪里来?到哪里去?你可明白?生活中横冲直撞地追求便少了生活的乐趣,等来的总是世易时移,时势变矣,美景仍在,尚能赏否?

  今天的笔下,不说北海的满眼碧荷白塔倒映,也不说西天梵境大小西天;不说九龙壁铁影壁,也不说阅古楼仿膳庄;不说团城五龙亭,也不说静心斋濠濮间;也不说《让我们荡起双桨》,我想说的是才得一见的"画舫斋"。真是意外的收获。因为北海公园不能环行,只能是绕了喜欢的景致这一边,再翻转到另一边,不过重复多少次也不腻。何况即便怎么冷也阻止不了一拨一拨的舞蹈队在开心地娱乐,你也会迅速乐在其中。

  走到画舫斋的时候还是宫门紧闭,我默默拾级而上,每次都会站在坡上流连里面的风景,依旧是视线里一片河面,只是已然生了冰,突然有几个戴口罩的人在里面游廊说笑而过,心里就很是羡慕,想着什么时候自己是这里的工作人员就好了,可以随意游览。抱憾的时候就顺级而下,却发现那几个人居然从另一侧的大门四散走出,分明游客的姿态,不免心里一动,莫非开放了?便急忙从写有濠濮间的山石旁边小路寻觅过去,天,这个门开得可真是独辟蹊径,不捡幽僻处还真是难寻来,太对得起曲径通幽这个词儿了。我在内心庆幸感慨的同时已经走过"春雨林塘"殿,移步园中。院内幽静宜人,悄无声息,先在回廊落座。

画舫斋始建于1757年,迄今已有260多年历史。是清代行宫建筑,在北海东岸,称水殿。这是一座以方形水池为中心、回廊四匝的幽静庭院。主体建筑"画舫斋"坐北朝南,东西为"镜香""观妙"二室。它东面靠着浴蚕河,南接濠濮间,北邻先蚕坛,四面环山,院墙随山就势,连绵起伏,整个画舫斋掩映在松柏绿荫之中,是一座山林环抱的园中园。

"春雨林塘"与"画舫斋"由游廊相连,东西还各另设精巧别致的小院落:西北角院落为小玲珑,东北为古柯庭、奥旷和得性轩等。古柯庭前有一棵枝繁叶茂的古槐,相传已千年。整个画舫斋朱廊环绕,精巧别致。

当年乾隆经常来此游玩,光绪曾在此居住,慈禧也常来这里游宴、听书。1954年,美术家协会曾在此举办书画展览。张伯驹、潘素夫妇等近代书画家都在此举办过书画展。而我结识画舫斋纯属爱屋及乌,1926年10月3日徐志摩和陆小曼的婚礼曾轰动北平文艺圈,地点便是这里,也是在这婚礼上有了梁启超振聋发聩的别样致辞。

环顾着装饰一新的画舫斋,仿佛穿越时空,水池四周的轩殿楼阁里,影绰着觥筹交错和欢声笑语,而梁启超的证婚词则让这一切慢慢归于死寂。

大学时无数次看过这致辞，因为喜欢诗人，真是不忍闻之。摘抄如下："我来是为了讲几句不中听的话，好让社会上知道这样的恶例不足取法，更不值得鼓励——徐志摩，你这个人性情浮躁，以至于学无所成，做学问不成，做人更是失败，你离婚再娶就是用情不专的证明！陆小曼，你和徐志摩都是过来人，我希望从今以后你能恪遵妇道，检讨自己的个性和行为，离婚再婚都是你们性格的过失所造成的，希望你们不要一错再错自误误人。不要以自私自利作为行事的准则，不要以荒唐和享乐作为人生追求的目的，不要再把婚姻当作是儿戏，以为高兴可以结婚，不高兴可以离婚，让父母汗颜，让朋友不齿，让社会看笑话！总之，我希望这是你们两个人这一辈子最后一次结婚！这就是我对你们的祝贺！——我说完了！"

这毫不留情的致辞也终一语成谶，5年后诗人在高空中灰飞烟灭，流星般陨落。据参加仪式的梁实秋描写当时的画舫斋：方塘里一泓清水，有亭榭，有亭堂，因对外不开放，幽静宜人。

这寒冬的今日，园中不过数人，算是出奇地幽静，目光所及是一方池水，宛转回廊，幽竹扶疏，老树槎丫，几处院落，一株唐槐。该记得所有过往，虽是雕梁画栋，美景修葺一新，却在心里躲不过那一丝哀伤，只是物是人非的感慨也只是一种存在罢了。天堂里的诗人，你一切可好？那四季的落花和叶片，可是你随口吟诵的诗句？

世事沧桑几近百年，画舫斋里面也在举办画展，只是新人旧事，今夕何夕？

出园顺便濠濮间小径登高远眺，有琴声和歌声在空气中缠绵，这美丽的皇家园子充满了市井烟火的味道，便有了独特的生活模样。

游颐和园

游霁清轩（一）

每年都要多次去颐和园，这皇家园林景点众多，一年四季各有各景，景景不同。

今儿要说的是园中园"谐趣园"内的园中园——霁清轩。说起来有点绕，但的确是园中园的园中园。入口只能是谐趣园的宝瓶小门或正门，皇上就是这么会玩，偌大的园子里划了一个圈儿又一个圈儿。之前多次见过这个地方，都是大门紧闭，很是神秘，却想不到里面真的是别有洞天。

皇家范儿，只有你想不到，没有它做不到，比如故宫里的倦勤斋，那建在室内的南方园林，那逼真到极致的通景画，那满房顶的藤萝，比如摛藻堂皇上小书房别致而又趣味的歪门斜道，再比如这清新自然雅致的霁清轩，所有的风景都是在每一次不经意的游逛中如春光乍泄一次次惊艳了我的眼。

这是一个天气阴郁随时有小雨的下午，虽已时近三点，但感觉端午节好像缺点节目，我提议去颐和园但担心雨。小妞说："雨中漫步也蛮有情调嘛！"我一听，这平时不爱溜达的都发话了，赶紧地，麻溜儿行动着，快快走起，一会变卦了可咋整啊。我当然知道小妞是为了陪爱玩的我，那哪能直接说呢，哈哈！和小妞一路驱车来到颐和园，本想只逛下她没去过的西堤，但还是觉得来一趟要尽量"瞠目"，便从北宫门进来一路东去奔向谐趣园，坡道弯弯，好像前面就是慈禧的辇子在悠悠荡荡。我们三拐两拐至一处可顺级而下至湖水的石径，这里人极少，幽静而树影婆娑，若是烈日之时必是好去处，此时的水面不是阳光下的潋滟而是那种满池老坑翡翠绿的深沉。湖水里有黑色的小鱼在嬉戏，沿湖水一路向东蜿蜒，途经一处红色木桥和一座石桥，行至水穷处，隔墙便是霁清轩。

谐趣园是每至必逛的，它是经典而有文化历史韵味的园林范本。但今儿咱花开两朵单表一枝，这便是霁清轩。当我们走进谐趣园逛至涵远堂的时候，突然发现后面假山附近一直紧闭的那扇大门居然敞开了，不由得喜出望外，行必有所获，今儿又赚到了。

穿过竹林，进得门内，才知道霁清轩在2018年12月就已悄然开放，因为宣传甚少，又多次遇大门紧闭，以为一直没开放。现在要广播一下，喜欢的朋友一定要来逛逛，此处甚美。

开放时间周一到周五。特殊的是周六日及法定节假日不开放，记清了您呐。进院后最佳路线是顺时针方向不走回头路。前院：垂花门—霁清轩—清琴峡—八角亭—四方亭—霁清轩；后院：八角亭—军机处、酪膳房—八角亭。逛景点最大的体会是：如果像没头苍蝇一样随便乱走走就会很快审美疲劳，山只是山，水只是水，房子也大同小异不明就里；只有你了解了它的背景、历史、故事、事件、文化、变迁之后，看到的才是不一样的景致，而不只是山水建筑。

霁清轩始建于乾隆十九年（1754），原属于惠山园的一部分，嘉庆年后独成一院。嘉庆十六年（1811），嘉庆皇帝在改建谐趣园的同时，于霁清轩园外的山东麓添建了军机处等院落，当嘉庆皇帝游园时，军机大臣在军机处内恭候嘉庆皇帝，为其处理政务提供方便。咸丰十年（1860），霁清轩被英法联军野蛮焚毁。光绪十七年（1891）与

谐趣园同期重建，慈禧太后对园内个别建筑做了一些改动，并在园内增建了酪膳房，专门制作奶酪点心，以备游园之需。光绪十九年（1893）重建完工。后溪河的河水一分为二，一水向南，经玉琴峡（在谐趣园内）流向谐趣园，一水向东，穿过地下的人工暗道从清琴峡三间殿下顺着山脉凿成的峡谷流向东北的圆明园。好了，了解大概之后就来饱饱眼福一抒胸臆吧，老祖宗留给咱的宝贝真是不少呢。

霁清轩的门柱是我没见过的绘画风格，一改皇家的朱红大红，绿色的柱体和房檐上画满了白色浅绿色相间的淡雅的藤萝，轻轻浅浅似在江南，后知这白绿相间的藤萝彩画，是海墁苏画的独有韵味，是北京难得一见的藤萝彩画。算是长了见识，所谓行万里路同读万卷书。两侧是造型优美的半圆形的长廊环抱左右，长廊里则是规整的苏画。可拾级而至后面院落，亦可循山石小径而下至峡谷，廊内每走几步前后左右张望都是不同的风景。

霁清轩内的清琴峡，是一道精致小巧的"峡谷"，而正是这条狭长的峡谷让这个园子高低错落凹凸有致，不同于其他院落的规整，却有着独特的自然天成的韵味，成了这个小园子不同于其他院落的灵魂。峡谷左侧是清琴峡书房，坐西朝东，而今峡谷已干枯，想当年流水淙淙定是叮当如乐，才会有乾隆皇帝赋诗："引水出石峡，抱之若清泉。峡即琴之桐，水即琴之弦。"峡谷另一端有亭子袅袅立于高坡上，掩映于苍松翠柏之间，站在亭内可以俯瞰半圆长廊，树下听风，水边观景，畅怀历史，甚是美哉。

因为时间晚了，轩内只有我和妞儿仔细观赏，竟像是自家的宅子，园子的套院北面是一座马路边的大门，过去住在这里的人大概可以不走颐和园的北宫门和东宫门，是一个独立的小园，据说这里曾经

作为某休养所经年之久。后又寻一明媚之日再去时恰逢门开，一墙之隔豁然而见车流熙攘，不免感慨这一墙便隔开了民间烟火与喧嚣，想当年这里还真是遗世而独立，小楼成一统啊，这大概是皇上心里追求的格局吧，他在哪里国就在哪里。

后面院子有数间房子，一间作展室，大概也卖书籍，一个年轻人正收拾起小院里的木桌椅和桌上的书籍，我就脑补了画面：院落幽静，小风微拂，树影阑珊，光线落在线装书上，有人专注其间，岂不悠哉？还有一间做了颐和书院，将来必是佳处。

侧院军机处旧址大门紧闭，可由窗望见一溜排开的座位和墙上的书画，想必当年这里也是金戈铁马刀光剑影于无声处吧，毕竟伴君如伴虎啊。最里面是酪膳房，门内可望见厨具，似有人影绰绰正在给老佛爷制作茶点，岁月啊，道是无情却有情，青山遮不住，毕竟东流去。看着军机大臣当年出入而今已被岁月锁住的绿色宝瓶小门，不知为何心里会有着风马牛不相及的诗句就蹦了出来。

游霁清轩（二）

都说谐趣园以水胜，园林环水而居；那水便在冬季以光可鉴人的冰面示人，在夏日里以满池的碧叶娇荷随风摇曳让游客目不能移，春秋则更是赏心悦目，一年四季人们都会坐在湖水四面的游廊轩榭中小憩赏景，这湖水便是八方来贺的核心。而霁清轩以山胜，建筑拥山而建。清琴峡峡谷悠长虽微而不著却不少一道弯弯，草木苍翠，前有霁清轩左有清琴峡右有四方亭散落在山谷一般错落有致，后面穿八角亭入得平川，周有环廊绕其左右，高高低低在皇家的循规蹈矩中凸显景致的活泼灵动，自然而和谐。这园中园之园中园的一山一水，虚实相映，既独立又关联，实在是不可多得的美景，又安能不得其乐乎。

上回说到我们在后院盘盘桓桓不忍离去，此时酪膳房内柔和的光线里翠绿的叶片婆娑，竟像是满棚翡翠晶莹润泽着投影下满院的阴凉和细碎晃动的花纹，竟是那般美好。小妞儿好奇地趴在酪膳房窗上向里观瞧，那背影也生动起来，在我脑海里生成记忆。

　　岁月留下的总是比带走的要多吧！不知慈禧的奶制品工序有多繁杂，味道有多奇美，制作者又是怎样身怀绝技而小心翼翼，小妞儿的口水流了多长没好考证。

　　时间原因还带着一游西堤的任务只好前行，出口仍要穿谐趣园。去游人熙攘的景点略一打卡便直奔西堤，此时已行至一万步，体力略有不支，本想逛两座桥以后再来，没想着夕阳下的景色和凉爽的清风让我们直至春和景明不能移步，再想退回去已是比前行更加遥远。纠结之后另选方案，一直走完了西堤看过了所有不同风格的六座拱桥，从东宫门出来已形同残废，想想返回北宫门两公里多的路程已如长征，腿先说不，只好打车去取车。却不想北京的道路真是复杂，一直绕颐和园近一周6公里才回到停车处，一看行程已然走了两万步，园内最后面的一公里要不是一边讨论皮蛋的饺子好吃还是臭豆腐的饺子好吃，就无法支撑着走出宫门口了。

　　开车时已是饥肠辘辘腹鸣如鼓，好在对美食的想象如大饼悬于车窗前，便有了方向，晃荡着疾速前行。两个吃货在对美食的渴望中驱车半小时来到满姐饺子馆，看到桌前的饭菜上来便两眼放光辉，疲劳顿消，相视一笑抄起筷子，俩字儿：快吃！看来没有什么不是一顿美食能解决的问题啊。只是美景还未赏够，吃着又在想着啥时要再细细一游霁清轩了。

北京中轴线

北京的初秋十分美好，太阳褪去了燥人的火热开始温柔示好，微风带着惬意的舒爽忽闪着你的面颊，蓝天白云是北京城最美好的布景。天高云淡时，城里的建筑在这样的背景里辉煌得更加辉煌，烟火得更加烟火。骑车兜兜转转在市井胡同、在天安门前、在人民大会堂前、在老火车站前、在煤市大街、在大栅栏，不要太舒爽，每个细胞都浸润着时光的温暖，都在说：人间很值得！

总是在心里感叹身在北京的幸福，有多少这样唾手可得的优厚资源被我们共享，只要你想，骗腿儿便进入美好的饕餮盛宴。

悠悠逛逛奔向首都博物馆的新展"读城——探秘北京城中轴线"，它已经吸引我好久了，便在这样美好的天气里兴致勃勃地到达。

喜欢这段序言："古人'择天下之中而立国，择国之中而立宫'。中轴线是古都北京的脊梁和灵魂，严谨、中庸、有序，体现了尊卑有差的价值观和天人合一的信仰，是中国传统文化思想在都城建设上的反映，它汇集了北京古代建筑的精髓，承载着华夏文明的精彩印记，有神秘故事有历史悬疑。"

展览在首博地下一层，整个布展有历史深远的文物，有皇帝皇城各种图片，有动画有互动，既历史又现代，像一首流动的史诗把你从元大都时代一直缓缓带到今天，让你觉得眼睛就该为此而生，让你觉得身在底蕴深厚的北京是如此幸福，文化真的是城市的名片，这张名片很硬！

始建于元大都的中轴线距今已有750余年历史。建筑大师梁思成曾这样赞美北京的中轴线："一根长达八公里，全世界最长也最伟大的南北中轴线穿过全城，北京独有的壮美秩序就由这条中轴的建立而产生。前后起伏、左右对称的体形或空间分配都是以这中轴线为依据的；气魄之雄伟就在这个南北引申、一贯到底的规模。"

置身中轴线展厅，就像走在时光的卷轴里，一步一步通过22件套文物，通过"溯·前世传奇""探·大国意蕴""话·今生新姿"三个篇章，讲述了北京中轴线的林林总总，既有宏大的叙事又有细致入微的描写以及难得一见的古画珍品。北京城像一个生命成长的过程鲜活地铺展在眼前，一幅本在脑海里有些虚空的历史的巨轴几乎既以毫发的纤细又以磅礴的气势复原在你面前，了解得越深刻就越激发了我更加热爱北京的情绪，哪怕是曾经的满目疮痍都不能将它减低。从元大都到明清到现代，这座我深爱着的四方的城池变化来去都离不开那条壮丽的中轴线，无论疆土多辽阔，它都紧紧地拉扯着东西南北来贺，像是一首叙事诗的主旋律，蜿蜒而挺括。

参观一圈，你便无师自通：从建城开始到这座城池部分被拆除被离析再到恢复发展，这个展览把每个变迁的节点始末和地图的延伸变化都清晰历数并传达着意念：中轴线申遗的意义绝不仅是在建筑上更是在精神上。那种让你自豪让你珍惜让你奋进让你热爱的力量充斥在你的骨子里流进你的血脉里，让你因为了解而更深爱，因为深爱而更想记住，它真的值得被记住。

现代科技的运用让你在体验和互动中兴趣盎然。最喜欢那占据了一面墙的读城驿站，那就是展览中一道亮丽的风景线，如果说之前的参观让你觉得略显深厚沉重，到了这里便一下子轻松欢快和自豪

起来。忍不住逐个点击了我的欢喜,看着它们一个个跳跃出来,细节放大、三维旋转、动画演示,因时值中午,让整个幕墙像是我一个人的,可以让我把这座城池细细读、慢慢品,我的大北京啊,让我在这座幸福的驿站感觉幸福。如果说左手边是讲述北京中轴线变迁历史的浑厚交响曲,那么右面灯幕里长达一面墙的巨轴则像一首婉约的叙事长诗,把中轴线两旁的建筑以画轴的方式娓娓道来,其细节之美如行云流水潺潺在我的视线里,让我慨叹实在不虚此行。

门口各种门幌又把你拉进旧时岁月,沉淀着时光味道的北京,愿你一切安好,也愿你因你的子民而幸福着。

胡同深深

初夏，仍是北京逛胡同的好时节，蓝天白云舒爽的风，不容辜负的美食美景，与闺密相约胡同半日游，走起。

北京有些规模和历史的胡同群落大体那么几处，既经典又烟火，爱胡同的我阅尽它们的春夏秋冬，却仍是读它千遍也不厌倦，今天选择了隆福寺周边。

第一站：种草已久的越南菜馆：SUSU（苏苏）

我们选的这家位于钱粮胡同10号院，喜欢胡同弯弯绕绕的感觉，像被扔进湖水里那么悠悠荡荡就到了目的地，但也经常像是行走在迷宫，一会迷失一会豁然开朗。这也是我喜欢胡同的一个原因，有着庭院深深深几许的诗意，永远不知道你会遇见什么，忽然是现代的小庭院，忽然是历史深处的某宅，行走在其中总会有噼里啪啦的时光交错之感。

地铁东四E口出步行10分钟，跟着导航还是与它擦肩而过，一墙之隔是导航的死穴，它执拗地说：目的地到了，我们傻傻地站在长长的巷子里，只闻其香不见其门。打听之后恍然大悟，原来我们在院外它在院里，我这暴脾气。像是为了回报我们的寻觅之苦，我们下午逛胡同不久便与它在美术馆的分店"粉SUSU"不期而遇，望着那店门竟有种蓦然回首的感觉，这就是逛胡同的神奇。

接着三拐两拐到了胡同尽头，抬头，赫然SUSU在望，据说原来是间厂房，现在装修成二层，风格低调但很有特色。一层几张高脚桌

凳，二层靠窗的位置看起来就养眼，大窗内有绿植外有风景，加上美食还有邻座叽叽哇哇的外语足以满足你的越南狂想曲。我们看推荐点了火车头河粉、姜公吕望烤鱼、乡村笋干沙拉。沙拉里香料浓厚，细长的小白笋尖样子和味道很有异域风情，88元一碗的河粉估计是里边的牛肉贵。还算中规中矩没太多特点，毕竟我们不能期待所有食物都要超出预期，那不得撑死？姜公吕望烤鱼，闺密一再追问真的是湄公河的鱼吗？服务员语焉不详，嘿，这不是难为人家吗？只要为你所欲也就是好鱼吧。焦黄的烤鱼沐浴在翠绿的茴香丛中被端了上来，还有一盘虾片、紫苏、香菜、蘸料、米线、花生碎的配料，还真是色香味都不错，尤其这茴香的吃法一再被闺密惊讶，我倒是不新鲜，妈妈总是用黄豆配了茴香来炒着吃，也很好吃，打破了茴香只能做饺子的单一身份，所以伯乐很重要。当然，和谁吃也很重要，和闺密边吃边聊边回忆，幸福的便不只是美食的味道。

第二站：隐藏在北京小胡同里的嵩祝寺及智珠寺

从钱粮胡同出来边走边逛边拍，那些古旧的石鼓砖雕木门还是让我们啧啧感慨时光。三转两转穿过午后时分幽静的小巷子，便来到了景山后街嵩祝院23号，这真的是藏在胡同深处的皇家寺院。600多年前，明王朝永乐大帝在北京建起皇宫，随之而来的智珠寺，离故宫仅百米之遥，担当着皇家御用佛经印刷之重任，其后又经历清王朝的重视，康熙帝大力引入藏传佛教，兴建寺庙，邀请二世章嘉活佛入驻嵩祝寺讲经传教并进行宗教仪式活动。乾隆帝亲笔题写"智珠寺"，可见当年嵩祝寺与智珠寺的地位非同寻常，成为盛极一时的佛教寺院群，地位远超雍和宫。

智珠寺这座历史悠久的寺庙，破坏比较严重，后来几位比利时留学生对此进行了保护性再利用，整座寺庙对外免费开放，一部分后加建的厂房改造为餐厅，以为养护寺庙提供经济来源。院内新老建筑交相辉映，智珠寺修旧如旧的正殿是世界级的瑰宝。

进得门来，房梁上悬挂着一束五彩干花缠绕着光源，夜晚该是它绽放的时刻吧，有电视正在播放寺庙的修缮过程，一根有着厚重年代感的门杠或是门槛悬在空中算是寺庙最古老的见证。院子里明媚的光线穿梭在枝叶婆娑里，几座大殿房梁间的榫卯雕花清晰如昨，只是早年鲜艳的色彩已随风而逝，只留下依稀的痕迹坚守在那里，把岁月融进了古老的建筑里。

寺庙深沉地矗立在那里，让我们感受600年的时光，庭院里加入了一些现代的雕塑，中间大殿里还保留着时代的记忆：团结紧张，严肃活泼。最后面的大殿被一束巨大的黄色干花龙一样缠绕着成为一景，庭院里古松古树和一枚黄色圆形的装饰把禅意表现得颇有艺术气息。一侧厂房改建的西餐厅里觥筹交错，大概里面的人把古寺当成了风景来消费吧，心理上多少感觉有那么一丝不和谐的味道。

现在看见的正殿只有三座，里面仍在修缮，希望这瑰宝能经年流传，毕竟这胡同里的古建还是让人颇感震撼的。

第三站：隆福寺九层观景台

初次来新建不久的隆福寺观景台时很是喜欢，可登高望远而心旷神怡。今天想和闺密重游，却被告知在进行一个日本画展，没有预约看展也时间晚了，便只好留待下次吧。转身进了咖啡厅，木木艺术馆也在这里。最喜欢这里的西班牙拿铁，和闺密小憩之后，正准备去看看旁边的三联韬奋书店，想起小妞说她们在办个活动，好像也在附近，便问在哪里，不想小妞秒回说就在隔壁，这也算是偶遇吧，意外的惊喜。世界就是这么小，虽然北京这么大。哈哈之后和闺密来到隔壁的三联。一层人不多，书店的环境非常好，简直算是优美，那种一进书店就压抑不住的激动如影随形，算是条件反射，此生难改了，虽然坚持看书的时间越来越少，但越来越感慨看书要趁早了。

活动在二层，果然小妞在忙碌着，我偷偷拍了照发过去，她抬头找见了我，那种会心的一笑让时间定格，成为我记忆中美妙的时刻。头一回看见她工作的样子，也还是有些小感动小感慨，孩子长大了独立了，妈妈也老了。唉，人老毛病多，老是爱瞎感慨。玻璃大窗外是古色古香的建筑，书香气和这建筑是多么的和谐啊！

相聚的时光总是短暂，和闺密骑车同行到前门分手再见，我又忍不住诱惑溜达了一圈琉璃厂，各种美景各种小感慨小感动在我的情绪里荡漾着，纷飞着。人啊，没事儿就要溜达溜达，美好总是在路上。

快乐游，是为记。

人间最美是庸常

任延辉 著

Mediocrity Lies in the Core of Life's Beauty

诗歌篇

文化艺术出版社
Culture and Art Publishing House

目录

001　走进深秋
003　雨中情思
004　又遇格桑花
006　远方有多远
008　文字的深情
012　散步在湖边
014　雪花·人生
016　秋日思绪
018　彩霞满天
020　雨天感怀
021　老妈心
024　写给老妈

027　此情可待成追忆
　　　——纪念林徽因
030　纪念诗人
　　　——给徐志摩
032　记忆是有形的吗
034　雪花的来世今生
036　草原如画
038　草原古庙
040　美丽的草原
041　秋思
042　不说别离
043　爱，也是一种气候
044　法源寺情结
047　丹心情
048　你在雨季

050	关于死亡		
052	秋日小巷		
054	暗恋		
056	什么是暖	082	诗句何来
057	向往的生活	083	秋叶彷徨
058	胡同的夏	085	北平秋韵
060	胡同里的夕阳	088	关于风的想象
062	平淡生活	090	丁香结
063	组诗　冬	092	京包高速遐思
066	组诗　秋	094	秋日残荷
069	思念	097	散步在夕阳里
071	青春的绿	100	书香格桑
074	绍爱神	102	童年的花手绢
075	一个初秋的午后	105	夕阳如火
076	秋日私语	107	雪花那个飘
077	岁月的行板	109	故乡情深——阿吉拉
078	北海的夏就要远去	112	吹不散的思念——阿吉拉
079	银杏树	115	再难驶出的爱
080	梦里的夏	116	想念的帆
		117	夜色与我
		118	思念
		119	花语
		120	想你

- 121　不要
- 122　如烟消散
- 123　无题
- 124　一
- 125　清晨的草坡
- 126　小雨不再来
- 127　分离
- 128　山谷
- 129　爱是好清凉的感觉
- 130　雨季乡愁
- 131　雨
- 132　云中盛事
- 133　梨汤
- 134　海边遛弯儿
- 135　瞬间如千年
- 136　偶遇
- 137　当没有你成为习惯
- 138　哪怕瞬间
- 139　我热爱的植物园
- 142　请快乐生活
- 144　游纪晓岚故居
- 146　樱花女孩
- 150　寂寞在唱歌
- 151　淡不了的心事过往
- 152　庆幸我还能无病呻吟
- 155　青春沦陷
- 156　快乐是今夜的主题
- 158　纪念青岛金沙滩
- 161　美好生活
- 162　红叶的心思
- 163　欢聚
- 164　掌心不离
- 165　无话可谈
- 166　语短情长
- 181　趣说实验

走进深秋

深秋的一天
光线格外柔软
风也一点不烈
芦苇花开得正欢
每一根绒毛都罩着光环
平生出苍茫的暖
只是我爱的格桑
已伸不直腰杆
随风倒向我的腿边
我伸手抚摸
让它感知我的爱怜
它努力葳蕤的枝叶
挣扎地温润着
那绿
却少了昂然
伤春悲秋
我们同感
栈道上落叶交叠
躺成与风分别的模样
簌簌地等待着

下次风来

再复制它的方向

适应改变

是落叶们不得不的主张

我踮着脚尖轻轻掠过

不再惹它们慌

毕竟我们心有所向

却也彷徨

背朝着光

感受暖融融的力量

闭眼

听秋滑过

调动情绪

仿佛使劲呼吸

就能把秋种进心里

就能在万物轮回中

接受自己生命的单向

认为自己总是年轻的模样

其实又怎样

让光在心里生长

皮囊

会被照亮

衰老

也有光芒

雨中情思

秋雨何绵绵
不舍昼夜间
句读之不知　　雨戏莲叶间
雨滴追雨点　　四处涟漪起
淅沥成一串　　西北与东南
排比之不知　　全任风凭栏
直线与斜线　　小燕湿稚羽
交织又纠缠　　新泥也不衔
点线欲成片　　老燕戏飞檐
却又被吹散　　穿梭淅沥间
章节之不知　　树摇一阵寒
雨中情难断　　小巷空悠悠
故事与新篇　　不见油纸伞
潺潺聚成帘　　心难辞感念
不急又不缓　　伤感竟承欢
天地有多远　　词句被淋湿
任凭它来连　　盼风吹成烟
莲叶何田田　　一年又一年
　　　　　　　中秋是明天
　　　　　　　未感初秋意
　　　　　　　却已觉阑珊

又遇格桑花

秋风剪剪
流动着这个季节
不多见的柔软
漫无目的地
散步在山水间
闲看云朵
不追赶什么
也没什么追赶着
时光便都是我的
生命可以如此挥霍
是不是一种
真实的快乐

小径蜿蜒
格桑花摇曳着
纤细的身姿
盛开在田野、路边
我总是被纠缠着双眼
看了又看
不信这一层单薄的花瓣

让我一见而陷落的清浅

竟胜那重重叠叠的娇艳

这绵密的脉络里

一定有爱裹挟着交错着

自给自足着

看似简单却一定不简单

不然明明清浅

却平起波澜

远方有多远

什么叫远方
我有些迷茫
远方是不是就要远离家乡
还是到不了的地方才叫远方
这个话题
总是让我没有方向

远方到底有多远
该用什么丈量
是不是远方才有心动的风景
才有更浓郁的芬芳
如果远方一无所有遥不可及
背负不了你的希冀
甚至荒芜到让你唏嘘
是不是远方也不过是距离
没了人们眼里的意义

其实
苟且才应被赋予诗意
因为诗从来就在生活里

而生活就是要有生气地活着
无论平淡、庸常、欢喜
生活就在日常里
活不活出诗意
在你

心总是比脚走得更远
灵魂可以随处张望
其实问题从不在路途
心怀诗意
枯枝都是风景
宽待苟且是一种情怀
一种幸福

什么叫远方
我不再迷茫
你心向往的地方
是谁的故乡
又是谁的远方

文字的深情

题记：对文字的钟爱该是老天在身体里下了蛊，却又被我辜负。无法梦笔生花，落笔有神，却又终难舍对文字的情怀，恰看到朋友对文字的两句表达，大爱，便感慨一番留念，若读之有点睛之笔便此二句也。

文字
像一颗颗散落的珍珠
等待被串起
去表达在蚌壳里
就酝酿的一种
低调奢华的情绪

文字
像一粒粒种子
默默地发芽生长
根须在地里
用词句织成网
地面便铺展成景致
走入人的心底

文字

像一颗颗花苞

时光将养分深藏

表达是不能躲避的宿命

它们终将绽放

于是叙述成章

文字

像一颗颗发光的星星

蜿蜒在银河

连成北斗七星

便有了故事

成就了仰望的线索

点亮了生活

文字

是和世界链接的图纹

是无数次彼此揣摩

交会的眼神

是灵魂的窗户

推开生命虚掩的门

文字

未被结集时

只是一种符号
散乱无章
一旦被排列组合
成群结队
结队成群
就会像花儿一样绽放
鸟儿一样飞翔
或静水深流
或喷薄激荡
都是一种
无法预估的力量
是内心抵达的方向

文字之于我
像是身体里的血液
汩汩而歌
偾张、温暖、宁静
让我的生命
时刻被提醒
去倾诉去热爱去生动
或诗意烟火
或浪漫深情

文字啊

就是这么神奇
爱了 就揪扯着放不下
总是挣扎成词句
想把万物表达
好也罢平庸也罢
提笔落笔
生不生花
都终是我心口上
那一点朱砂

散步在湖边

夜幕低垂
夕阳和月亮
两相遥望
路灯由近及远
明明暗暗
渐次上岗
路边平行的光
形同陌路
湖边的光
却在交映成章
蓝色在水面坠落
又在水面生长
没什么是
不可能的遇见
也没什么不会散场
山水一程
不同的只是
方式和时光

栈道旁

摇摆着芦花苍茫
慢慢萎靡了
我热爱的格桑
偶见一两朵
草丛深处的小野花
还在孤芳自赏
它夕阳中的模样
兀自坚强
就感受了它的力量
风把一切定制成动画
紧紧慢慢
疏疏密密
在灯影里晃
偶有蝉声
低瘪无力
那份执拗的热情
知趣地收敛成
树梢的苍凉

一天的忙碌到了尾声
散散步
让风吹吹脸庞
盘点下心情
该收的收该藏的藏

雪花·人生

如果雪花落在雪上
我便只看到晶莹
如果没有阳光
雪会成冰

那如何完成
滋润大地的使命
禾苗如何破土茁壮而生
落雪成风 梅花相映
你不只是诗人眼中的舞者
也不只美了孩童
你是绿色孜孜以求的呼声

如果你只是
在我的心上走一遭
从此不相逢
那么我心上的阴影
会是无解方程
如果你只落在我的诗里
漂如浮萍
那么长情也只有诗懂

我一遍遍地追问

这世间的一生

谁之与谁

互为永恒

来和的

只有风声

秋日思绪

走过小径
呼啦啦一群惊鸟
飞向空中
好像我是风
懒懒的我
就感知了生动
总有些内心深处的触碰
来自别的物种
植物动物或风景

草在摧枯拉朽中
挣扎成渐变色
不好形容
却有坚守在其中
格桑花倒伏着
也开成该有的模样
向路人摇动
芜杂而热烈
影子长短错落地模仿着
虽虚无却和光分秒必争

有落叶飘过

用最后的舞蹈声明

秋深了

不远处是冬

你以为就你是生命

谁又不是

在用力地活着

你并不在意的

花草树木昆虫

都经历着由生至死

最缜密的轨迹

没有真空

不是无声就真的不痛

或者盲从

那藏起来的苦

和看到的繁荣

那脉络中蓬勃的张力

和枯萎时的血泪蒸腾

是要用心才会懂

而我们

所有的情绪和努力

都将生成记忆

那终将会抚慰你的魂灵

彩霞满天

悄无声息间
空气散射了光线
就像是霞帔凤冠
就像是字正腔圆
就像是京剧里那一声呼喊
从西边
排山倒海般
把辉煌渲染
一时间
漫天彩霞
彩霞满天
就红了十里长安
就醉在这金色的宫殿

这一泻千里的奢华
虽短暂却成为
多少目光的狂欢
多少人驻足在
这美轮美奂的盛世长安
成为这画轴长卷里

那飘飘长衫
这奋不顾身的绚烂
美得腔调满满
多年后
我会记得
这个清冷的深秋
那红了半边的天
却原是
细雨殷勤为探看
遂让这
天涯处的乍见之欢
定格成永久的怀念
如此这般
纵灯火阑珊
又怎敌
那缕缕霞光的暖

雨天感怀

小雨如织
天地首尾一般
雨丝如帘
在我眼前
舒卷、舒卷
不厌其烦
偶有雨燕
盘旋、盘旋
出帘入帘
厌了屋檐
厌了呢喃
找寻着帘外的天

记忆的碎片
散落如雨
不好关联
在脑海里
翻转、翻转
章回混乱
鸳鸯乱点
往事敌不过
岁月的沦陷
童趣、爱恋以及所有
回不去的经典
逝水的流年

老妈心

妈妈这个角色,不是那么容易合格,因为单有爱还远远不够,强势却又卑微,什么样的爱才刚刚好,有时也难免迷茫。只好在对抗和关爱中彼此慢慢成长。

戒掉情感
我是不是就可以
不那么惦念
小妞的晚归
不会去管
夜是不是太黑
冬天的寒凉
酷暑的烦
都成为自然
而不那么
被我敏感
也不必去想
我的关心则乱
是不是又成为
妞的负担

戒掉情感
是不是我就没有软肋
就有真的自由
也给了别人自由
这颗心是不是就坚强
就不再无谓地叮叮当当
也不轻易受伤

戒掉情感
是不是一切的风吹草动
一切的事件
都不会让心陡然
都不被与我相关
明知多是无稽之谈
却又被我一再关联
执一牛角
智商沦陷

自从成了妈妈咪呀
就没了个体的纯粹
就附属了光环
就塞满了
有用没用的惦念

唉！我知道
戒掉情感
只是句空谈
明明刚吵完
转身就开始纠缠
那些没来由的唠叨
和多余又戒不掉的挂牵
就像老妈给我的一样
还是会像梅花
落满南山

写给老妈

生就和文字有缘
爱诗歌爱经典
写爱恨写思念
却从没有写给妈妈

觉不觉得
你对一个人的感情太多
想表达时
文字对笔却成了
一种折磨
总是想了又想
什么样的字眼
能写出妈妈对我的爱
抑或我
对妈妈的情感
字有限，爱无边

握起笔又一再搁浅
我不想说母爱似河
也不想诉诸伟大

我只想说
我对午后窗前的平淡
总是一再地留恋

阳光照在床上
妈妈坐在床前
缝着什么不是重点
轻声絮语的唠叨
却是我最爱的催眠
您抬手把针尖
在白发里一划
便把爱缝进针脚
缝进了不变的挂牵
就让我在梦里沦陷
一边说着妈妈真烦
一边枕着心醉
进入酣眠
最喜这个片段
画面里住着无尽的爱
睡在爱里是多么香甜
那眼神、那声线
在每一个细节里流转
是我此生的暖

无论我多大

离您多远

您是我岁月里

最温润的光华

您在我便有家

有我耍赖的天下

只有那唠叨驻守耳边

才去了喧嚣浮华

是我心安的厦

只愿岁月温柔待您

我便快乐如花

此情可待成追忆
——纪念林徽因

怎样的文字碰撞
能唤回旧日时光
旧日时光里
你的寻常模样

太深刻的印象
是测绘古建时
你专注的目光
太太客厅里
你谈笑风生的欢畅
昆明避难时
你给孩子们买的一把红糖
那满足而快乐的神情
让我的文字浸透了感伤
李庄病榻上那丝凄凉
让我的想象折断了翅膀

给飞行员们的封封书笺
让我知你大爱无疆

也寻你到协和医院的礼堂
静坐台下
回望时光
幻影交叠的舞台上
分明看到剧装的你
看到你亭亭于泰戈尔身旁
岁寒三友图里
温婉遮不住
兰心蕙质的光芒
分明聆听到你建筑学的演讲
也分明记得有诗人迷失在路上
纪念碑前对着你设计的花卉
寸断肝肠
万春亭上眺望着你的目光
每每流连北总布的小巷
只为捕捉你曾经的一丝过往
或是伏案的影 或是送客的声
奈何人随鹤去
庭院深锁 一地情殇

你的一世才情

唱响了潋滟四月
唱响了民国时光

怎样的文字相聚
能写出你传奇岁月一场
流年沉淀了你的容颜
丰厚了我们的纪念
怀念潮水般滚滚世间
从未间断
怎样的文字碰撞
能唤回旧日时光
旧日时光里
你不寻常的模样

纪念诗人
——给徐志摩

你走了好多年
于我却总如初见
把你的脚步寻遍
一切是熟悉的新鲜
每一处的停留
都有我情绪的积淀
我挥一挥衣袖
化成思念的纸鸢
飞向蓝天、云端
做一个遥远的相见

你走了好多年
于我却总如初见
你用浪漫热情才华
做了一生的呐喊
你用生命寻求的三位一体
自由、美和爱恋

都会最美地实现
你那作别康桥的衣袖
虽渐行渐远
却无法消散
那康河的水草
碰撞着我的视线
时光流转
累月经年

你走了好多年
于我却总如初见
那天你匆匆的脚步
在北总布的巷口
竟成了永久的不见
就这样别了你热爱的
北平、中国、世间
缘起缘散
你去了云端
走得那样决然
全不顾心碎的人间
你挥一挥衣袖
带走了人间四月天
只留我永久的怀念、思恋
一如初相见

记忆是有形的吗

江南的雪花是有温度的吗
秦淮河的桨声灯影呢
去了还会再来吗
草堂前的雨燕呢
还会衔着新泥送来春意吗
雨巷的丁香姑娘呢
诗人去了多年
你可还结着愁怨吗

记忆是有形的吗
痛是锥状的吗
快乐呢
阳光是有味道的吗
霾是蓝天生气的情绪吗
面朝大海就一定
春暖花开吗

鱼的记忆为什么只有七秒
我们的呢
为什么有的如烟消散

有的起伏绵延

记忆是有形的吗
为什么在我的脑海里
有一个个节点
虽然散乱
却关联成片
丘陵沟壑
地图一般
这是记忆的形状吗
时间可以释怀所有的存在吗
不能会怎样呢
就那么闪烁着吗

雪花的来世今生

是个雪花飘落的日子,听风听雪,便有诗行也在脑海里翩然而来,纪念这情人节飘雪的日子,雪花遮掩了寂寞,惊艳了整个冬季……

曾有水汽的前世红尘
经了寒凉的凛
凝华成冰晶的纹
飘落
虽终将飘落
也爱这繁花般的锦
静静地
在这茫茫世界里
袅袅铺陈

千里千寻
谁是你的爱人
不禁风不是真的弱
是你对风一往而情深
你可以随时栖落
在树间梅畔山野荆门

弱 是你藏起了风骨的娇嗔

用触摸和深情去遇见

选择了

便用与生俱来的晶莹和单纯

在风的方向里舞蹈

曼妙地回答着它的追问

浅唱低吟 由远及近

轻盈地翻飞 缱绻

舞尽

只有风能乱了你的心

质本洁来还洁去

执着是水藏在雪花里的魂

爱谁

就用生命和他一吻

等待下一次蒸腾云端

轮回　日月星辰

不留痕

草原如画

草原像舒展的画卷
卷轴在云朵里消散
那无法想象的辽阔
让疆域顿失概念
羊群像散落的珍珠
牛马像彩色的喷墨
云朵款款
像天上的过客
流连着草坡
用阴凉表达深情脉脉

野花在风里缠绵
牧人扬鞭
光线下
似彩虹掠过
瞬间把我的眼眸捕获
我本不想高歌
却有激情在胸中喷薄
震撼与熨帖
在心田交错

无论一马平川

也无论丘陵延绵

都用绿色执着地

表达着爱恋

长长短短

深深浅浅

明明暗暗

草原古庙

从草原走进古庙
便走进千年的信仰
走进经世的虔诚
多少长头的幻影交叠
多少念珠轮转在
无声的时空
不见了乱世繁杂
不见了交错霓虹
仰首古庙
我分明见到了鸿的掠影

风扬起经幡
万遍读诵
蓝天白云不厌地倾听
没有花腔婉转
却直击心灵
转动所有的经筒
只为触摸风的指尖
让经声悦耳空明
一切在瞬间灵动

分明是信念被歌颂

心在草原的古庙

如此纯净

精神有了栖所

活着

原可以这般轻松

美丽的草原

上天泼了一桶绿
浩浩荡荡满地一泻千里
老绿新绿　高低坡起
浸透了绿的心意
低的叫草
高的是树
伴以沙丘
海子湖泊
野花无数
引来牛羊成群
衬着蓝天白云
骑手猎射
牧人高歌
蝴蝶绕着马蹄
毡包如银扣飘落
奶香萦绕草坡
这天苍野茫
这一幅空间的交响
便是草原
我热爱的地方

秋思

秋日
梧桐树下
我
是正摇曳的一片失望
秋日
我唇边的哀伤
将叶子染得枯黄
中秋的月笑圆了脸
看我惆怅
欢闹声撞碎了
故乡的月亮

不说别离

太阳灿烂的笑脸

被借来

武装自己

只为忘掉你的远去

无法碰触的话题

是你的归期

千言万语

不说别离

偏有你的呼吸

总随幽香

飘入心里

是谁在窗下

听兰花吐气

一定是你带不走的情绪

总有些什么不让我潇洒

由衷佩服的是

那位诗人的哲理

最想忘记的

是最深的记忆

汪国真偷走了我的得意诗句

爱,也是一种气候

暴雨滂沱时
心,却很温柔
藤椅旁,老话依旧
天气被谈来谈去
淡漠的,总是心灵的感受

借着温柔
倚着那个
春光明媚的午后
静静想着我们的故事
滴滴点点
爱　也是一种气候

法源寺情结

阳光煦暖
斑驳是条椅的轻奢
沉默是金
建筑无言
最美是
历史的颜色
猫咪慵懒在光圈里
仿佛它是这里的主人
而游人只是过客
偶有梵音飘过
空灵如世外
心一下沉静下来
便听到丁香
在怦然绽放
鼻翼便沉浸于
那缥缈的香
那忽有忽无
忽浓忽淡的徜徉
让我迟钝的嗅觉
忽地感到力量

原来放下才能获得

已然混沌的心

开始澄澈

还有轻歌

其实顿悟原本是

瞬间的得舍

虔诚的香客

用跪读表达禅意

殿前的青砖

用痕迹表达着

愿望的线索

悠然的僧侣

散步在花影暗香里

手中的佛珠

轮回着心中的信念

一圈比一圈坚定

那银灰的长袍

让一切失了颜色

那静谧祥和

恍觉天堂

我心心念念的法源寺

走近你才知为什么

泰戈尔曾沉醉于你的夜色
还有迷失在丁香中的徐志摩
我也寻你而来
想看看我所热爱的诗歌的栖所
你却给了我更多
在禅香的缭绕里
我突然看清了自己
法源寺
果然有着
不一样的气息
不可言说的传奇

丹心情

每次回忆
都是一个悸动
每丝情愫
都是惆怅一丛
那束永不老去的玫瑰
根植心底
作着累人的象征
沾着雨滴的花瓣
多像分别时你凝视的眼
心传情
泪脉脉
那根常绿的藤啊
多像我们心之纽带
一端是你
一端是我
中间绣满丹心朵朵
红又灼灼

你在雨季

不想再记起你
偏是这时下起小雨
不想对着雨帘重复回忆
偏是落下泪滴
雨中相识雨中分离
多情的小伞带来了你
卷去了我无边的思绪
每逢小雨数着雨滴
偏是总念那个雨季
记忆沉失很多不能依稀的总是你
无晴（情）盼晴有晴怨晴
古人的芭蕉又绿
心中那份美丽的凄凉寻不到归依
也许最美的花儿
总有无花果的结局
也许铁树千年绽艳
是上苍的定语
伤心难描难画
偏是雨中冒出把小红伞
伞儿离去也就罢了

偏是人在雨中直立偏是你
世界那么大又那么小
我偏是多望了一眼
偏是就产生了那么大的磁矩
于是没有了不想没有了偏是
冲进雨中即便又是编织回忆

关于死亡

曾觉那是
不能再黑的黑
直面无法再白的白
曾觉那是
到底的绝望
恐惧到丧失了想象
想到亲人之死亡
稍一提及
都会冰了躯壳
结了心霜
炽烈的情绪直坠谷底
不能再悲的悲
无法再痛的痛
渗出骨髓
丝丝缕缕
一度这个话题
只在脑中盘旋
不能触及

细想死之于生

不过是将生命完整
死亡也不过是
生命终点的名称
一个终点自然该是
另一种起点
想想白莲盛开
想想无法改变
想想凤凰涅槃
死亡未必不是另一种生
也许我们的畏惧
更多地源于不懂
缘于与亲人的不能相拥
完全来源于爱
这一终极缘由

秋日小巷

北京的秋
总是来得猝不及防
一场连夜的细雨
打湿了夏的衣装
暑期还未谢幕
秋已匆匆上场

走在秋的小巷
没有阳光
只有绚丽的银杏黄
断续的爵士乐
从街角的小屋飘出
伴着咖啡香
盘旋交错着
落叶缤纷的彷徨
雨丝搅扰了我
缠绵在
枝蔓的目光

从小巷深处穿过
暗暗的灯影下
谁在渲染秋色
倚窗而坐的女孩
眸中为谁落寞
纤纤细手
纸鹤为谁而折

暗恋

暗恋就是一种情绪
在内心疯狂地滋长
种成根深的树
思绪缠绕着
不能表达的枝蔓
心里一次次作茧
又一次次挣扎
让情感不堪
那种力量却
亘古不见
让你不寐
让你难眠

其实每句话
都被火烧过千遍
而交谈的温度
被自己都不信的平淡
勉强遮掩
一个无意的眼神
够你回忆万年

什么都被对方霸占
暗恋是成长中一个
严重事件
波澜不惊与
暗流汹涌交织成篇
其实暗恋真的
也是一种美好
难得有这样的剧情
在你的版图上演
有一个人让你付出
美妙的情感
苦痛完全与爱有关
而爱是一种体验
很多人一生都不曾遇见
没有说出来的
往往是另一种美好
一种美好的暗恋
似雾
似烟

什么是暖

雪花飘飘的天
坐在沙发里
你在那边
我在这边
不交谈
只有偶尔
一个眼神
的碰撞
便
心如画卷
还有茶香袅袅
会偷袭我的鼻尖
不见炉火在闪
却
很暖

向往的生活

我无法选择出生
也不想选择死亡
只愿现实安稳
心瓣时有花香
书要伴我老去
大自然是不能少的轻奢
眼神只为文字牵绊
其他一切随缘
情绪只愿和茶纠缠
缭绕着它的味道
迷恋那一份清淡
以及绵长回甘
煦暖的阳光
摇椅旁，往事被镶入
帧帧瞬间
在脑海里轻轻浮荡
偶有歌声笑语
激活一片记忆的涟漪
碎片成章，经典回放
滴滴点点，热泪盈眶

胡同的夏

斜阳晚钟

寻常巷陌

鸽哨蜿蜒着

自己的诉说

一把旧蒲扇

把夏天摇过

所有的故事

风都听过

发生了的

大都不记得

发生着的

再平常不过

夏就要去了

槐花也慢慢飘落

灰砖和门鼓

也褪了燥热

细雨也淡了蝉聒

晒好的衣被

藏起了太阳的味道

足够一冬
在枕边迂回
古树也不挽留绿
活着就是
最好的景色
自行车丁零丁零
翩然而过
秋要来了
夏
就要被怀念了

胡同里的夕阳

胡同里的夕阳
总是会在不经意间
给我惊喜
这就是我喜欢它的地方
它时常让我猝不及防地感受
胡同的厚重
它的历史 它的沧桑
它的源远流长
它的不可替代的平常

胡同里的夕阳
照着门鼓门当
照着古墙
别处没有的古韵
便剪纸般镶着夕阳的光
照在那时间也无法磨灭的
精雕细琢的门楣上
让你感觉随时可以
穿越回民国时光
照在展翅的白鸽羽毛上

鸽哨的鸣响便在记忆中绕梁
照在胡同里穿梭的行人身上
照在四合院里细碎的幸福上

有吆喝有饭香
照着摇着蒲扇喝大碗茶的大妈
她们的故事树都爱听
时常招摇着的小花表示欣赏
照在光着膀子听着单田芳的大爷身上
那低沉激昂的评书声
在胡同里迎来送往
大爷眯眼在摇椅上
世界大事都在心里装
照着那些藏在深处
仍奋力绽放的小花小朵
照着日复一日的寻常时光
多么爱你
我胡同里的夕阳
有你
我的生活
总是有小曲儿在唱

平淡生活

总是感动于
生活的点滴
晾晒在阳光下的衣被
老人们散落的长椅
孩童在咿呀嬉戏
猫狗在自己的世界里痴迷
树间的一缕光线
耳畔的微风习习
花香草香飘过鼻翼
斑马线上匆匆的步履
空中滑翔的白鸽
忽高忽低
花儿换了一季
过往被用来回忆
游走在平淡里
心里有暖意涟漪
没有大事件铭刻
感动于生活的点滴

组诗　冬

冬天的枝丫

绿叶凋敝的枝丫
抒发着自己
对冬的看法
也 无叶不欢
却藏起牵挂
把根深扎
只等风来的一霎
粗干纤毫
撑起树的样子
选择用脉络
更清晰地表达
随风泼墨向天
恣意成思念的花
酝酿一季的遒劲和柔软
待嫩芽生发
让春也如画
冬也如画

冬的气息

感知了寒意
叶片便扑簌着
迷失了自己
或枯了姿容
搜集着风的讯息
视线游离
猛觉树尖有绿
窃喜
原来冬季一到
春天就埋伏在那里
等着反戈一击

冬天遇到的鸟窝

枝丫就那么张望着天
枯着所有的干
地面硬着脸回击着我的脚板
只有耸在树间的鸟窝
让我觉到冬后的春天
朝阳红红地照着大地
毫不吝惜光线
照着湖泊照着沼泽

照着伟人照着流浪汉
不挑挑拣拣
偶有绒毛飘落
被地上的枯叶埋没
把来过的痕迹封锁
不知鸟儿在不在窝
是飞去了南方
还是早在罪恶的手下坠落
留下这千叼万衔盖就的杰作
寒气预谋着一场雪
洁白就快覆盖这光秃秃的冬了
我等着听雪花的飘落
小鸟儿的啼歌

组诗　秋

秋末

一夜冷雨纵横
朝来一季无踪
疑是入冬
盏孤茶冷
懒扶窗
满眼落叶凭风

若说秋风了无痕
却看漫山枫叶
已是遍染殷红
若说秋雨无过
却怎的
眉黛寒意生
心思寥落两飘零

秋画

一夜秋风黄满地

枝叶两离离

塘边野鹤杳无踪

流水自漪

银杏黄 枫叶红

霜染无痕迹

路上行人乱穿衣

一天感四季

雨斜织，鸟雀低

檐边水落乱如泣

也欲说往事

提笔难述心思密

一腔戚戚

五言话秋夜

明月照千里

孤山雁影稀

疾风细雨冷

秋寒懒添衣

提笔空追忆

芳华渐离离

秋怜

黄叶已慵懒在墙
等着轮回的风
定夺归隐的方向
荷花早已退场
一池绿波荡漾
无措的彷徨
红嘴的黑天鹅
在岸边张望
许是找寻往日印象
又或者在诧异
湖水里那日渐多出的寒凉
蝉声已消逝在树梢的震颤
阳光不再如芒在背
一改热烈的面庞
呼吸多了渴望的舒爽
秋 就在颜色里在风中
悄无声息却又隆重地宣布
它 已浸染了时光
秋味渐浓
在年轮里慢慢酝酿
意味深长
秋词阕阕
难言一腔思量

思念

1

终日困自己在
思念的
陷阱里
怎样努力
也只是
走成一个圆
而你却是
圆周上
那无限个点

2

你挣断我的泪线
扬起远行的帆
又留我几多
忧郁的日子
我又恢复
夜烛剪影的主角
任笔在纸上

蹒跚成

鸿雁

3

想你的日子里

风铃在叮当地

缠绵着那个

古老的话题

草坪上立着

一个孤独的影子

云层又起了

满眼蓄就的

是雨

还是

泪滴

青春的绿

直到留下的只有回忆

直到皱纹里满是倦意

才知青春不总是序曲

回眸

芳馨已将散却

圆舞曲正荡漾着尾音

画布上正涂抹最后一笔

休止符像两扇大门正悄然垂立

悲兮

它欲将青春关闭

却又留下一条窄窄的缝隙

生活就是这样

不让人断然将什么忘记

它总使人在欢乐中忧郁

在痛苦中欣喜

于是便有了无尽的缠绵

为那得到时不知珍惜

失去时倍觉珍贵的

青春的绿

青春的绿草地

心中升起怅惘的炊烟缕缕

翻遍相册

翻遍日记

梳理乱麻似的记忆

我曾把飞舞的蝴蝶夹进书里

玩味着青春的气息

也曾撷一朵配着绿叶的花儿

上面印着蜂儿的情话

和露珠多情的泪滴

它多像少女的眼

秋波盈溢

哈 还有一片鸟儿的羽毛

带着它喋喋不休的啁啾

哦 青春的绿

青春的绿草地

当青春变成不堪翻响的书本

当叶儿不再青绿欲滴

伶仃的空酒瓶对着腮泪横溢

才知那么美的雨季

那么年轻的欢聚

已在记忆中老去

哦 青春的绿

青春的绿草地

为明天不在昨天留下这些回忆
我学会
在青春的绿中游泳
在青春的绿草地上
沉醉不起

给爱神

数一数记忆
都是你
我的思绪镶了回音壁
去也是你
来也是你
轻轻一触
也落泪滴

一个初秋的午后

初秋的微风

纠缠着绿

暧昧着黄

拂过我的脸庞

藤椅摇动

享受这微醺的时光

头脑里

流转着画面般的往事

更像是故事

想着我是主角

微笑让嘴角上扬

时间氤氲了剧情

模糊了背景

而曾心动的瞬间

永远是记忆的魂灵

每每在午后想起

便如这浓浓的咖啡

回味盈盈

秋日私语

手指恋着书卷

音乐绕着茶香

百合幽然绽放

沁着我的心肺

缠着我的目光

那阳光的暖

秋风的转

叶色的斑斓

我选择

用心

看见

岁月的行板

老友相聚时
孩子们青春的交谈
突然让我心乱
时光幻化成
怀旧画面
现在的自己
当初的我们
相遇在桌前
一个轮回
在举杯时
弹指间
便完成了角色的转换
一声轻叹
岁月是如歌的行板
生了华发
转了流年

北海的夏就要远去

慵懒着情绪
陷落在长椅
轻轻呼吸
微风已褪了暑气
也少见了蝉翼
闭上眼睛,听柳枝轻舞
软风哝哝,野鸭游弋
时间的针慢慢滑动
白塔倒影游移
听荷叶为失去荷花而
扭动身躯轻声叹息
夕阳染红了天际
游人的剪影交错
脸颊被轻轻抚摸
爽人心脾
秋来了
淡黄已占据了
绿叶的躯体
北海的夏
就要远去

银杏树

秋天
是银杏的季节
铺天盖地却不张扬
单一个黄
便在光影中
绚烂成景致
笔直的身姿
沐着秋阳
茸茸的叶片
温暖着游人的镜框
互为风景互相欣赏
淡然中吸引了
这一季的目光
当然还有心动
还有感伤
我所热爱的银杏黄啊
只能经历无法占有
便任那情结
汩汩成殇

梦里的夏

风摇着树叶
散落了一地的动画
变幻着花样
在我的梦里玩耍
槐花偶尔飘下
点缀出夏
摇椅上躺着王大妈
穿着碎花小褂儿
眯着眼 摇着蒲扇
和小狗儿拉着话
李大爷在满天的星光里
听着戏匣子晃着脑瓜儿
胡同里收废品的板车
串来串去吆喝着一句话
蜘蛛研究着网络
蛐蛐儿在草间吱嘎
隔着窗
那都是我催眠的神话
门口的石礅
憨憨地睡着

时间让它柔软

风化成沙

四合院的故事

四合院的夏

重归为尘

在心里把怀旧的

种子播下

现在睡在静谧的空调房

也难有那

天天香甜的睡梦了

只要有梦

都是那

胡同的夏

我童年的夏

诗句何来

诗句从来都
埋伏在那里
世间的日常里
等着灵感的袭击
或者顿悟
将它从胶着
到呼之欲出
到一跃而起
直指灵魂深处

秋叶彷徨

秋风瑟瑟着

向树梢逃离

悸动之后的叶片

逃向大地

大地无语

只用向心力

和蓄暖的怀抱

表示再久远也

不会疏离

我眼中的离索

心中的苦涩

关于秋的回味

一切的美好

诗化成风的痕迹

生成记忆

藏进厚厚的

落叶的堆积

或者沉沦

或者别有根芽

封存在冬季

秋叶彷徨

却不会疏离

大地的怀抱终是它

坚定的方向

坚定的还有我

对春的想象

北平秋韵

繁花一过
便成了叶的季节
没有花的妩媚
却不输花的绽放
枫叶兴奋地红了脸
像蝴蝶振翅在山坡上
银杏用一个黄
便吸引了一季的目光
简单而且绝对
秋的霓裳
枯叶用深深浅浅的褐色
把凋零展现得悲壮
我知道
你选择干枯是为了
更快地飞向远方
在秋的相框里
枯叶蝶
成为不可或缺的景象
冬青和松执着着绿
枝浓叶茂是它们

一生坚守的愿望

叶是树的翅膀

飞翔时

或哗哗作响

或振翅如蝶舞

无香自芬芳

盛大成秋的绝唱

叶用脉络和色彩织成了

秋的锦瑟

用生生不息谱成

秋的豪放

露重霜浓的金秋啊

你是我心中

永远的日不落

还有音乐

最配这秋色的是

大提琴的悠扬

最喜它深情的鸣响

还有丝弦铮铮的古琴

奏成秋的韵律

伴着飞舞的叶片

或急或缓

随风去了远方

或是依附在了行人的身上

这叶片雨的辉煌中

那秋的气息啊

像江南小镇的雾

把我锁入迷惘

让我在秋韵中

醉不能当

站在文津街上

那织锦般的

北海，团城，红楼，行人

蓝天白云

随风而舞的树木

童话一样

总是让我在不觉中

泪流两行

久久凝望

只为不忘

我张开双臂

北平的秋啊

请让我把你珍藏

关于风的想象

风的颜色

你可以想象

江南岸边

蒹葭苍苍绿水茫茫

北京小巷

花儿向阳古树茁壮

风用无微不至的情话

殷红了枫叶的脸庞

嫉妒把银杏的小脸儿染黄

风来有你的思量

风去也把我的想念捎上

风记着我们的过往

霾的胶着不敌风的清朗

遇见便以消散收场

把纯粹的蓝唤回天上

把清新鼓满胸膛

让我们对呼吸充满向往

多少游人的心荡漾在

春风沉醉的晚上
想风时
蝴蝶振动翅膀
我奔向远方
便感知了风向
风的颜色就是我想象的颜色
而我的想象就是风的模样

丁香结

河边堤畔
密密匝匝的
是丁香花瓣
那雾般的紫
深深浅浅
簇簇团团
影影绰绰
勾勾连连
四瓣五瓣
明明暗暗
可结着 一丝愁怨
还是任细碎的欢喜
一味泛滥
那暗香
不慌不忙
近近远远
浓浓淡淡
纠纠缠缠
牵牵绊绊

风去风来
只是不散
才下心头
又上眉间

京包高速遐思

行驶在高速路上
蓝天白云浩荡
铺张成风光
一侧麦田草坡
一侧层峦叠嶂
动画般的是牛羊
火炬树站成排比句
红乎乎暖洋洋
还有大片渐渐养成的黄
粼粼如波光
树间有无数
奔跑的太阳
行驶在高速路上
风景成了流动的华章
黄绿在半推半就
只等霜降
便倒戈投降
漫山红
是晚秋的霓裳
草木无声

却在容颜变幻中应和着
这个秋天啊
感觉还未起航
几场秋雨
秋便要匆忙收场
坐在家中无法想象
这浩瀚的秋啊
让山山水水
枝枝叶叶
都震颤你的心房
四季的衣橱里
最辉煌的
还是这绚烂的秋装
这呼吸的畅
这天地的广
这淋漓尽致的奔放
浑厚成交响
怎不让人激情荡漾
我能做的只是
目不转睛
把这美景收藏
然后
来抵一冬的寒凉

秋日残荷

秋末
叶子用色彩高歌
旖旎成轻奢
却无法与风讲和
飘落
落在眉间臂弯草坡
栖身湖面的
绕着残荷
与树梢陌陌相隔
诉说不舍
也逐流随波
天地之间
错落成流动的秋色
还有更多
向季节更深处漫溯
把冬勾扯

一枝干枯的荷
立在落叶间
很显然

它努力定格成

盛开的画面

虽芳华褪去

被抽丝剥茧般风干

不肯低头不甘泥淖

有些两难

却与落魄无关

也不弯

直立的腰杆

在光晕里

那褐色折叠了时间

藏起了它

对自然的感言

孤傲一分未减

这昆明湖的侧岸

秋光晚，古渡寒

落叶与残荷

光影绰绰

虚虚实实

明明暗暗

勾勒出万般模样

以一种

凋零的容颜

和更具韵味的骨感
拓展着美
与这个概念的外延
残荷败叶
时过境未迁
遗世独立
自得怡然
生命是不是都可以
如此这般

散步在夕阳里

夕阳西下
去了远方
水面乱虹飞渡
下沉铺展成霞光
渐渐沉静
定格成风景
诗意横生

细碎而宏大
宁静而繁华

水面守候着落日
它多彩的梦
一点点生成
这本遥不可及的交融
谁又能懂
看似过客的
往往匿在魂灵
偶或一动
虽幽微

却有光影重重

野花在风中摇曳
夜色模糊了它们
认真的晃动
路灯张望着水里的繁荣
寻找自己的光影
有些蒲公英会消散了吧
这微醺的春季
有些离别有些重逢
连同不远处的音乐里
一直在重复一个动作的身影
都让人感动

生命是个人体验
简单消解繁杂
丰富抵御枯燥
这叮叮当当的世界啊
生活也不过是个理念
定义着它内涵和外延的
该是意念吧

夕阳
自由地卸载安装

留下诗意

去了远方

烟火里的我

散步在

这春风沉醉的晚上

拂去时间的风尘

思绪和目光

生长想象

起落 飞翔

此刻

离了四壁束缚的我

心染落霞

宛在水中央

书香格桑

校园南侧
错落着一片草坡
盛开着矮矮的
星罗棋布的花朵
那是格桑花的小部落
秋风过
不论丑美
都找不出不认真的一朵
虽清浅单薄
却像是别致的星河
八枚花瓣微微摇着
像是在和
闻韶厅的歌
又像在琅琅书声里
体会着唐诗宋词
之乎者也的快乐
年龄的重量
压着这躯壳
心，忽地就失了明媚
便偶或

流连这小径草坡

将悲伤一丝丝抖落

抵御岁月的凉薄

格桑的花语是美好顽强

无论夏日的光芒

还是深秋的萧瑟

都一如既往地执着

好像从未有

对死亡的思索

不计前嫌

也不问之后的落寞

而我

是不是总想得太多

把烦恼招惹

凝望这纯净的格桑花

愿我

与老去相处的底色

将蛰伏的愁绪阻遏

倾以深情

无关乎结果

暮秋或可

如格桑的茎叶

也葳蕤成景色

童年的花手绢

路过女儿的幼儿园，往事浮现……

游荡在旧日街巷
就荡出回忆一箩筐
女儿幼儿园的门口
我总是那么慌张
眼神左右摇摆
越过栅栏一样的人墙
希望她不用寻寻觅觅
就看见妈妈的脸庞
每日放学时的
第一念想
就是这
目光的碰撞

门口兜售的手绢
总是女儿的进门证
好像买一块
小手儿就有了主张
然后那小小的身影

抓着手帕
有些无助地
淡出我的张望

多年后的一抽屉
全是女儿的收藏
图案不同
却都染着岁月
在园儿门口
我俩的彷徨
也温柔着
那之后
经年累月的时光

还有她记忆里
没买给她的
一根红色魔术绸
这不经意的拒绝
在那小小的脑海里
该是怎样的失望
懊悔就结成了一道心伤
这就是生活吧
遗憾和快乐都是
不可或缺的印章

记忆里的坡坡岗岗

剪影一样

有浓有淡

只要被深情包裹

就让平淡的日子

不怕惆怅

也多点光芒

夕阳如火

几场淋漓的细雨
让秋显得匆忙
这京城最美的季节
还未来得及欣赏
绿无力地纠缠着黄
火炬树已红了脸庞
却还未见银杏梳妆
我有些慌

突然夕阳落成景象
天涯尽染
火红了西边的疆场
或云蒸霞蔚
或微醺淡妆
都是秋最美的模样
云卷云舒中
飘散了我如烟的惆怅
这深秋的彩霞啊
让我一再地张望
快乐也镶了金边

追随这

漫天飞舞的霓裳

京城已是

车水马龙华灯初上

余晖铺水柳影飞扬

庭前阶下,尽在张望

朋友圈已红彤彤

火烧云一样

坐在南城一角

掬一杯热茶和着月光

把这平凡一日生成影像

穿越南北七环

捎一缕刚刚劫持的斜阳

给美丽的表姐

且问

可和你看到的一样

雪花那个飘

雪花扑簌簌落下
和山峦、大地、树木
说着无尽的情话
拥簇着刚露粉的
桃花的嫩芽
这难得的相遇
这漫漫洒洒
白茫茫了天下
成就了佳话

雪花无声地落下
却用舞姿
惊扰了教室里的他和她
孩子们的视线
便挣脱了黑板
扭过头
兴奋地不停地说
雪花们也就欢快地飞过来
敲击着窗棂
顺便看看

黑板上到底有啥

这扑簌簌的雪花
在孩子们的眼神里
一次次撞击
那纯粹的欢快
便来得更真切更生动
那单纯的笑里
雪花就是雪花
是湿漉漉的情绪
是快乐的能力
不是泥泞寒凉病毒
不是大人们太多的
附加的焦虑
诗意就进了教室
课堂被欢乐拥挤
其实
生活是更好的知识

故乡情深——阿吉拉

那思念让我心慌
密集到呼吸不畅
我终于回到故乡
还未踏上那条小路
便在风中闻到了草香

接着是那熟悉的水塔
仍矗立着
由记忆变成影像
从我的视线闯入我的心房
幻影交叠中
我在那儿来来往往
只是那色彩的沧桑
一下子击中我的胸膛
我忍住了泪水
却无法忍住悲伤

我生长于斯的故土啊
如今已一脉荒凉
我已找不到家的方向

那曾经的炊烟

已永远迷失成幻影

我的目光

再也找不到那熟悉的门牌号

找不到哪怕是

一片断瓦残墙

我肺腑满满的怀念

已无处安放

今后的一切都只能

在梦里徜徉

我忍不住泪水

更忍不住悲伤

乘降所，签到房

千百次穿行其间的桥洞

破碎了衣衫的机车

再也不能鸣响

沉默是金已成为它

最好的表达

我已无法碰触那盐碱路的软

平坦坚硬一改往昔容颜

为何我却

对它曾经的狰狞

一再怀恋

我在每处留念
来疗思念的殇
只怕再来过时
现在的一切也成为过往
肠已断，箫声凉
流年无恙，我独悲伤

故乡啊
我魂里梦里追寻的地方
纵使一切没了踪迹
那曾经的气息也让我
终不能相忘
无可阻挡
纵使红尘浩荡
你终是我漂泊的心的方向
地老天荒
任泪水
信马由缰

吹不散的思念——阿吉拉

阿吉拉
我从你的全路程走过
你贫瘠贫穷
一片荒泽
印象里你没有富裕过
可为什么回忆里
却有那么多的欢乐
岁月蹉跎
如今你只是个
有温度的传说
没见过海棠牡丹
只有野花摇曳在盐碱滩
沙枣树婆婆丁
和着青草牛粪味道的风
皎洁明月会说话的星星
还有浅水滩的蛙鸣
我们与蜻蜓对视的眼睛
一草一木都有我们
缱绻的深情

那片翻浆的盐碱地
是我心底的软
狰狞都是可爱的模样
让我的梦一次次沦陷
猪毛草牵着我的视线
绿油油一片
在脑海里从未变淡

阿吉拉
我童年的摇篮
你用渗入骨髓
提醒着我们的缘
岁月是如歌的行板
剪也不断
理也还乱
多少思念
把梦纠缠
一遍一遍
地震也没有让它走远
只要我想
就有蜃楼浮现
你也许低矮逼仄
却是我
梦的宫殿

你的版图
一直是我心上
最美的画卷

回忆总是被细节搁浅
那份无处安放的情怀
一直是最柔韧的主线
在心中漫舞波澜
怀念有蒸汽机的汽笛相伴
或近或远
还有包钢倾倒的钢水
火红着我的挂牵
那片乡愁啊
浓如画淡如烟
化成诗句的经典
西风多少念
吹不散眉弯

再难驶出的爱

从未想过分手会这般痛苦
原以为不过一声再见
便转身走各自的路
任风萧萧
雨飘飘
甚至连背影也不抹一缕
凄愁和酸楚

而真的挥起手时
才发现那份情感
已这般沉重
甚至落泪也不为缘由
心灵的港湾里
投入了
便
再难驶出

想念的帆

旷野是我的思绪
沉默是思绪的言语
风说想你
鼓起思念的小帆
帆上满是我焦渴的眼
寻觅象网
而旷野茫茫
何处是目光的驻点
每一声风鸣
都是我撕心的呐喊
夕阳一如幻化的坡道
渲染着红色宣言
而染不红的
在腮边
悄然有泪潸然

夜色与我

夜
静静
水淙淙
月亮游泳

我
默默
量小路
思想散步

人
徒徒
有爱恨
装点痛苦

思念

是一股说不出的怅惘
是深埋在心底的迷茫
是别离后看不见的伤痛
是大海最深处的阳光
思念至深
不能思想

花语

小灯前
虔诚地凝望
那守约夹起的花瓣
夜夜有梦
终也没能留住
那片殷红
褪尽颜色的枯容
就像
夜夜为你苦涩的心
只有那清晰的花脉
牵动柔情

想你

想你
在无风的夏季
是拂不去的思绪

想你
在拥被傍烛的冬季
是一枚暖玉

想你
在海边低吟的梦里
是一汪湿漉漉的记忆

想你
总是一盘没有结束语的残局

不要

不要怨我没有流下离别的泪
太多的苦水化作轻柔的歌
不要怨我没有道声珍重
太多的祈祷化作铭刻的沉默
不要怨我没有送你起程
太多的情思化作目光放飞的白鸽

不要怨我伸出颤抖的手
太多的感慨握在这离别时刻
不要怨我　不要怨我
分离是一种太过沉重的　痛苦
瘦弱的肩从此要担起
一个孤独的灵魂
只有梦中酽酽的相思
是我的欢乐
生活中最怕离别
然而
仍总要直面这苦痛

如烟消散

今日的你
已是梦中烟云
返了潮的记忆
再不是一根火柴
能轻易燃起

再没有激动
荡起心湖的涟漪
你已是一张
被岁月
曝了光的底版
昨日的你
已消逝了踪迹

无题

硬用冰冷的手 扯去
唇边的愁
硬把夜晚的泪水
干燥为白日的欢笑
沉淀的痛苦 拧成
灰色的网
负荷着沉重的心
冷冻着那树欲绽的
花蕾
苦挨入梦
那伤悲 又化为
腮边一滴 残泪

一

一个回忆 是一个梦的温馨

一个幻想 是一簇诱人的锦絮

一个孩童 是一珠晨露闪在晨曦

一个少女 是一幅淋漓的美丽

一株大树 是一种参天的伟岸

一片枯叶 是秋风中几缕啜泣

一坪小草 粘着哲人的名言至理

一带黑云 放牧着愁人的悲哀

一只候鸟 眼中盛着北方的录像带

飞向南去

一曲劲歌 狂放出荡人的遒力

一杯咖啡 浓浓地拉扯我

走进柠檬色的雾里

清晨的草坡

当晨露还未
脱身情人的怀抱
当蜂儿还慵懒在
情人温馨的梦里
当牵牛花还在和墙
无尽地缠绵
当秋虫儿正用哀愁
唱着别离
而最东处的柴火还未
染红天际
悄悄踏上绿绿的草坡
脚步轻轻 轻轻
怕正把
偷吻着万物的风儿碰破
睁大眼睛　目光的极限织了个
好大好大的网
痴痴地要把一切印上
直到把它撑得满满的
竟溢出了许多热辣辣的东西
湿了面孔

小雨不再来

太多的等待 总是
伴着更多的无奈
盼着雨季的时候
偏偏小雨不再来
采摘至美的情绪
也无法幻化成彩虹
枕尽昨日的梦境
望尽明日的风景
空多一份无奈
回答那份等待

分离

分离
是无字的碑
是久远前便满载于
长亭古道的痛苦
总在月光清寒的日子
有人上路
阳光照见脸上的微笑
照不到心中的酸楚
我拼命鼓励自己
把笑容给你
心中却早涩涩地
泪流汩汩
忍不住时 便只好
酣畅淋漓地哭
转过身来
捧给你的 是我
灿烂的祝福

山谷

真想
有个静静的山谷
我喊
我唱
空鸣的回声里
都是我的思想

真想
有个静静的山谷
坐在最高处
有一碧清泉
只听它哗哗地响
是我全部的愿望

爱是好清凉的感觉

总把爱情想作是
一缕阳光
还是最明媚的那束
照着簇簇银花 和
临风玉树
心是花蕊
情是雨露
爱便是那——
好清凉的感觉

雨季乡愁

雨季来临
撑开远行的伞
橘黄的街灯
恋恋地
难说再见
淋湿的爱啊
又要沉甸甸于——
整个深秋了
而别时的泪眼
是我永远的乡愁

雨

雨
可以缩短距离
让恋人们躲在
一把伞下
一把伞
是一个世界

雨
是情人的一杯饮料
装无限思念和泪滴
跨越时空
给你

雨
最是诗人的话题
所有邂逅
所有美丽
发生于抬笔落笔

云中盛事

北京的云啊
你怎能如此绚烂
美得迷人眼眸
惑人心魄
貂蝉一般

你几日的流连顾盼
让我心动
让我惶然
我已然适应了霾的眼
如何适应
你的惊艳

如若这两日
你美成这般
明日却突然
褪了容颜
让我的期待
情何以堪
我的白云蓝天

梨汤

煮一壶梨汤
润润心肺
沐一缕秋阳
把心事想想
该淡去的淡去
值得修复的疗伤
该收藏的镶上铬黄
别辜负时光

海边遛弯儿

散步在海边
舒展躯体
让眼神无所触及
海风拂面
深呼吸
只是呼吸
放空心灵
沟回柔软
思想休眠
世界屏蔽
彻底松动脊梁
让精神碌碌
躯体无为
只有浪花翻飞
海鸥低回
蓝天白云缠绵成风景
自由自在泛滥成歌
被心回味

瞬间如千年

失忆或记起

完全在于心底的呼唤

大多的过往都已成影像

黑白且模糊

却总有深刻的事件

鲜活灵动

忽隐忽现

一个眼神

就是一世的怀念

一个瞬间

便是千年

无关乎时间

只是缘

偶遇

我当然知道
那只是偶遇
可这也足够
让我欢喜
人生没有多少必须
淡淡的感动
弱弱的情绪
就把生活装点美丽
风暖菩提绿
一个偶遇
也会
成为生命的
主旋律

当没有你成为习惯

当没有你成为习惯
甚至开始享受孤单
我知道已经结束了
那段缘
原以为爱了
就心心相知
现实却并不简单
也可能爱得太浅
淡忘只是时间
伤痕不留一点
也可能
错误的开始
也就无所谓结束

唯有我的青春
是值得告慰的重点
可要想完整
就得接受遗憾
生活就是
没完没了的历练
当没有你成为习惯
我开始享受
一个人的浪漫

哪怕瞬间

哪怕只有那么
一个瞬间
火光在闪
灵魂在颤
让我留恋
让我怀念
我也许你
一世的情缘
换这无味的平淡

我热爱的植物园

春天的植物园可真美
连呼吸都让我沉醉
空气浸润了花香草香
它们酝酿了一冬的力量
此刻在这里竞一场
春的盛会
桃花灼灼 桃枝夭夭
杏花梨花又媚又俏
郁金香也挺着小蛮腰
尤其是那经典的黄色
让我想起了儿时喜欢的佐罗
丁香花哪里结着什么愁怨
分明繁星般紧簇着
三朵四朵五朵的花瓣
还凝成浓香探头探脑
随着微风和游人嬉闹
那朦胧的幽香啊
触动着我心里柔软的角落
总是让我迷失在这春色
牡丹芍药勾引了多少

绝世的诗句

此刻也依然是这园中的主角

雍容着雍容 占尽了天机

水杉像是赞美春天的排比句

惊叹着把自己站进了云霄

笔直的身姿不屑

花枝的妖娆

然

威严也掩饰不住

小鲜肉般高颜值的绿色

化成春天的冲击波

鸟儿啾啾　小燕呢喃

孤芳自赏的野花漫漫

游人的目光从不是

它们关心的重点

它们不在乎

自己是不是春天的边缘

鲜活地存在哪怕短暂

是它们的信念

游人棋子般散落在草坪里

手里举着留住春天的相机

拱桥旁倒影游移湖水碧绿

这情这景让我多么欢喜

闭上眼睛

呼吸

呼吸

只是呼吸

软软的春风啊

你霸占了我满满的爱意

美丽的植物园啊

多想就这么徜徉在你的怀里

连魂灵也和你相依

为了触摸你感受你

我怎敢老去

请快乐生活

再美的风景
都只是路过
无论你有多么不舍
再高的理想
也要和现实交火
胜败真不好说
生命的长河
我们都要上的是
一辆公交车
单行
没选择
哪里畅游
哪里搁浅
全看生活的脸色
岁月即便全是平淡
你也得蹉跎
最好和颜悦色
直面还是迂回
激烈还是淡然
时间总是

目中无人地唱着

不可逆转的歌

花开花落

烦恼别多

听听音乐

苟且着苟且

诗意着远方

生命的旅行

要快乐

游纪晓岚故居

小径浅浅
丁香悠远
主人的盖世才情
浸润了四合院
亲植的那棵
二百年的海棠
盛大如华盖
植入的是历史
和一场悲情的爱恋
深情如晓岚
福浅有文鸾
不是所有的缘都有花开
但一定有后世的果
你瞧
偶有风来
那如雪的花瓣
不就在表达思恋
一年一年
忘记时间
待到秋来

思恋已凝成果实
情感化成种子
一树的海棠果
用满心的热情
表达红色的怀念

樱花女孩

四月天里

樱花树下

一个窈窕的女孩

在赏花

却不知她已是风景里

最美的画

她在看风景

人们在看她

白色的旗袍上

点缀着黑色的小花

淡雅得如同

水墨江南

这互为景致的它和她

成了画家手中

无须构思的图画

女孩仰脸看花

竟引得花如雨下

凝脂般的皮肤伴着

如雨的樱花

飘飘洒洒

飘飘洒洒的花瓣

亲吻着女孩的面颊

睫毛眨动

定是想起了儿时的童话

素雅的旗袍上

满是落花

微风吹起了她的长发

花瓣流星雨般地

点缀着它

那春水一样的明眸善睐

惹得多情的樱花

绕着她

不忍落下

多么美呀

樱花一样的女孩

女孩一样的樱花

美如南方的一幅版画

樱花树下

旗袍女孩嗅着花

她的笑靥

明媚了一树的淡雅

竟分不清哪个是它哪个是她

许是花儿见了她
暗香涌动成情话
为了诉说
以身相许在天涯
游人的相机聚焦了
这一场约会的神话

河边的垂柳
伴着轻弹的琵琶
你看那
看那涟漪点点
也像是樱花女子
纤纤手指
把一池春水撩出
零琼碎玉的花

回头再看
樱花女孩已淡出了视线
找寻 找寻
梦一般地不见
梦一般的樱花女孩
淡出了我的视线
淡不出的
最是那清新的怀念

不施铅华

任是诗词新说

用来赞美都有分毫的差

樱花一样的女孩啊

你才是春天

春天里

缠绵的情话

寂寞在唱歌

灯火阑珊
没有为自己而亮的一盏
光芒万丈
没有照进心底的一束
花有千朵
不为你妖娆
偶有心动
都是寂寞在唱歌
醒也离索
梦也离索

淡不了的心事过往

流转的时光
无法抵挡
思念成殇
春风绿了景致
散了花香
淡不了心事过往
纵有歌声
阳光
抵不过丝丝感伤
庙有千顷
那点心思无处安放
久远前的一声
轻轻的问候
在耳边做了一生的回响
哪怕词再清丽
曲再无双
一生都只为那一句
你还好吗
陷落在
那声线的磁场
如鸟之
坠落太平洋

庆幸我还能无病呻吟

回忆儿时
成了我的常态曲目
那时的世界好像很苍白
可苍白里却藏着我最本真的情怀
每逢周末都是我的节日
早早吃了饭去看露天电影
有时正面已经坐满了板凳
我们只好看银幕的反面
嬉嬉闹闹
翻译着片子里的动作
可依然会在心里喜欢得不行不行
现在时常看环球巨幕
还有 3D4D
却也没了那份欢喜
只是刺激着我的视觉
我的感官
总有哪一个地方
不被唤醒
有些麻木
有个角落好像只为过去而活

过去的黑白片反而更抢眼
没什么特技
没什么玄幻
却总在我梦里一遍遍上演
时常是我失眠的罪犯
我一点不在乎
过去没有现在丰富
反而特别感谢老天
让我有不一样的童年
不然觉得自己
一直被绑架在戏里
没什么可供我回忆
让我还感觉欢喜
我完全不在乎
没有玩具
没有游戏
也不在乎
一件衣服能过四季
无可交替
可我看的都是最清澈的眼神
不像现在面对面也很难看懂
好像眼前都有护目镜
或者美瞳
那时也少有人工

却都是最真最美最让我心动的风景

白云真白

蓝天真蓝

梨花桃花盛开

瓜果飘香但不妖娆

太阳不会像现在

一走多日不来

那时有很多期待

盼着过年

盼着春节晚会

盼着新衣

盼着到野地里赛跑

追着风筝大喊大叫

我不喜欢现在的自己

虽然有精明的头脑

品牌的包装

恰到好处的谈吐

想要什么也不用

费尽周折

却总是少了简单的欢乐

少了爱和感动的心得

怎么办

我想问问世界

是不是我想的太多

青春沦陷

我已不再年轻
青春早已无影息
皱纹纠缠着我的眼角
化妆品已无法使它疏离
淡我而去的还有我的记忆
已会时时想不起三天前的事件
越遥远的反而日渐清晰
身体的弹性不再
走路也变得小心翼翼
一个跌倒恐怕会骨碎筋折
我唯一可以挥霍的
只剩我的智商
也只有它可以让我指望
历经岁月的洗礼打磨
唯有它还挺着我的躯壳
拿什么拯救你啊
我日渐沦陷的心情
我的生活

快乐是今夜的主题

选了一个角落
灯光落寞的角落
来一杯漓江啤
慢慢地喝着
音乐耳边飘过
偶尔激昂
偶尔生涩
忽明忽暗的霓虹灯
掩饰了人们的形色
一丝神秘
一丝不羁
还有些许叛离
在心底升起的不露痕迹
白天都是角色
此时本色游离
不曾放歌的放歌
不曾洒脱的洒脱
什么该与不该
什么想我想你
弃掉所有的棋子

今夜是另一个自己

一个难属于自己的自己

把一切放空

来一个新生

反正太阳明天还会照常升起

灯光下都是移动的影子

有慢三慢四

也有幻影游移

有的眼神热烈

有的已随音符飘去

哪一个是我是你

谁会在乎

岁月无痕

空中无迹

滑入舞池

快乐才是今夜的主题

纪念青岛金沙滩

许是与流沙的缘
穿过海底隧道的远
与你相见
那熠熠的金沙滩啊
瞬间勒索了我的眼
暴晒 疲惫被秒杀
一切都是值得
那流沙的浩瀚
淹没了我的呼唤
无数小嘴的软
热情地包裹了
我本已行不动的脚踝
心开始沦陷
灵魂最深的角落
开始有音符在闪
曾经的茧
在心膜上脱落
温情柔善一路欢歌
我拾起贝壳
感觉拾起一段故事

◎ 纪念青岛金沙滩

一段情感

一段见闻

一段沙的游历

一段水的包容

一段水与沙的情缘

那流沙的美啊

在指缝间

在足底的穴位间

不张扬却直击心底

每一粒都让穴位舒展

那沙 那水

美得不动声色

却让人沉醉于你的沉默

我不能形容

我只能静静伫立

感受你的按摩

感受远方浩渺的烟波

感受海鸥滑翔的壮美

倾听偶尔低回的轻歌

感受舰船深沉的汽笛

感受笑脸阳光般闪烁

金沙滩啊

你只用沙和水就给了我

一个全新的世界
一波一波
无拘无束是你的腔调
那韵味最是
醉了我的魂魄

美好生活

摇啊摇
藤椅上
什么都不想
只享受音乐
阳光
还有茶香
卧有大黄
懒洋洋
不汪汪
最美就是
寻常

红叶的心思

枫叶等霜
仿佛等候热恋一场
流丹雨如期而至
红了山坡
火了秋季
炫耀着它
对双眸的杀伤力
预谋着
把秋韵嵌入
你的眼底
把思念根植进
你的回忆
从此
那摇曳的红叶
一如燃烧的羽翼
成了你梦境的主持

欢聚

不一定交谈
只是相见甚欢
两杯咖啡在桌前
味道缭绕着
不见的挂牵

我们深陷在
沙发两边
姿势是北京瘫
或玩着手机
或想着心事
静静的空间里
全是语言不能表达的

愉悦
只是愉悦 甚欢
在彼此的身边

相视一眼
便足够地心安
相知是一种场
聚了几世的缘
你我在其间
什么都不说
一切也了然

掌心不离

不想太腻
也绝不能远离
我要随时感受到你
公交车上我们戴着耳机
眯眼听着同一首歌
十指扣在一起
心跳在一个频率
最舒适的温度里
感受你
我生命的重礼
不用巴厘岛
也不用维也纳
你在
便是不能替代的奢华
虚无的世界里
一切都可以舍弃
只要我们
掌心不离

无话可谈

没有什么话题要谈

现实把理想击散

几近崩盘

宏愿幼稚可笑

磨难中已淡出视线

理想的火苗苟延残喘

期待什么也往往

箫长笛短

更像笑谈

孤独逐渐成熟

成为习惯

不可逆转

沉默是自己和自己交谈

火热往往是单边

笑容里潜伏着

暗礁险滩

真诚被现实

一次次背叛

痴人说梦一般

语短情长

1

庭前阶下
落叶如画
藏着我无限牵挂

2

无论多晚
都不怕黑
你是我心里的火把

3

一切都是减法
唯有对你的爱
缠绵成累牍的佳话

4

银杏鹅黄如伞
落叶纷飞成毯
你漫步而来深情款款

5

秋风萧瑟

秋雨连绵

思念如叶落水成帆

6

岁月无痕

脸上有纹

心因有你无限春

7

看尽世间繁华

落叶落花

除了你不带片瓦

8

折了枯枝

落了黄叶

断不了心里那点儿念

9

四季从我的生命路过

带来带走轮回着

唯有你被心窝藏着

10
我的梦
胶着着你的影
想念一刻不能停

11
就想往死里对你好
可到今天
也没把你找到

12
煮一壶相思茶
慢慢品
舌尖上的你

13
今生的缘
前世的债
让我用一辈子来还

14
你的背影
纠缠着我的目光
直到它缩成心上一点墨

15

你的情绪

是我的晴雨表

痛你的哭欢你的笑

16

关于你

点点滴滴

都是我的头条

17

葡萄架下

一树一树

都是我的牵挂

18

你说胖了

我好欣喜

我又多了一席之地

19

在哪里一点不重要

重要的是

有你才有节日存在

20

定了来世 定了今生

你的心是我

灵魂的引擎

21

秋是收获的季节

拥有你

是我的终身成就

22

情书千千万

情话万万千

只喜你那一句

23

马走千里

风行天下

你只住我心尖儿

24

一团心思无去处

心头 眉头

泅渡

25
心与心的牵绊
绕山绕水
不断

26
一支奢华的笔
怎么挥霍辞藻
也难写我对你的爱

27
即便是昙花
我也坚守
那一刻的盛开

28
你的爱
我的记忆
抚慰我一辈子

29
等你如枫叶等霜
终会红了脉络
火了山坡

30
丰美四季
不敌
背景是你

31
长裙 阡陌
你是我心湖上
盛开不败的荷

32
我的爱
聚焦
只想把你燃烧

33
微暖 微寒
绕着你耳畔的风声
是我的问讯 挂牵

34
无数次分离与重逢
那背影
越来越痛

35
希望雨下得再大一点
我们就有理由
离得更近了

36
许下我的诗意
我的远方
和你苟且一生

37
为了和你不期而遇
我成了阴谋家
不遗余力

38
落叶飘飘
带走流年
带不走思念

39
总是假装不看
心却
时刻觊觎着你

40

桂花飘香的小巷

愿执你手

愿得你心

41

在纳米的世界里

对你的爱

也毋庸置疑

42

想做那一对雨燕

依偎着呢喃在

滴水的屋檐

43

从我的心上走过

还

带走了我的魂魄

44

不用涉水跋山

你的爱

让我心里风景妙曼

不断

45
初心不忘
两情绵长

46
当我懂得
半生已过

47
巧语花言
不如
我进门
你递来热饭一碗

48
一个人的雨天
打着伞
湿透的心沉甸甸

49
对枕难眠
不如孤单

50

你走

我的心裂了口

51

你无语

我无言

心里暖流万千

52

落叶追风无果

只为爱是

不一样的烟火

53

缘是千年前蓄就的索

让两人的心厦

一见而倾落

54

我单薄青涩的初恋

是我全部的情感

绝后空前

你没要也不还

55
一个有趣的灵魂
强过美丽无双的标本
告诉我
怎样才能把你追寻

56
爱本不须绳索
你若懂得
又何必分分合合

57
一个细节就让我
心暖心寒
太敏感还是太善变

58
你把我软禁在隐形的墙篱
闸落闸起
全是关于你的回忆

59
伤了一地的心
碎了一池的情

你是始作俑者

60
我的心有怎样的张力
可以为你南北极迁徙
欢乐成海洋
又瞬间支离破碎

61
你的冷漠
让阴影面积
大过我的心河

62
逃离了你
却无法逃离自己
岁月昭昭
心早已归顺了你

63
不爱十里洋场
只爱我哈欠时
你递来的肩膀

64

你是我这辈子

最想精读的

那本书

65

恰你回眸

我在张望

缘起有了方向

66

我想要一束花

你却给了我一座花圃

我愿以生命去赌

67

莺飞草长

原野上奔跑着我的目光

你握着驰骋的缰

68

所谓寂寞

寂寞就是

一个人的灯火

69

所谓暗恋

就是自己做了提线木偶

对方却不知手中有线

趣说实验

浓硫酸的热情

浓硫酸稀释时热情高涨
跳跃的快乐能把人灼伤
容量瓶用肚量和瓶颈
锁住了量筒十倍的精确度
形变催生质变
能放能收确定新高度

肽键的真相

肽键是羧基和氨基密谋的结果
丢了水它们会后悔的
终一天环境适合
会用酸氨还原真相
用可逆表达悔意

酯的由来

酸醇用灵魂契合出香味
酯便姗姗而来
用犹抱琵琶的姿态
似有若无的气息惹人青睐
碳链再长也没特色
打破这绳索的是官能团
小但是关键
决定权凸显

苯环

蛇咬尾的梦成就了苯环
从此摇身一变跻身芳香族
从碳链碳环里脱颖而出
在石油煤中频频亮相
那该是凯库勒的幸福

蒸馏

和你在一起
沸点比你低
高温留不住

飘摇去高处
遇冷再变身
冰晶玉洁处
缘深缘浅
全看温度

过滤

无法感受
便不能拥有
内心的格格不入
注定了彼此的孤独
一张纸
便隔出了
两个世界

话说氧化还原

明明是属于
自己的电子
却对别人情有独钟
也许更悟得守恒
舍得之后是稳定
得失便是氯化钠

共用成就氯化氢

都是一种平衡

另一种旅行

换来了新的人生

氧化与还原

互赖共生

想要分开

盐桥做拱

想想生活

氧还恰似得与舍

别计较太多

心态平衡

生态平衡

悟得之后是和谐人生

盐析——蛋白质宣言

总有一些轻金属盐

让我心烦

还有那个混进金属队伍的

铵盐

每每遇见

都让我僵直了

水润的脸

我的蛋白质开始

沉淀 沉淀

以示冷淡

半透膜是我们的界限

一杯水便恢复我水嫩容颜

当然

我的天敌是

重金属盐

一经相遇

只能变性

无法回还

蒸发结晶

温度和离别的考验

只为尽现我美丽容颜

升华

不甘平庸

也不弄湿自己的心情

只为一次飞的感受

喷泉实验

盛满氨气的烧瓶
遇水便泪如泉涌
怎一个相见欢
那崩溃的情感
让酚酞都
羞红了脸

写给加聚反应

断键成键
不饱和的遇见
短短长长的狂欢
手拉手就筑起了长城
量的积累
成就了华丽的质变
加成聚合
世界大千